眼睛快跑

朱益群 著

浙江工商大学 出版社
ZHEJIANG GONGSHANG UNIVERSITY PRESS
·杭州·

图书在版编目(CIP)数据

眼睛快跑 / 朱益群著. —杭州:浙江工商大学出版社,2023.10
ISBN 978-7-5178-5556-9

Ⅰ.①眼… Ⅱ.①朱… Ⅲ.①散文集—中国—当代 Ⅳ.①I267

中国国家版本馆 CIP 数据核字(2023)第 128301 号

眼睛快跑
YANJING KUAIPAO

朱益群 著

策划编辑	祝希茜	
责任编辑	张婷婷	
责任校对	沈黎鹏	
封面设计	朱嘉怡	
责任印制	包建辉	
出版发行	浙江工商大学出版社	
	(杭州市教工路198号 邮政编码310012)	
	(E-mail:zjgsupress@163.com)	
	(网址:http://www.zjgsupress.com)	
	电话:0571-88904980,88831806(传真)	
排 版	杭州朝曦图文设计有限公司	
印 刷	浙江海虹彩色印务有限公司	
开 本	710mm×1000mm 1/16	
印 张	16.5	
字 数	228千	
版 印 次	2023年10月第1版 2023年10月第1次印刷	
书 号	ISBN 978-7-5178-5556-9	
定 价	59.00元	

自　序

一个人能否成功,很多时候取决于他对自身的定位。

我首先是一名语文教师,然后是一名写作爱好者。因为是语文教师,每天与文字、与文学、与文化打交道,所以自然而然地就有了不同于其他学科教师的特殊性。这个特殊性,就是喜欢写作,擅长写作。如果做不到这一点,还叫什么语文教师?还能拿什么来引导学生学会写作?这就好像数学教师不会解题、科学教师不会做实验一样荒唐。

记得以前上写作课,我不会光纸上谈兵,直接灌输写作方法,而是多半与学生同甘共苦:同一个题目(有时是我命题,有时是学生命题),学生动笔,我也动笔;学生收笔,我也收笔。一到规定时间,他们就迫不及待地冲上讲台,抢过我的文章。如果觉得好,就当场大声读出来,并且贴在教室后面的墙上,以供更多的人欣赏;如果觉得差,便嗤之以鼻,"切——",而我则微笑着,趁机追问学生,我的文章哪里不好,应该怎样修改,曾经竟多次引发激烈争论,双方都引经据典,互不相让。在这热闹而融洽的过程中,学生逐渐掌握了写作技巧,提高了写作水平,我也真切体会到教育成功的快乐。

然而,久而久之,我对写作产生了深深的担忧,生怕自己的文章因立意的浅薄、内容的枯燥、表达的苍白而影响学生的学习热情和学习效益。要妥善解决这个问题,我想,我别无他法,只能"博观而约取,厚积而薄发"。一是读万卷书,历史社会、天文地理、军事科技,特别是乡土文化等,无论什么领域,我都会涉猎,好让自己"腹有诗书气自华"。二是行万里路。每次生活实践,包括外出旅行,我总是怀着强烈的好奇心和探究欲,做好充分准备,具体了解目的地的风土人情,不断丰富阅历,增长才识。

随着时间的推移,我越发感到自己离不开写作了。有时灵感一来,哪怕深更半夜,也必定从床上一跃而起,来到书房,打开电脑,心无旁骛地敲打起键盘,把一个个文字驱赶到文档中去。当东方的天空微微泛白,看着一篇文章又大功告成,内心立刻涌上一种强烈的成就感、幸福感。这么多年下来,我竟然发表了几十篇文章!

去年初,我整理了部分散文,编成《眼睛快跑》这本集子。这个"眼睛快跑",既有空间上的横向拓展,也有时间上的纵向延伸,也就是说,它呈现的是一种历史与现实交互作用的综合考量与架构。这些散文,按题材的不同大致分成四个部分:"邑中风物",表述曾经发生在海盐这片土地上的部分人物事迹;"笔底山川",是一些关于祖国大好河山的游记;"窗边私语",用来记录自己随兴而发的生活体验或人生感悟;"纸上咏叹",则是关于文学家或文学作品的粗浅评论。

衷心感谢海盐县委宣传部、海盐县武原街道,正是你们的鼎力相助,才让本书成为2022年度海盐县文化精品工程重点扶持项目,得以正式出版。

2023年5月

目　录

　辑一　邑中风物

辑二　笔底山川

辑三　窗边私语

辑四　纸上咏叹

辑一

邑中风物

各路号子此起彼伏，那么淳朴，那么粗犷，像塘工粗壮的臂膀、强健的肌腱、满身的油汗。它们在塘工的灵魂里生成，在塘工的血液里加热，从塘工的肺腑里喷发，激射到这建筑工地的上空，使行云驻足不前，让浪涛退避三舍。

海盐赋

先民开基,厥有兹土。曾经兵车喋血,故名武原;继以滩田堆玉,便称海盐。天分牛斗,甘霖润沛;地交吴越,物产丰饶。松江海宁悠久,肇始其中;湖荡河港错杂,通贯其里。碧峰灵秀,云无心以出岫;柔桑肥嫩,蚕吐丝以奉春。自始皇置县以降,四迁治邑,六析辖境,然文明衍延,俊贤荟萃。闻琴雅韵,千古知音佳话;秦驻幽兰,九州馨香远播。搜神实小说之祖,东晋干宝;长安为奖掖之范,盛唐顾况。两陆文华锦绣,双彭才气俊朗。震亨巨擘,唐诗蓝本;缵斋名园,江南丘壑。金粟古寺,遥闻青霭疏钟;潮音高阁,叹赏白塔初日。户参差,市喧腾。南戏雍容,滥觞于澉川之畔;桅樯林立,浮海于龙眼之埠。只因涌潮肆虐,人或鱼鳖,乃筑鱼鳞石塘;更苦倭奴猖獗,城为瓦砾,平添家国仇恨。所幸一九四九,五月榴红,古城重生;十月菊黄,神州新造。大气如海,际天雪浪心底涌;淳朴似盐,无量伟业手中续。壮哉海盐,煌煌大地!美哉海盐,勃勃家园!

武原赋

戴天履地，挚爱家园；非无佳构，信多不凡。临沧海则情似海，面崇山则气如山。日月交辉，春秋因序；惠风和畅，嘉木蓊郁。城中馆阁峥嵘，白首青衫；郊外垄畴次第，碧蔬金穗。况复顾盼千载，典籍层叠；检点百工，才俊沙数。伫叹寒戈激烈，夜雨骤而铁马嘶；拱听爽籁悠远，琴弦拂而心意通。彭门不幸，却喜贞介辈出；朱氏无憾，每见文华继薪。父子隐归，菜根可嚼；翁婿经营，林泉足乐。煮吴盐于海砂，唱南调于胥溪。佛塔悬铃，皆动悲悯之声；虹桥昏烛，犹照劬勉之笔。金事至而鲸涛遏，侍郎正而乡俗淳。教育救国，元济当仁不让；体制改革，鑫生敢为最先。嗟乎，稽昔而揆今，纵情而践行。承上政之垂宪，使命昭焯；蒙大千之恩泽，物产丰饶。一核擘画，四翼勠襄；整体智治，高效协同。旅游与文化融创，科技与生态和谐。武原者，此诚用武之地、兴业之原也。但磨灿灿旌麾，更抱屹屹志略。时不我待，奋楫潮头；向党为民，策马峰巅。

鱼鳞石塘狂想曲

走上高高的石塘，向东远眺，但见大海苍茫。从秦山外，从白塔山外，从杭州湾跨海大桥外，浪涛滚滚而来，泛出大片大片的古铜色，像无数健硕汉子，向着海岸猛扑，直把自己撞得粉碎。这种强悍，这种浩荡，这种决绝，连风也惊悚万分，情不自禁地战栗起来。浪涛很不甘心，稍退几步，在后续大军的鼓噪中、助推下，蓄积起更大的力量，再次拍马前冲，经过这样的日复一日，夜复一夜，抵达现在。然而，海塘横亘如斯，岿然屹立，始终没半分动摇，它用永恒的沉默，表达着对浪涛的蔑视和对自己的信心。

我面向大海，喝道："浪涛，你为何这般穷凶极恶，这般不知进退？"

浪涛充耳不闻，兀自亢奋着，狂噪着，向我示威！

我发现站立潮头的伍子胥，斥问道："伍子胥，你身为潮神，该当何罪？"满头白发的伍子胥竭力申辩："我从浙西天目山里奔来，正待汇入大海，却被心胸狭隘、不肯容人的敖广迎头阻挡，也许怕我一腔怨恨会坏了他东海龙宫的安宁吧。我和他谁也不服谁，便互掐起来，'其冲也，固有排山之势；而其吸也，亦有拔山之力'，浪涛之烈自然远胜别处。"

我用力蹬了蹬脚下的土地，五短身材的土地爷马上钻出地面，拄着拐杖，诚惶诚恐地问我有何贵干。我道："你真行啊，把钱江口搞成一只大喇叭，想声明什么？"土地爷哈着腰道："朱君息怒，这大喇叭真不是小神搞的。"他凑上前来,压低声音道:"说实话,这里的泥土都是长江、钱塘江裏挟来的,不但占据我的地盘,而且抬高水床,挤兑海潮。海潮无法舒展身手,越加愤怒,到了秦驻、白塔之间,便惊世骇俗了。"我一看,果然浊浪翻卷,滩涂泥泞。我有点同情他了。

箕伯小孩子似的跑过我身边。我一伸手,抓住他的衣袖,虎着脸道:"风神,你别成天装作没事干。海浪凶猛,也是因你助纣为虐!"箕伯哈哈一笑,道:"我这破簸箕能扇多大的风?最大的风是台风,可它们一个个出生在太平洋上,离这儿十万八千里,我可鞭长莫及。无非海盐运道不好,每次首当其冲。台风经过时,风催浪奔,雨助潮涨,真乃'激射剧千弩''喧阗鸣万鼓',倍添不虞。"嗬,他倒卖弄起了斯文。

我激动起来,大声说道:"你们都声称自己无辜,但海盐境内的海岸线一直向内坍缩,却是不争的事实。你们见过王盘山吧,喏,它远在白塔山后的外洋,东晋时却是和这儿连成一体的。还有贮水坡、金山、望海镇、宁海镇、横浦、望月亭等等,也先后沉入汪洋。你们是神,是仙,知道'沧海桑田'这个词语吧?这一幕,在海盐,不必花很长时间就能真切感受得到。"

"千年地缺谁能补,百丈潮头势欲颠……"一阵吟哦从海塘下面传来。我转身一看,一位葛巾布袍的老者正缓步爬将上来。

我问道:"来者何人?"

老者捋了捋胡须,笑道:"老夫乃此间读书人胡震亨是也。"

大家纷纷作揖道:"山人安好。"

我道:"前辈大名如雷贯耳,刚才您吟的诗满含忧国忧民之心啊。"

老者道:"惭愧,这诗乃比老夫早生百年的乡贤吴昂所作,只是深有同感,故而时时吟诵。至于沧海桑田之说,老夫倒有过一次亲身经历。那年,老夫和一位长老来这塘上闲步,可惜这塘已又旧又坍。我们一边走,一边聊,一边察看四周,发现几处海水冲刷之后露出来的水井、炉灶遗迹,又捡到一些破井砖,估计离大明好几百年了。我俩伤感不已啊。"

他沉吟半晌,心事重重地续道:"老夫喜欢研究海盐历史,曾殚精竭虑,编撰了《海盐县图经》，深知海塘的重要价值，它一旦崩溃，后果难以想象啊。这种灾荒，历朝历代的海盐志书中司空见惯了。譬如我在《海盐县图经》中记载了这样一个案例：'（大明万历）时三年乙亥五月晦夜，大风驾潮来，水出地二丈余，溺死者三千余人。佗内县河皆成咸流，填不可灌，塘则尽崩。'更可怕的是，周边地区的地势都比海盐低。坊间向有'海宁西山头，高不过天宁寺门槛头'的谚语，百姓们不太懂天文地理，但凭直觉也发现了这一特点。如此，海盐理所当然成为三吴之藩篱，海塘亦成为海盐之仗恃，使得比邻而居的整个太湖流域唇齿相依，一安俱安，一损俱损。"

我忙接口道："幸好有无数仁人志士，为保境安民，开万世太平，用自己的聪明才智、自己的坚忍不拔，苦苦探索靖海之万全策略。他们一次一次地尝试，失败了，就从污泥中，从惊涛骇浪中，勇敢地站起来，擦干满身的海水、汗水、泪水，继续战斗，可谓'杞忧琐琐徒喧耳，几许精诚可动天'。"

大家点头的点头，拊掌的拊掌，都道："心有所向，行有所往，人定胜天。"

我信步而行，心想，如果翻开与海水同样泛黄的海盐史籍，总会不时遇见那些不平凡的治海者吧。

我清楚地知道，海塘的修筑经历了一个艰苦卓绝的长期过程。唐朝以前，人们首先想到的是土，兵来将挡，水来土掩嘛。然而，土堤很难抵御狂风巨浪的无情冲击。一转眼，到了吴越国，钱镠站了出来。他贵为国王，却心系民瘼，不断总结经验，推出了"竹笼法"，即"以大竹破之为笼，长数十丈，中实巨石，取罗山大木长数丈植之，横为塘，依匠人为防之制"。"大竹""巨石""大木"等材料的应用，与"破""实""植""横"等技术手段的改进，提高了堤坝的稳固性，而且其制作可以同一时间齐头并进，效率也不错。这是一项称得上革命性的变革，可惜终究是圆形，笼与笼之间空隙不小，严重影响堤坝的防渗力，何况竹木经不起海水腐蚀，无法持久。

随着一代代人的不懈努力，筑塘之法从"竹石结构"变为"柴土结构"，又从"柴土结构"变为"土石结构"；形制也与时俱进，从"竖石斜砌，垒石于内支之"的陂陀式,到"纵横交错,内横外竖以渐减缩,令斜以杀潮势"的阶梯式,大大减少了海浪的威胁。然而所有辛苦构筑起来的海塘总达不到一劳永逸的效果,巨额的财政投入往往由于某一环节的不尽完善而付之东流。

人们翘首等待着,哪位天才能设计出一个完美方案,扼住海潮的脖颈!

黄光昇,一位卓越的水利工程专家,终于像喷薄而出的旭日,照亮了海塘建筑的希望的天空!

观海园内,我认真端详黄光昇这座花岗岩雕像。黄光昇,嘉靖年间浙江水利佥事,一副北方人特有的魁梧身材,头束纶巾,一手紧握图卷,一手笔直指向大海,那种睥睨天下的姿态,令人肃然起敬。我轻轻抚摸着雕像上的每一寸衣衫,仿佛触到了黄光昇心的律动、脉的蓬勃。我听到了,听到了他铿锵有力的誓言:"没有息壤,有什么关系!没有应龙,又有什么关系!世上从来没有传奇。想有?好,就由我们来创造,来书写,来彪炳千秋!"

夜深人静时分,浙江水利佥事官署内,灯烛的光亮笼着一个瘦削的身影。他一会儿喃喃自语,一会儿双手比画,一会儿坐下来奋笔描画。

忽然,这个身影猛地推开门,高举着几张纸,大喊:"明白啦,我明白啦!"

一直候在外面的小厮兴奋地说:"大人,自从你来到海盐,呕心沥血,废寝忘食,天天风里来,雨里去,上海堤,下滩涂,功夫不负有心人哪。"

黄光昇将那几张纸摊给小厮看:"为什么海塘总修不牢固?最大的症结在于塘根浮浅,石块垒得很高,全靠下面几根桩子支撑;桩子浮动了,根基就暴露在外;根基暴露在外了,整个石塘就容易垮掉。其次在于外疏中空。以前修筑海塘,往往用大石块,好是好,分量重,压得住水,但外圈必定无法严丝合缝,当中也必定留有空隙。海水在空隙当中横冲直撞,发出'汩汩'声响,极大地影响了填塞其中的泥土。这样,一会儿进入,一会儿出来,将泥土冲洗得干干净净,导致石块像人的牙齿,越来越疏松,直到被拔除的地步。"

第二天,黄光昇早早来到建筑工地。他召集塘工,兴奋地说:"海塘能否永固,完全取决于材料之间的紧密程度,特别是条石与条石,必须浑然一体。

来来来,听我吩咐,除了夯土、打桩、凿石等项目外,大家分成三组。第一组垒石。第一级先横放五块,再纵放五块;第二级先纵放四块,再横放四块;第三级先横放三块,再纵放三块。每一级也可以垒两层,依次向上,逐渐缩小,形成阶梯模样。第二组插入铸铁。喏,这铸铁好似向外张开的两枚燕尾,你们用力嵌入事先凿好的槽榫,将上下两块条石紧紧勾连起来。第三组填补空隙。等前两组完成一层一级的施工,就把油灰、糯米浆灌入条石之间,不许留下一点点的空隙,须知'千里之堤,溃于蚁穴'。这样一来,整个海塘全都咬合在一起,绝对坚固耐用,再不必为崩坍犯愁。"

一位老塘工向黄光昇竖起大拇指,说:"大人,你这方法,老汉我活了五十多岁,还是头一回听说,了不起!"他又向其他塘工大声说道:"咱得好好干活,千万别辜负了大人的一片苦心!"

"好咧——"众塘工一声喊,简直山摇地动。整个工地即刻热火朝天。

不知是谁唱了起来:"桩头打得牢又牢——"众人齐声呼应:"嗳嗨啦啊唷。"那人又唱道:"十八级台风吹勿坍——"众人提高了分贝呼应:"嗳嗨啦啊唷!"那人继续唱道:"大家手里加把劲——"众人扯开了嗓子呼应:"嗳嗨啦啊唷!"……

老塘工对黄光昇说:"大人,是那帮打夯的后生在唱号子呢。"

黄光昇显然被号子声打动了,愈加精神抖擞,向塘工招手致意。

于是,这边响起了翻石号子:"阿拉要——来格哉!嗳嗨要哩来,阿拉个煞,阿拉要哩来……"

于是,那边响起了短杠号子:"前面要上坡,脚步稳住。前面要下坡,大家当心。来到平地,脚步加快,吭唷……"

各路号子此起彼伏,那么淳朴,那么粗犷,像塘工粗壮的臂膀、强健的肌腱、满身的油汗。它们在塘工的灵魂里生成,在塘工的血液里加热,从塘工的肺腑里喷发,激射到这建筑工地的上空,使行云驻足不前,让浪涛退避三舍。我,也从这号子声中,听出了奋斗的力量、豪迈的胸怀、坚定的信心以及对未来的无限憧憬。与浓词艳曲相比,这些号子或许谈不上技巧,却是真正伟大的艺术,它使又硬又冷的石头有了生命的温度,更使普通的生活上升到了非物质文化的高度。塘工与海潮的抗衡,直接催生、发酵了人与人之间的向心力和凝聚力。而作为其显著标志的号子,每个字词,每个音符,无不彰显了海盐人民改造自然、追求安泰的责任与担当。如果说石塘是从客观物质上征服了海潮,那么,号子就是从精神意志上更为彻底地征服了海潮。

我来到丁字坝上,观瞻这古老而坚韧的捍海石塘。它,刚柔兼济,蜿蜒如龙,每一块石头都是龙身上的鳞片。有了它,还需要什么精卫填海?需要什么万弩射潮?数百年来,它忠实履行着历代仁人志士赋予的初心,让潮水凶顽的扑腾沦落为绝望的挣扎。

我很庆幸,庆幸自黄光昇这一集大成的创造以来,筑塘之法一脉相承,代有发展,海盐境内的海岸线也基本稳定,且潮患数量大为减少或者弱化,保障了海盐乃至整个太湖流域鱼米之乡的繁荣,促进了沿海地区的经济兴盛和文明延衍。我又非常惭愧,惭愧自己竟不知道这鱼鳞石塘是与万里长城、京杭大运河并称的中国古代三大建筑工程,并于2018年被水利部列入第十八批国家水利风景区名单,成为全国首个以"海塘"为主题的国家级水利风景区,更被国务院批准为第八批全国重点文物保护单位之一。

就在起步走回石塘的那一刹,我猛然仰见,黄光昇的雕像,赫然投映在蓝天之上,蔚为壮观!

思绪站在镇海塔上

晚饭后，独自出去散步，不知不觉走过小栅桥，来到了天宁寺。

夕阳初下，彤霞浅渡，行人不太多。天宁寺内，金刚殿、大雄宝殿、千佛阁，黄的墙、黛的顶，方方正正，次第矗立，透着宗教的庄严和一丝神秘。抬头望去，高翘的檐宇，像鸟儿高举的翅膀，在渐趋浅蓝、幽蓝、深蓝、墨蓝且大而亮的星星越来越多的苍穹上，勾勒出线条分明的轮廓，古朴、厚重、深邃，让人油然而生无边遐想。它们自诞生以来一直这样，从容淡定，迎着海上来的风，听着僧众念的经，看着尘世间纷繁变迁的喜怒哀乐。它们没出声，并不意味它们不在观察，不在思考，不在喟叹，无非我等无暇了解、不想了解或无法了解罢了，更何况它们本就超然于世，怎会计较凡间的锱铢恩怨？

绕天宁寺外围慢慢地踱行，过了灯红酒绿的饮食街，转到北侧，就见到那座再熟悉不过的镇海塔了。近水楼台先得月，向阳花木易为春。我住在绿城花苑西区，无论何时何地，都能方便地见到天宁寺。镇海塔像个老顽童，常常迫不及待地撞入我的眼帘。我知道，倘见了面，它仍会这样对我说："忘了昨天的事，忘了昨夜的梦，生活从头开始，就做个安静的过客吧。"这么多年下来，耳濡目染，我以为微雨、薄雪、朗月时的天宁寺最出色，有一种疏朗，一种超脱，恍如丹青高手的一幅水彩或水墨：诗意的，却又真实；真实的，却又变幻莫测。

镇海塔是大有来历的，数百年风风雨雨，在它身上烙满了历史的沧桑痕迹。

镇海塔最初建于元代。在那段苦难岁月,江南百姓地位低下,命运悲惨。在几乎绝望的境遇里,人们最容易自我麻醉,总希望从空冥虚无中找到一条得以寄托、解脱的路径,加上朝廷出于统治的目的大力扶持,佛教便盛行起来。于是,天宁永祚禅寺应运而兴。

说起镇海塔,不能不提及高僧梵琦禅师。梵琦,俗姓朱,字楚石,晚号西斋老人,四岁时父母双亡。他的身上同样被赋予了无数名人都曾有过的神秘色彩。据说,他母亲晚上"梦红日堕怀",于是产下梵琦。有一天,来了一位异僧,摸着襁褓中的孩子的头说:"此佛日也,他日必当振扬佛法。"果然,这孩子七岁即无师自通,灵慧大发,读书一目十行。到了九岁那年,著名书法家赵孟頫出钱为他买了度牒。梵琦便拜讷翁永模禅师为师,入天宁寺做小沙弥,晨钟暮鼓,诵读钻研佛经,日益精进,三十三岁就当了住持,直到洪武三年(1370年)圆寂。四十三年间,他苦心经营,终使天宁寺迎来一次巨大飞跃,香火鼎盛。1337年,梵琦发下宏愿,要造一座佛塔,镇住钱潮,保境安民。但所有事情都不可能一帆风顺,佛祖也用各种灾劫来考验人的意志,唐僧西天取经不照样经历九九八十一难吗?建造的过程中,烽烟迭作,战乱不断,工程几度遭遇挫折,尤以梵琦禅师多年辛苦募来的造塔经费白银二百两无端失窃最为痛心,但他矢志不渝,百折不挠,历经二十九个春秋,终于将佛塔建成。塔七层八面,高二十四丈,是江南数一数二的名塔。

佛说,"一切众生皆有如来智慧德相,只因妄想执着,不能证得",认为执着是一切烦恼的根源,只会自断修为,因而要"内破我倒,外遣执着",破我执,破空执。然为了信仰,又必须心怀执着,行见执着,如达摩面壁十年,慧可断臂红雪。其实不执着本身便是执着。从这点上说,没人能比得上梵琦的执着。阅读相关文字,我的脑海中渐渐呈现这样一幅画面:烈日当空,暑气难耐,连吹过的风都滚烫滚烫,轰轰作响,差点在人的皮肤上燎出一串串水泡。梵琦禅师盘腿趺坐,双目微闭,双掌虚合,面前摆放着一块上好的青砖。他低声念诵佛经,直到一卷结束,写上"大悲咒一遍",才换另一块砖,继续诵经,周而复始。豆大的汗珠从他额头、眼角、鼻尖、颊际淌下,仿佛一条条小溪,把袈裟濡湿了一大片。其他僧人、工匠围在一旁,静静凝视着,不敢有丝毫的动作和声音,怕破坏了这气氛,亵渎了梵琦,亵渎了佛。他们身后,是小山一样的两堆砖块,一堆是尚未写字的青砖,一堆是已经写字的青砖。

在我的臆测中,梵琦禅师应该是一个昂昂男子,出世之人必有出世之貌。天宁寺西边空地上的梵琦塑像,高高大大,手执经卷,一副悲天悯人的模样,令人仰止。出乎意料的是,明代首席文学家宋濂在《佛日普照慧辩禅师塔铭》中说,梵琦禅师"形躯短小"!然毕竟高僧,修养超迈,气质卓越,"神观精朗,举明正法,滂沛演迤","凡所莅之处,黑白向慕,如水归壑","由是内而燕齐秦楚,外而日本高丽,咸咨决心要,奔走座下,得师片言,装潢袭藏,不翅拱璧",全然顶级偶像风采。

镇海塔建成后,命运多舛,屡遭兵燹,几度废兴。抗战期间,镇海塔也难逃厄运。1937年11月5日,淞沪会战正酣,日军登陆金山卫,对中国军队形成大包围之势。几艘日舰游弋海上,发现镇海塔远远耸立着,颇为惹眼,便将其当作轰击标靶,连发数炮,轰坏了镇海塔。1938年5月15日,日军又发射一百多枚炮弹,炸死多名无辜百姓,镇海塔再次受到重创,第五、六层尤烈,整座塔向西南倾斜,像一位风烛残年的老者,摇摇欲坠,令人唏嘘。终于苟延残喘至1956年夏,一场强台风过境,塔的上半截訇然倾颓,顿成废墟。坊间传说,塔刹顶盘状如铁缸,那天,缸内掉出两条大鱼,在地上噼里啪啦乱跳,市民视为神物,赶紧收拾起来,焚香礼拜,第二天却发现两条大鱼都不翼而飞,沸沸扬扬的巷议街论后,一致认为是化成游龙回天上去了。又过了些年,塔被削得只剩最下面的两层,成了矮矬子,并改作自来水塔。

我从小住在董家弄,离天宁寺不远,空闲时常去瞎逛。那时,金刚殿开了肉铺,白条条的猪筒子用油晃晃的大铁钩挂了一壁、一柜。大雄宝殿改作丝厂茧子仓库。印象较深的是,大雄宝殿西边有座六角形的小亭子,石结构;寺内主干道两侧各植松柏十来棵,棵棵古老苍劲,矫如虬龙,需两三个人充分展臂才能合抱,不知何故后来杳无踪影了。

2003年9月29日,镇海塔修复工程启动,2006年9月28日竣工,历时三年,耗资七百余万元。整座塔保持了明清风格,七面八层;塔刹玲珑,高插云天;塔身中空;塔外每层均有葵花式回廊,檐角铜铃随风摇动,梵音清脆。游人凭栏而立,南眺秦驻山,东望杭州湾,俯视城内万家,上仰苍穹日月,足以爽心悦目。

镇海塔刚刚修复的那个夏天,我和儿子上去探了一回险。地面不平,散弃着许多建筑垃圾;塔基陷于地下,大约与平地差一米。我攀着砖缝,手脚并用,爬进塔身,发现里面空空如也,恰好应验了"色不异空,空不异色;色即是空,空即是色"的佛理。我又费力拉上既好奇又有点胆怯的儿子,我在前,他在后,沿着逼仄的石级,侧身一级级努力向上。本想体验一把"会当凌绝顶,一览众屋小"的雄心壮志,谁知蚊子滋生,嗡嗡作响,如黑云,如雷鸣,黑压压,乱腾腾,向我们猛扑。想想也对,塔内数年来人迹罕至,早成了蚊子世代居住的领地。

天完全黑了下来,路上行人越发稀少,风有些凉。喧嚣的白昼属于别人,静默的夜晚才属于自己。站在天宁寺北"海晏天宁"牌坊下,心想,梵琦禅师身处乱世,尚且做出一番事业,建起这样一座镇海塔,这样一座天宁寺,弘扬佛法,教人向善,真乃功德无量。

这时,一阵悠悠钟磬从黄墙内传出,不太响,却很有力;不连贯,却很执着,从遥远的时空那端,"当——当——当——",穿过树林,跃过屋脊,蹦入我耳中,内心便自然生成一片邈远空灵。抬头看天,墨蓝,透明似的;很低,几乎伸手触摸得到,让人担心这声音会不会崩破了薄如塑料纸的天。这声音,我非常熟悉,经常听到,有时傍晚,有时半夜,有时大清早,听得久了,就产生出一种亲切感,觉得和它像一对默契的朋友。我轻轻地走近一点,想听得再清楚些。高低错落的屋顶依旧轮廓分明,而天宁寺、镇海塔的飞檐翘角更加弥漫了古老的韵味,恍然自己已身处宋元明清了。

想起寒山寺的钟声来了。张继落第,乘船回乡,夜宿江边,无法成眠。正怅恨霜风凄凄、明月皎皎,忽闻梵钟传响,不由得情郁于中,又发之于外,写下

"月落乌啼霜满天,江枫渔火对愁眠。姑苏城外寒山寺,夜半钟声到客船",成为千古绝唱。我不是张继,虽然也烦扰蛮多,日夜澎湃,却苦于没他一样的生花妙笔,即便钟声萦耳,也写不出半句,只能久立不动,任凭心乱如麻。黑夜确有诸般好处,白天不愿听到看到的,现在听不到看不见了,省心许多。黑而不是伸手不见五指的空间又容易催人胡思乱想,头绪就像河里的蝌蚪、枝上的芽儿,数也数不清。然而,梵钟让我的心境渐渐平静。世上万相,恰似钟声,无为而起,无为而逝,无拘无束,无影无踪,着意也好,挽留也好,它只管自己,甚至连自己都不管。有位高僧圆寂前对弟子们说:"我讲过佛法吗?"那么,万事万物自按天道,草生便生,花落便落,何必太理会?

于是,我踩着自己的朦胧身影往回走。镇海塔,你兀自站天宁寺内吧,与我何干?

绮园印象

　　绮园，江南小镇的一座古典园林，如今成了海盐的一张金名片。著名园林建筑家陈从周教授评价道，绮园"能颉颃苏、扬二地园林者，山水实兼两者之长。故变化多、气魄大，但又无苏州之纤巧、扬州之生硬，此亦浙中气候物质之天赋，文化艺术之能兼收所致"。

　　绮园的桥梁各具特色，有水桥，也有飞梁，或占据核心，或甘作点缀。大池东堤上的罨画桥是绮园最重要的标志。桥额一侧写着"观濠"两字，对联为"雨丝风片，云影天光"；另一侧刻着"罨画"两字，对联为"两水夹明镜，双桥落彩虹"，均取自《庄子》里的故事或李太白的诗句等，既有超然的真意，又有世俗的雅趣。桥柱上的石狮子，昂首瞠目，惟妙惟肖。东堤南堤相连的转折处有一座三跨平板石桥。为了不遮挡游人视线，设计者用四片削得极扁的菱形石柱插入河底替代桥墩，极像四柄剑刃，故名"四剑桥"，为国内园林桥景的孤例。南山比较低矮，山阴的水面上架着一座园林中常见的九曲石桥，与北面的花厅对应，一玲珑，一阔稳，倒也相得益彰。北山幽谷最神秘了，寻尺之所，别开洞天。谷底筑墩，墩为水绕，两片小石板桥把墩与崖岸联结起来。墩上设一石桌，如若清风明月之夜，置一张古琴，焚一炉篆香，即使不弹，待上半晌，也肯定惬意。

　　绮园的亭台轩榭不多，零星散布于山水之间，却精巧雅致。进园往南拐去，但见一座轩敞花厅，唤作"树百堂"，又名"潭影轩"，前容清幽流水，后倚嶙屿小山;四周古木蓊郁,筛日滤月,沁凉入骨。楹上对联两副:"两浙名园此称首,参天乔木更无俦""绮丽幽藏泉石,园林独辟湖山"。大池东堤对岸有滴翠亭,除背山一面砌有开了两扇瓶式窗的墙外,左右两侧均半空,稍显落寞。大池西岸则是一座较为宽敞的临波水榭,也有对联两副:"六代高文无此绮,平生快览最兹园""兼有苏杭扬园林诸胜,中涵诗书画艺术之奇"。与前两联一样,都隐隐有标榜之心。可以泡一杯香茗,斜坐在美人靠上赏水。那水,静如琉璃,动如纱绉,映着天光云影、树荫鱼踪,直把人滋润得通体明澈,恍惚看见不远处的长堤上,宝钗扑蝶,款款而来。出了水榭,向西北迤逦而行,沿一条崎岖小路登上北山山顶。最高处的小隐亭,檐角翼然。这名字起得妙,大隐隐于朝,中隐隐于市,小隐隐于野。站在亭内,俯瞰全园,各处美景奔来眼底,纳于胸中,如再倾耳聆听,隐隐涛声便随风而至,不由人生发澹荡之气。

绮园的植被相当丰富,生机蓬勃,抬眼望去,像一块硕大的翡翠。梅、桃、朴、柳、槐、金桂、乌桕、黄杨、青枫等十六科二十属应有尽有,而两百年以上树龄的有三十多棵,其中树龄最大的是一棵皂荚树,据说四百多岁了。这些树木,除彰显生意、隐现主人胸襟外,还起到隔而未隔的观景效果,增加了景致的层次与变化。潭影轩前的两株香樟,表皮碧苔如绒,一直蔓延到梢头。东面围墙角有一株银杏,高大挺拔,两三个人展开胳膊也合搂不过来。每到秋天,总有小孩在树底下寻找落下来的果子,捡回家,去掉皮肉,将果核放入煤球炉膛里烤,片刻后听得"卟"的一响,外壳开裂,香气扑鼻而来,便足以解馋。最著名的当数北山脚下的古藤。这藤,根部扭曲,像大地筋脉,蓄积了无穷力量。它先略微下垂,又马上攀缘而上,直摩青天,恰似飞龙游螭,夭矫腾踏,又如金钩铁划,洒脱遒劲。至于寻常花卉,池中绿荷亭亭,道旁麦冬茵茵,看似漫不经心,却高低映衬,趣味良多。

绮园的假山全局融整,微观精巧。有山无水,易失空灵;有水无山,便觉轻浮。园中三座假山,由南而北逐次增高,不知是否隐喻了蓬莱三岛,但用来建构园林主框架的意图却显而易见。沿仄径上得南山,眼见喧嚣市井与清幽林泉仅一墙之隔,定会哑然失笑,这"达则兼济天下,穷则独善其身"轮转起来可真的便当。从西边下山,傍流北行,正怀疑此路不通,拐角处却忽现一洞,洞分上下,下则穿山而过,上则置身中山。信步向西,但见一块巨大的太湖石矗立于地面,这就是著名的"美人照镜",天晴之日,每到特定时辰,阳光恰好穿过石上的孔洞,像一面熠熠闪光的铜镜。太湖石后又藏一洞,也分两岔,同样幽暗深邃。如果说南山清秀、中山沉着,北山便属峻峭,是全园制高点。站立山巅,朝南俯瞰,大池、拱桥、水榭等宛如盆景,妙不可言;向北探视,则悬崖深谷,令人畏葸。那些山石往往犬牙交错,因势象形,如狮,如蚌,如笋,如孔雀,全凭游览者自己的想象了。与苏州、扬州等园林迥乎不同的是,绮园住宅和园林截然分开,并以山水为主,努力追求一种高度提纯了的野趣,体现了旧时文人入世出世两相宜的情愫。

绮园的意蕴非常深远,同音乐、绘画、诗词一样,彰显了中国人传统的审美价值、社会伦理和哲学观念。中国人不太提倡对称、方正,也回避雷同,而是以曲为美,以意驱景。整体而论,绮园东密西疏,呈三山夹两水的格局,却羚羊挂角,很难划出一条清晰的界线。微观而言,但凡花草树木、亭台轩榭、路桥山水,无不曲折多变,又融为一体,最大限度地丰富自然意趣以及对这种意趣的理解与表达。绮园前主人黄燮清主张词的创作十宜十不宜,如"宜曲不宜直""宜幽不宜浅""宜韵不宜俗""宜言外有意不宜意尽于言"等,这与绮园叠山理水的风格是一脉相承的。和传统文人一样,作为诗人、剧作家的黄燮清深受儒道两家影响,始终徘徊在庙堂与江湖之间,而现实又很残酷,于是他筑起拙宜园、砚园(即绮园的前身),每日偕友饮酒作诗,期望能在喧嚣尘世中营造一种隐居的氛围。两园便成了他物质状态与精神境界的象征性中介。再往深里思考,绮园更体现出了"天人合一""道法自然"的中国哲学观念。老子以降,大哲先贤都认为人与自然是和谐统一的,追求人与自然的契合是中国传统文化的核心所在,所以黄燮清就生出了"乾坤传舍耳,且复挂诗瓢"的咏叹。他从园林中找到了自己最理想的归属与成就,也因绮园而获得永远的存在。

走过余华笔下的沈荡

余华,著名作家,从小生活在海盐,海盐土地上的一草一木、一街一巷,对他来说,都那么熟稔,渗入骨髓,融入灵魂,变成他不可或缺的生命律动。有《余华自传》为证:"我在海盐生活了差不多有三十年,我熟悉那里的一切,在我成长的时候,我也看到了街道的成长,河流的成长。那里的每个角落我都能在脑子里找到,那里的方言在我自言自语时会脱口而出。我过去的灵感都来自于那里,今后的灵感也会从那里产生。"

因而他的作品,无论人物、事件,还是地名、风物,都不同程度地烙着海盐特有的印迹。听与余华年岁相当或略大些的人说,读余华作品,其中的人、事、景、物,如"南门""造船厂""轮船码头""灯光球场""人民饭店""向阳桥"等,往往像沸水中的一串串泡泡接连不断地从记忆深处翻滚上来,自己便不知不觉地融进小说营造的氛围中,呼吸着混有海腥味、泥土味的空气,街坊邻居般地与书中的每个人打着招呼。

《在细雨中呼喊》有个地名引起了我的浓厚兴趣——"孙荡"。

"这个高大的男人,拉着我的手离开了南门,坐上一艘突突直响的轮船,在一条漫长的河流里接近了那个名叫孙荡的城镇。我不知道自己已被父母送给了别人,我以为前往的地方是一次有趣的游玩。"从此,"我"(即孙光林)在孙荡度过了最初几年的童年时光。作为养子,"我"难以进入王立强(即"高大的男人")与李秀英的生活,但毕竟尝到了一丝家庭的温暖、童稚的快乐。

回到南门，父亲的淫威使心灵空寂的"我"更加追念这丝温暖和快乐，并催生了"我"对压迫的厌恶与反抗。孙荡，成了"我"精神沙漠中曾经出现而最终又归于虚幻缥缈的绿洲。

这便是《在细雨中呼喊》的故事内容之一。

因出差沈荡，便向人打听，这"孙荡"是否为"沈荡"的谐音。

回答说：估计是的。当时公路未通，从县城去沈荡只能坐轮船，这与书中的描写一样，而且"孙"和"沈"当地人都念 sen。

昨夜下了一场透雨。早上起来，天阴沉沉的，好像随时将细雨飘落，让我过一把呼喊的瘾。

到了沈荡，安排好手头的活，趁中午稍空，便到老街上闲逛。

这是江南水乡常见的小镇。街的南侧照例临水，水波荡漾，树影参差，只不过没了应有的澄澈清灵，也很难发现鱼的踪影。经过整修，没了枯瘦的瓦楞、仄歪的木窗、斑驳的墙壁，没了孙光林雨后踩溅水花的黄石板路，也没了老婆婆挨放路边青烟袅袅的煤球炉子，取而代之的多是粗糙干硬的水泥路面、水泥房子，外观整洁了、新了，却遮掩不住内在的落寞。我觉得，水泥实在是败坏古典的罪魁祸首，凡它占领的地方，优雅、从容、温馨，一律变得凄凄惶惶、瑟瑟缩缩，若能从中榨出些什么来，无非是久厌于纸醉金迷后的廉价的追念与叹息。

沈荡老了，老得成那个吮了一辈子螺蛳屁股的老太太了。

沈荡是辉煌过一段时光的。

沈荡是海盐内地水陆交通枢纽，仅次于武原而列全县第二。据说吴王阖闾曾在镇的北面筑了彭城，用来抵御越国侵扰。《光绪海盐县志》记载："沈荡为大镇，去县二十六里，水四通，列廛五六百家，五谷、丝布、竹木、油坊、质店大贾，往往而有。"方圆几十里内的农民经常摇船、肩挑、手提各种农副产品或手工制品来镇上赶集。当时流传一句俗语，叫"东市有木行，中市有钱庄，东西爿两当，还有三十六爿稻米行"，可见其繁华程度。

好在沈荡还剩两个地方值得一看。

　　一是离镇不远的钱家祠堂。清朝初年,钱家主人钱纶光与朱彝尊、彭孙遹、李士良等饱学之士交往甚笃,诗书继世,忠孝久传,加之继室陈书贤惠,教子有方,后代多有出人头地光宗耀祖者,而"三人中进士"最为人称道:儿子钱陈群官至刑部尚书,赠太子太傅,孙子钱汝诚为刑部左侍郎,侄孙钱载为礼部侍郎。乾隆皇帝为此亲赐"清芬世守"匾额。二是沈荡大桥,原名永庆塘桥,与于城、余新两座石拱大桥齐名,三孔,五十来米长,十多米高,康熙五十八年(1719年)建,雍正三年(1725年)重修,1998年因盐嘉塘拓宽工程,按原貌整体搬迁到了距老桥三公里处的陈家港。

　　钱家祠堂,我不止一次听人说起。几年前,我驾车到过那儿,颇为失望。破壁断垣围着两进老屋,瓦楞间"枯草的断茎当风抖着",诉说着主人永远离去后的衰落。大门临河,上着锁。向邻人打听,告知北面墙塌的地方能翻进去。绕了一圈,果然如此。偌大的院子里种着一垄一垄的菜,绿中带黄,稀稀拉拉,像癞痢头,难看之极;正中躺着半块雕有花边的大理石,字迹早已湮灭,隐隐显出令人心酸的沧桑与无奈。屋子空空荡荡,空得心房一下子几乎成了真空。粗大的梁椽楹柱无不开裂,厚积着尘埃,唯有两个石狮依旧高踞堂前,威武堂堂。几百年了,一切都在老去。可是,石狮子不会老,它们是忠诚的,也是执着的,始终在等待主人回来。

　　今天又一次来到钱家祠堂。令人惋惜的是,正对河道的大门不见了,取而代之的是一扇狭小的西门,并且上了锁。古代建筑理论相当重视风水,认为昆仑龙脉之一的南龙从西北逶迤而来,房屋便应"后靠西北,面向东南";而且能避冷消暑,又利于吉利的气场进来,即所谓的"藏风聚气",所以南向之门往往首选为正门。向西出门最不好,属归阴之位,即便命中注定该得的东西,因方位不利,也可能落得一无所有。拿现代物理学来解释,西面照射进来时的阳光温度最高,整个屋子非常闷热,不利于居住。

　　离开钱家祠堂,循路向南,就是沈荡大桥。我边走边想,莫非是余华《在细雨中呼喊》中提到的那座?孙光林被肥胖的新娘子大骂后,便从那石拱桥上逃过去了。行不多远,只见一座寺院立在冷清的田野当中,外墙黄澄澄的,格外引人注目。绕过寺院,一座石拱桥便真的矗立在眼前了。之所以用"矗立",是因为这桥确实太高,站在桥埠向上望,一级一级的石阶几乎碰上天穹。桥边青芦茂盛,桥下碧波潋滟。我站着,心下很疑惑,或许桥的那头连着明清两朝,也市井喧闹,车来人往,自己能跟古人零距离接触了吧。这是怎样的异想天开!桥板、桥栏选用厚重的大条石,桥顶柱上分别立着四只小石狮子,磨得发亮。桥身石缝之间零乱地长着几株瘦削的野草。我想,一旦雨露足够滋润,它们还会无比葱茏,开满艳丽的花朵,但是,人呢?从这桥上走过的人,还能重新回来吗?今天,我走过这座桥,明天,这一幕便成了永久回忆。况且对桥来说,它也许根本不曾记得。

惆怅,在我的心头徘徊许久。

好在阳光冲破阴霾,瀑布似的倾泻下来。

回到镇上,踯躅老街,似乎盼着什么,却又说不清楚。周围很安宁。靠河一侧的空地上种了许多樟柳;另一侧是杂货摊,空隙中停满了摩托车、自行车,人们做着自己的事情。服装店里,几个肩挎坤包的女人嘻嘻哈哈聊得起劲,前仰后合,似乎从不知矜持的含义。两个小青年一前一后,叼着烟,从胜利饭店前的水泥桥上匆匆走过。茶室里,树荫下,上了岁数的老人轻声细语,各种消息在这里传播。煎饼店的案板上只剩下几根七歪八扭的老油条,正做着它的白日梦,而围着油渍如朵朵梅花的白褂子的胖师傅,眯着细眼睛,兴致勃勃地盯着小电视机看节目。几只黄狗互相追逐,从眼前忽地窜过去了。

只是,"这条街道拐角的地方",总不见"一个戴鸭舌帽的大孩子",撮着嘴巴,吹一截黄亮的竹子,空气中自然没了悠悠的笛声。没了,是没了,视野里再找不到曾经的水乡韵味以及孙光林小小的背影。

当细雨不再飘起,我的呼喊,我的寻觅,还有什么意义?它们全在午后的慵懒中,默默去了。当一切都变成文字,就成了久远的历史,让人凭吊,让人缅怀。

雀　流

我对麻雀一向怀有好感。

麻雀个头小,也不漂亮,但生命力强,活泼,有灵性,无论环境多么险恶,即使其他更厉害的鸟绝迹了,它们照样挺了过来,而且活得有滋有味。20世纪50年代,全国各地掀起过一场轰轰烈烈的"除四害"运动,男女老少齐上阵,敲锣、打鼓、放鞭炮、下毒药,誓要将苍蝇、蚊子、老鼠、麻雀彻底消灭光。理由是,稻麦播种或成熟的季节,麻雀总是成群结队而来,偷吃狂啄。全让麻雀吃了,人吃什么?据说,在这场浩劫中,大概有两亿只麻雀被打入万劫不复之地。

不过,麻雀确应承担一部分责任!古人有训,"万恶淫为首"。这里的"淫"是"过分""过多"的意思。追求物质财富、精神财富乃天经地义,然缺乏自律,得陇望蜀,便是贪。民间传说,麻雀原本也会走,但太贪吃,有一次竟在太岁头上动土,吃了老百姓敬献给天神的祭品。问题很严重,天神很生气,就给麻雀铐上脚镣,让它永远飞也飞不高,跑也跑不快,只能可怜兮兮地蹦跶。

把麻雀列为"四害"之一,是人们犯了经验主义错误,只见其一,不见其二。麻雀属杂食性鸟类,偷吃谷物不假,但也捕食害虫,尤其在繁殖期间,它们更愿意首选营养价值高的虫子来喂养下一代,灭虫数量尤为可观。再说,消灭了麻雀,害虫得了势,就越发猖獗起来,对农业、林业、城市管理等造成的危害更多、更大。大自然花费亿万年光阴打造的生物链非常精密,环环相扣,缺一不可;假如某一环节出了差错,往往牵一发而动全身,造成难以估量的损失。此类教训太多。好在"除四害"运动最终回归理性,网开一面,用蟑螂替换了麻雀。

小时候我常被母亲派去干活,整天在秧畈间的田埂上跑来跑去,摇一根系了彩色布条的竹竿,驱赶那些胆大妄为的麻雀。这活可不太好做,赶了东头,它们飞到西头,赶了西头,它们飞回东头,自己却口干舌燥,疲于奔命,还要忍受日晒风吹的折磨。麻雀鬼精鬼精呢,特别会察言观色。比如刚插下几个形态逼真的稻草人,麻雀"懋懋然"不敢接近,时间一久,它们"往来视之,觉无异能者",便肥了胆,吃饱喝足后,竟站在稻草人的脑门上、肩膀上啄理羽毛,打情骂俏起来。我虽然腰里别了一副皮弹弓,兜里装着一大把泥丸子,手劲十足,眼力不错,指东绝不打西,指鼻子绝不打肚脐,但生性悲天悯人,不忍心向小小麻雀下手。只为了活下去,它们才冒险来找吃的,至于丢命吗?别人一天能打十几只麻雀,我呢,每天空手而回,以致遭同伴齿冷三天,"腰里挂着只死耗子,装什么猎人"?

有一年路边捡到一只出生不久的麻雀雏儿。我拿出两只差不多大小的塑料篮,相对扣扎成一只笼子,放上米、水,又横了根筷子当它歇脚的支架。麻雀雏儿却并不领情,一个劲地上蹿下跳,要找条宽缝逃出去,弄得米、水洒了一地。我把笼子移上阳台,心想,这里空气新鲜,阳光明媚,也许麻雀雏儿会心情好点,不料反而激起它更为强烈的抗争,几乎撞翻笼子。在麻雀眼里,我几乎是个神通广大的巨人,无论哪方面都处于极不对称的状态:我,掌握着生杀予夺的大权;它,毫无反抗能力。可是,麻雀是天生的自由主义者,它的天地绝不在狭小的笼里。它的天地里,有清风朗月、鲜花溪水,抑或狂风暴雨、凶禽猛兽,那才是真正属于它的世界。那里有它的亲友,有它的自由!我油然而生愧意:"放了它吧!"于是轻轻捉起麻雀雏儿,想学影视剧里那样,摊开双手,看它振翅高飞,再叫上几声,以表达对我等善良之举的感念。麻雀雏儿怎肯如我所愿?我刚松手,它便扑棱一下,急急窜出,迅速钻进园中的合欢树丛里,隐没不见了。其实人也时时被锁在"笼子"中,只是没看见或没感觉到"笼子"的存在,便安之若素了。

前几年到溆浦葫芦山,打算探寻一座修葺于明代的兵寨废墟。山下正在修路,坑坑洼洼的,不好走,绕了半天,总算在西北坡找到一条水泥小道,就满心欢喜,一步步爬了上去。谁知路到半山腰就断了,取而代之的是杂树乱草丛中大张着的好几重尼龙网,上面倒悬着五六只鸟的尸体,认不大全,但麻雀是有的。半闭的眼睛、耷拉的羽毛、断折的细腿,让我知道它们肯定做过一番剧烈而绝望的挣扎。人的无止境的贪婪,害得它们付出了惨重代价。

如今,生态环境保护被日趋重视,人与自然和谐相处的理念已变成了切实的行动。河畔,路边,村口,树林中,时常露出各种各样的鸟巢,白鹭、乌鸦、鹧鸪、喜鹊等随处可见,并且普遍不怕人。麻雀当然最多。它们比它们的前辈更加无忧无虑,小巧玲珑,像精致的工艺品,活生生的工艺品:眼珠子圆圆的、黑黑的、亮亮的,老喜欢偏着头东张西望;小脚伶仃,像火柴梗,一下一下地蹦来蹦去,速度挺快。也特伶俐,总离人几步远,啄一口吃的,再抬一下头观察观察;倘若受了惊吓,就"唰"地飞到树上、屋顶上,有时还得意地叫上几声,仿佛在挑逗:"你能拿我怎么样!"麻雀是永远长不大的孩子,天真烂漫,童心爆棚。它们喜欢群居,整天追逐打闹,不亦乐乎。麻雀又充满了爱心。有一回读屠格涅夫的《麻雀》,那母麻雀的一举一动着实令人敬佩。当发现刚出生的孩子掉到了地上,母麻雀立刻"像一块石头似的落在猎狗面前","挓挲起全身的羽毛,绝望地尖叫着","用自己的身躯掩护着小麻雀",还朝步步紧逼的"庞然大物"——猎犬嘴边猛扑过去,想引开猎犬的注意。这种舍身救子的本能抑或壮举,仅仅是人类才拥有的吗?

所以,存在即合理,生命从无高低贵贱之分,来到这个世上,各有各的位置,各有各的使命。曾听过一场教育讲座,主持人讲了一个小故事。母亲带孩子去海边散步,见许多鸟儿飞来飞去,就特意指着海鸥说:"孩子,你将来要像海鸥一样,搏击风浪,飞向大海的彼岸;千万别去学麻雀,它们目光短浅,不思进取,能填饱肚子就很满足了。"我不敢苟同。为什么大家都要做海鸥?海鸥立海鸥的志向,麻雀过麻雀的生活,一切都是上天最好的安排,任谁都无法僭越。关键在于不可忘了自己是什么角色:海鸥,就做最好的海鸥;麻雀,就做最好的麻雀。明明是麻雀,偏要做海鸥,反而一事无成。好的麻雀,不好高骛远,也不妄自菲薄,一味把自己当作弱势群体;好的麻雀,遵从内心的召唤,用清脆婉转的歌声,尽心尽力,为大自然添一份神韵,添一份快乐,夫复何求!

夏秋的黄昏,朝阳路与梅园路的交叉口总在上演这样一幕奇观。枝繁叶茂的梧桐撑开了一把把巨伞,却被风漾成了一池碧绿。麻雀,四面八方,前后缀连,一拨拨地汇聚过来。它们不是在飞,而是成了一条条小溪,在流,在涌,掠过高楼大厦,又轻轻巧巧落下,几乎没见枝叶一丝颤动。但见树影之中挤挤挨挨、密密麻麻,全是数不清的黑点,就像好多天没碰面的小宝贝,叽里喳啦地传播着自己耳闻目睹的新鲜事。它们毫无私心杂念,就这么坦坦荡荡,日出而作,日落而息。附近也有梧桐或其他树种,却没一只麻雀去歇脚,真奇了怪了。

这时候,我总情不自禁地停下脚步,倾听着,欣赏着这和谐相处的一景,而忘了周围的喧嚣。

邂　逅

中午,沈荡老镇,送子弄底,一幢老旧宅院。阳光静静地流泻下来,暖暖的,烘得周身每个毛孔都十分舒服。探头看去,却见瓦已破,椽已裂,板已朽,门楣上砖雕的福禄寿三星不知什么时候被人凿掉了头,显出无限的苍凉。

正想抽身离开,西厢房忽然出来一位老婆婆,头发花白,衣着干净。她拿着一只瓷碗,慢慢蹲下身去。三只小狸猫从角落里蹿出来,拥在婆婆脚边,瞪着眼睛,竖着尾巴,咪咪叫着,一副饥不择食的模样。

我问:"呃——,这是朱聚生的故居?"

老婆婆将碗里的饭菜倒进地上的铁盒子,铁盒子里立刻挤入三颗圆滚滚、毛茸茸的小脑袋。她抬起头,疑惑地打量我:"你是?"

我说:"我是教育局的,来沈荡小学开会。时间还早,随便出来转转。"

"哦,教育局的。"老婆婆笑道,"这里以前是姓许的人家,朱聚生的家还在沈荡的西北面。朱聚生,我熟悉。我曾是沈荡小学的老师,姓汪,和朱聚生的爱人一起同事过,前几年退休了。朱聚生做过沈荡小学校长、沈荡镇镇长、上海地下党,快解放的时候被国民党捉牢,枪毙了,尸体扔进了黄浦江,寻也寻不到。作孽啊。还好,他留下两个女儿,我也熟悉,她们经常跟我提起她们父亲参加革命的事情。"

我说:"我对朱聚生很感兴趣,想实地来看看。婆婆,你以前看过一部电影叫《永不消失的电波》吧?男主角李侠,人物原型叫李白,不是唐朝的大诗人李白,而是专门给共产党解放区拍电报送情报的。我查过资料,也知道朱聚生的一些事。他做沈荡镇镇长时办过报纸,宣传共产党的政策,揭露国民党的黑暗统治,后来到上海参加革命工作。1949年5月7日,他被国民党上海警备司令部逮捕,和李白一同在浦东的戚家庙就义。让人痛惜的就是,这一天,解放军二十三军六十七师的一部进入武原,海盐宣告解放。"

"可惜他没看到啊。"老婆婆轻叹一声。过了片刻,她回过神来,对我说:"不想进去看看我的园子?"

我受宠若惊,连声说:"好的好的。"

我不敢相信这外表陈旧的高墙里竟藏着这样一片别致的风貌:面积不大,才十来个平方米,却种了好多植物,青枫的妩媚,丁香的温柔,文竹的优雅,滴水观音的大度,绿萝的随性,正按它们本来的模样,自由自在,高低错落地生长着。它们日复一日地诠释着生命的新鲜、旺盛。站在小园中,似乎只要深深地呼吸几口空气,便连人带园,一下子融进了一颗巨大的绿水晶内。在这蓬勃的意趣中,人反而感受到一种远离了喧嚣庸俗的宁静。

老婆婆对待花草树木,像对待孩子一样,对它们的脾性是如数家珍。

园子正中立着一小块太湖石。以"瘦、透、漏、皱"的传统审美标准衡量,它几乎谈不上什么品位,但主人喜欢,足矣。我倒青睐于丢在墙根的那几块褐色石头。它们是火山石,其貌不扬,表面凹凸不平,布满了细孔,而且分量很轻。我凝视良久。有谁知道,它们也曾壮怀激烈。伴着火山那一阵惊天动地的巨响,它们从又厚又硬的地底下喷射而出,燃烧自己,用全部的光和热,划破洪荒时代如磐的黑暗。然而,百万年来无数次的沧桑轮回,渐渐使它们心如枯槁,越来越淡定,像身穿褐袍的得道高僧,或坐或倚,静看云卷云舒、花开花落。

老婆婆却没有和我一样的胡思乱想,只是一味絮叨着她莳花种草的经历。

说到兴致浓处,她从卧室捧出一个纸包,吹了吹水泥洗衣板上的细尘,然后小心翼翼地摊开来。原来是一大摞照片,大的,小的,黑白的,彩色的,都塑封了。她一张一张解说着:"这是我和老头子的结婚照。我们相差五岁。他做什么工作?不是老师,是厂里的工程师。年轻时多好看哪。这是我俩在绍兴柯岩拍的,这是我俩在西湖边拍的……喏,这是我儿子、媳妇、孙子,他们早搬去海盐了。他们是要我们一同搬去的,老头子不肯,说在这里多少多少年,住惯了,同事、街坊也都有感情,城里反而人生地不熟,去了,自己就成了被关在笼子里的鸟。他现在哪儿?正午睡呢。他待会醒来,照例去钓鱼。我嘛,陪他,一直陪他,今年整好陪了五十年。你看这张照片,夕阳红给拍的纪念照。唉,老啦,头发白哩。"

我笑道:"五十年,金婚呀,该好好庆祝一下。"

老婆婆摇摇手,说:"不啦,不想麻烦别人。"

"祝福你们!"我说,"二老高寿?"

她忙道:"还小呢。"

我理解她说的"小"的含义,便转了个话题,问:"平时做点什么?"

老婆婆说:"幸亏身体好,上午买汰烧,下午搞卫生,空了就摆弄这些花啊草啊,要么看看书、读读报,日子过得蛮充实。"

我估摸着时间差不多,要回沈荡小学开会了,便向老婆婆告辞。老婆婆仍精神矍铄,腰板笔挺,送我到门外的梧桐树下。午后的阳光特别亮,天空也特别蓝。风吹梧桐,发出轻轻的瑟瑟声。送子弄里悄然无人。三只已经吃饱了的小花狸猫慵懒地站在门口,对外面的世界充满了好奇与警惕。

老婆婆看着我,说:"你能陪我说说话,真好。下次有空,再来坐坐。"

我笑笑,不敢轻易答应,怕她上心,因为我自己也不知道什么时候能重来沈荡。但是,这一面之缘,足以给我留下美好的回忆。人生,时常因为有这样一次一次不经意的邂逅,才变得丰满,变得温馨。

海盐历史上的进士

隋唐开科取士以来,海盐区区一地,截止到光绪二年(1876年),考中进士的总数达267人,其中唐2人、宋84人、明84人、清97人。仔细勘阅下来,发现一个蛮有趣的现象:往往父子、兄弟、族人连续金榜题名,如唐代顾况、顾非熊父子,宋代郭璩、郭三益父子,梅颢、梅贡父子,赵士坦、赵不愚父子,清代朱鸿绪、朱瑞椿父子。

最典型的莫过于鲁氏、钱氏两大家族。

鲁氏家族,盛于两宋,史载"登甲榜者前后十八人",然而我仅见到十一人:鲁詹于北宋崇宁五年(1106年)考中进士,为鲁氏家族第一人;弟弟鲁訔、鲁訾于南宋绍兴五年(1135年)同时考中进士,想必轰动一时。第二代也不乏出类拔萃者,鲁詹的儿子鲁可封、鲁訔的儿子鲁可宗、鲁訾的儿子鲁可简,都相继金榜题名。第三代中,鲁可简的儿子鲁开、鲁珏以及从子鲁艺、鲁璪、鲁璠"并举进士"。他们当之无愧地成为名门望族。

到了明代,钱氏家族逐渐崭露头角。钱琦于正德三年(1508年)考中进士。他的六个儿子中,钱萱于嘉靖十四年(1535年)考中进士,钱芹于嘉靖十七年(1538年)考中进士。另外,钱琦兄长钱珍的儿子钱薇于更早的嘉靖十一年(1532年)考中进士。算上清代的钱之焘、钱绍隆、钱陈群,钱氏可真是家族兴旺。

之所以出现家族"抱团"现象,其原因比较复杂,归纳起来,不外乎三。

一、文化的耳濡目染

这些大户人家,经济宽裕,生活安定,能够心无旁骛,广泛阅读,"博观而约取,厚积而薄发",而且容易形成一定的共识。鲁訔曾投入巨大的精力,"古诗近体,一其先后,摘诸家之善,有考于当时事实及地里岁月,与古语之的然者,聊注其下",最终完成十八卷的《鲁冷斋杜诗定本》。后人评价道,"冷斋之有功于《杜集》,当与裴之注《三国》、郭之诠《南华》并垂不朽","极为后学借资",为中国古典文学的传承做出了贡献。按情理推断,鲁訔族人定会"近水楼台先得月",在吟咏杜甫诗作的过程中,时时感受其"蛟龙鼋鼍出没其间而变化莫测,风澄云霁,象纬回薄,错峙伟丽"的艺术魅力和人格力量。

二、教育的呕心沥血

天资聪颖,学习刻苦,两者相互促进,方能有所成就,欠缺任何一个方面,都将竹篮打水一场空。钱陈群的母亲陈书深谙这个道理。《光绪海盐县志·列女传》说她"粟米屡空",常"典衣鬻饰以供","卖画以给",却"晏如也",一副平静安闲的样子;然而在教育子女方面"严而有法"。钱陈群后来回忆,每次自己哭诉饥寒,母亲总是一边纺纱一边说:"儿啊,你父亲一直在外奔波,只有我做母亲的来教育你。你不学习,跟我荒废织布一个样。荒废织布,是女人的羞耻;荒废学业,就会被人痛惜。你别再哭饿,也别再哭冷,我就替你读七篇《孟子》吧。你不好好学习,将来哪有脸面见你父亲?一旦你父亲回来,会责打你的。你好好想想,好好想想。"钱陈群跪在母亲面前,哭着说:"母亲,别生气了,儿马上回去继续学习,完成后再睡觉。"每当遇到"奇文难字"或"英声华词",母亲就一个一个地给他解释、咀嚼。唯有这个时候,母亲才很开心。据说陈书怕孩子贪玩,整天把他们兄弟三个安置在阁楼上,撤掉扶梯,一日三餐全用篮子吊上吊下。皇天不负苦心人,钱陈群于康熙六十年(1721年)考中进士。为了感恩母亲,他专门请海宁郑玙画了一幅《夜纺授经图》。1751年乾隆第一次下江南时见到了,大为感动,亲笔题跋并赋诗两首,跋云:"索观钱陈群

《香树集》，有题其母夜纺授经图，慈孝之意恻然动人，且以见陈群问学所自来也。"又题"清芬世守"四字予以褒扬。从此，钱陈群以"清芬"两字作为自己住宅的名称，表示将清芬永继。

三、榜样的垂宪作则

一般而言，子女的性格与父母的修养存在着较大关联。虽不能说基因完全决定了人的性格，但至少是一个不可忽视的重要因素，而包括家庭在内的后天环境，更或多或少会影响其性格的养成。

顾况"志尚疏逸，颇好诙谐"。皇甫湜说他"不能慕顺，为众所排"，《唐国史补》更称其"傲毁朝列"。有一次，宰相打算擢升顾况，给了他一个肥缺，谁料顾况不领情，拒绝了，"此身还似笼中鹤，东望沧溟叫数声"。这种傲气显然被他儿子顾非熊全盘继承，且有过之而无不及。《唐才子传》就是用"凌轹气焰子弟"来形容顾非熊的性格的。这种性格极易"犯众怒"，因此，很多人千方百计地排挤他。会昌五年（845年），朝廷放榜，唐武宗李瀍听说顾非熊没能入列，非常奇怪，叫人拿来顾非熊的试卷亲自察看，发现其果真有才，便特地追加他为进士及第。这件事，《光绪海盐县志》的记述有所不同："长庆中，谏大夫陈商放榜，复下第，穆宗怪无非熊名，诏有司进所试卷，览之称旨，追榜敕赐及第。"

钱琦任盱眙知县时，恰逢"流贼横行江淮"，他临危不乱，招募民众，保质保量地筹办好作战装备。流贼得知，不敢来犯。等到事态平息，他又上疏请求"免三年税额"，为的是休养生息。平时做事，也必定顺从民心，从不轻易打扰他们的正常生活。这种"以民为本"的作风，深刻影响着他的孩子们。如钱芹，"宅心坦易，一以至诚待人"，即便担任一小小刑曹，也"务曲尽人隐"，尽最大努力弄清事实真相，而且"庭无鞭扑之声"，从不刑讯逼供，以致有人数落他过于宽容。钱芹却说："牧民犹牧羊，去其败群者足矣。"钱萱做德庆州同知时，根据"大兵数征调，民力罢"的实际情况，毅然"除编徭滥役，改运米为折纳，审户籍，令丁役相附，贫富得均"。

一句话,就是优秀的家风成就了鲁氏、钱氏等家族的辉煌。一个家庭,一个家族,假如高度重视家风建设,并推而广之,成为乡风、民风,更不断内化为每个人的精神追求,外化为每个人的自觉行为,那么,整个社会的道德准则和价值取向就有了根基,有了准绳,有了绵延不绝的希望。古代如此,现在如此,将来仍然如此。

华亭鹤唳

西晋时,海盐出了一个陆氏家族,声名显赫。

陆机,这个庞大家族的佼佼者之一,标准的文化人,"少有异才,文章冠世",为中国古典文化做出了很多贡献:《文赋》,文艺理论著作,用的是华丽的骈文;《平复帖》,存世最早的名家法帖,人称"法帖之祖";《赴洛道中作》等五言诗脍炙人口,如"清露坠素辉,明月一何朗",意境幽邃旷远。他与弟弟陆云被时人合誉为"太康之英"。《滕王阁序》有"请洒潘江,各倾陆海云尔"之句,就是形容陆机与潘岳的文才像大江大海一样蔚为壮观。

金无足赤,人无完人。在政治领域,陆机却明显低能,不但身死,而且被夷三族,不能不令后人扼腕叹息。

关于陆机的最终结局,《世说新语·尤悔》说:"陆平原河桥败,为卢志所谗,被诛。临刑叹曰:'欲闻华亭鹤唳,可复得乎!'"《晋书·陆机传》说:"既而叹曰:'华亭鹤唳,岂可复闻乎!'遂遇害于军中。"均大同小异。

才华是好东西,但不分场合地拿出来显摆,还让人难堪,就太不聪明了。

同为名门之后的卢志,有一次当着众人的面刁难陆机:"陆逊、陆抗和你的关系,哪个近哪个远?"他话里有话啊:你爷爷陆逊、你老爸陆抗为东吴立过汗马功劳,东吴也待他们不薄,怎么到了你这辈,非但没以死报国,反而跑到我们洛阳来混吃混喝?单凭这一点,你已有辱门风了。毕竟洛阳是人家的地盘,不答吧,陆机心里肯定一万个不甘;回答吧,人家说的确实是板上钉钉的事。为什么不以其人之道还治其人之身？陆机便套用卢志的现成话，把皮球轻轻踢了回去："我和陆逊、陆抗的关系，就像你和卢毓、卢廷的关系。"卢志当然明白陆机的辞锋——以五十步笑百步：你爷爷卢毓、你老爸卢廷做过曹魏的官，怎么也没殉节？卢志从此不再搭理陆机，但在内心深处打了一个死结！

陆云看出端倪，好心劝哥哥大可不必如此。陆机不以为然，振振有词道："咱老爸和爷爷名扬四海，他难道不知道？"

古代官场一向尔虞我诈，没能耐的，多半会身败名裂，甚至连带族人一同丢了性命。很多人常常抱怨自己怀才不遇，其实他们根本没弄清楚自己所谓的"才"，究竟是"实才"还是"虚才"？是"文才"还是"武才"？是沽名钓誉之"才"还是济世安邦之"才"？写几个字，题几首诗，做几篇文章，就一通百通，左右逢源了？陆逊虽书生出身，照样干翻"老兵"刘备，令他白帝托孤，蜀国元气大伤。可惜此一时彼一时。陆机毫无政治嗅觉，无论谁，他总是看走眼。说他没看透赵王司马伦谋朝篡位的野心，接受了中书郎的任命，也许可以原谅，但参与起草"九锡文及禅诏"，实在太不应该——这种行为，放在任何一个朝代，都属于犯上作乱，大逆不道。亏得成都王司马颖、吴王司马晏大力相救，他才侥幸逃过一劫，"减死徙边，遇赦而止"。为报救命之恩，陆机又轻信司马颖必能"康隆晋室"，一头扎进他的阵营，做起了所谓的平原内史。

陆机太想创一番事业，恢复祖先的荣光。

谁知司马颖人心不足蛇吞象，野心越来越大。西晋太安二年（303年），他联合河间王司马颙出兵攻打长沙王司马乂，任命陆机为后将军、河北大都督，统率"诸军二十余万人"。孙惠，陆机的同乡，也是少数的心腹之一，劝陆机别接这个烫手山芋，他们司马家兄弟反目，作为八竿子都打不到的外人，不必去蹚这浑水。陆机说："如果犹豫不决，司马颖一定认为我对他不忠，灾祸转眼就会降临。""首鼠"二字，倒也真切凸显出陆机那时那刻的微妙心态：机不可失，时不再来，岂能轻易放过？然而这副担子太重，自己那用书卷拼凑成的肩膀能不能挑得起来，没一丁点把握。与爷爷陆逊的后台强硬、手段高明相比，陆机的条件简直不可同日而语。

有个墨菲定律：你越担心什么，越给你来什么。

军中亲信全无不说，还放着司马颖的两个死党，而且偏偏都被陆机得罪过，一个是卢志，一个是孟超。补充一下孟超这个人物。孟超，太监孟玖的弟弟。如今，孟超当了个小都督，统领一支上万人的部队，觉得鸡毛飘上了天，没等开战，就放纵部下四处抢掠。陆机按律抓了首恶分子。孟超大发雷霆："哼，抓我兄弟，就是不给我面子！"立刻带着数百名全副武装的骑兵，径直闯入陆机的中军帐，不但夺走了人，临走还勒转马头，撂下一句任谁也无法忍受的脏话："貉一般的奴才，会做都督吗？！"还大喊："陆机要造反啦！"回到自己驻地，仍不善罢甘休，写信给孟玖，说陆机心存二心，不想速战速决。陆机帐下的孙拯劝陆机立杀孟超，陆机却投鼠忌器，不敢下手。估计就算陆逊从棺材里爬出来见到这一幕，又得当场气绝于地。开战后，孟超根本不服陆机调度，轻率出击，结果战死。孟玖怀疑陆机借敌人的刀，害了自己弟弟，马上跑到司马颖那儿，诬陷陆机心怀异志。

要命的是，在这紧急关头，军中一帮人，包括王阐、郝昌、公师藩等核心人物，一同落井下石，纷纷证明陆机确实如此。在洶洶政客、赳赳武夫面前，陆机满肚子的经纶只不过用来作茧自缚。

为了笼络人心，司马颖曾给陆机画了一个很大的饼："你如果办妥事情，建立功勋，就封你郡公的爵位、台司的职务。陆将军，好自为之！"

一激动，陆机的书生气汩汩地向外喷。他引经据典，正反对比论证，慷慨道："以前齐桓公任命管仲，建立了九合诸侯的伟大功业，燕惠王猜忌乐毅，导致功败垂成。今天的事，全在于您，不在于我陆机。"

这话不错呀，"上下同心，君臣辑睦"，才能无往而不胜。可惜，卢志不是老想着报一语之仇吗？他也跑去对司马颖说："陆机把自己比作管仲、乐毅，等于把您比作昏聩的燕惠王。主公，您脸面无光啊。自古以来，任命将军，派遣军队，没一个臣子凌驾于他的主君却可以帮助其办成事情的。"听了卢志的分析，司马颖默然，没做出什么反应。但从某种意义上说，"默然"等于"默许"。沉默是"斤"。这把斧头开始在司马颖那颗又冷又硬的心上霍霍打磨，总有一天会高举起来砍人的。

陆机做过一段时间的衙门将,但那时一则上有老爸陆抗顶着,大树底下好乘凉,二则其象征意义远大于实际意义,虚衔嘛,用得着多少专业知识?因此,他的实战经验几乎为零,将打仗当成了儿戏:从朝歌到河桥,二十万大军一字排开,绵延数百里,锣鼓喧天,排场够气派,可一战下来,山崩地裂,损兵折将,尸体填满了沟涧,连水都没法流动。军队可是司马颖的命根子,这么轻易葬送掉了,还拿什么称霸天下?陆机这条命,能与二十万军队相提并论?司马颖彻底爆发,即刻派人赶往前线逮杀陆机。

说也奇怪,那天晚上,陆机做了一个梦,发现自己的坐车被一长条黑色帷幔裹了个密不透风,憋足九牛二虎之力,依旧拉不断、扯不开。

天刚蒙蒙亮,奉命来杀他的人马到了。

陆机知道自己抵达了人生旅途的终点站,慢慢褪下军服,换上了白色便帽。这几个动作特别有仪式感,似乎在表明这么一种意思:个人志向也罢,家族荣耀也罢,终于在这一刻成了美丽的幻影。这顶帽子好啊,多轻,多方便,没丝毫压力,戴上它,头自然挺了起来;之所以选白的颜色,算是对自己过往的祭奠吧。

稍停片刻,陆机做了一生中最后的陈辞:"自从东吴灭亡,我们兄弟、我们家族千里迢迢来到洛阳,承蒙国家恩典,入侍帷幄,出剖符竹。成都王将重大使命交付给我,我虽曾推辞,但终究身不由己。落到被杀的下场,这难道是我命中注定的吗?"老子说得对,"知人者智,自知者明"。看来陆机并未真正了解自己,也没深刻反思,只把平生遭际推给看不见摸不着、玄之又玄的"命"。如果老天让陆机再活一回,他多半会重蹈覆辙。

在监斩官的催促中,陆机喟然长叹,吐出一句流传至今的名言:"华亭的鹤叫,我还能再听到吗?"

行刑刚结束,突然间浓雾大作,四下里暗沉沉的,仿佛一下子到了黄昏;又一阵狂风,将大树拦腰吹折。紧接着,大雪纷飞,一会儿地面就积了一尺多厚。

陆机被杀时,年仅四十三岁。先后被害的,还有他的儿子陆蔚、陆夏,他的弟弟陆云、陆耽。

　　《光绪海盐县志》这样记载："陆机，字士衡，少有异才，领父兵为衙门将。年二十而吴灭，退居勤学。太康末，与弟云入洛。张华曰：'伐吴之役，利获二俊。'太傅杨骏辟为祭酒，累迁太子洗马。赵王伦辅政，引为相国参军。预诛贾谧功，赐爵关中侯。成都王颖起兵讨长沙王乂，假机后将军、河北大都督，被宦官孟玖等所谮，颖使孙秀收机，机神色自若。机死，非其罪，刑时昏雾大风，平地尺雪，人以为陆氏之冤。机天才俊逸，辞藻宏严。所著文三百余篇。"

闻琴台

靖海门东面的闻琴公园内设有一座雕塑:伯牙鼓琴。

《光绪海盐县志》记载:"东门外二十步,台侧有闻琴村、闻琴桥。《武原志》云,台基陀坡犹在。相传伯牙鼓琴于此。"

最早出现伯牙鼓琴的,是《列子·汤问》:

伯牙善鼓琴,钟子期善听。伯牙鼓琴,志在高山,钟子期曰:"善哉,峨峨兮若泰山!"志在流水,钟子期曰:"善哉,洋洋兮若江河!"伯牙所念,钟子期必得之。伯牙游于泰山之阴,卒逢暴雨,止于岩下;心悲,乃援琴而鼓之。初为霖雨之操,更造崩山之音。曲每奏,钟子期辄穷其趣。伯牙乃舍琴而叹曰:"善哉!善哉!子之听夫志,想象犹吾心也。吾于何逃声哉?"

《吕氏春秋》多了一个内容:

子期死,伯牙谓世再无知音,乃破琴绝弦,终身不复鼓。

这个故事太经典了,相继为各家引用、创新,并逐渐浓缩成"知音"一词,为人们所熟知;所操曲子《高山流水》作为世界文化代表之一,1977年被美国宇宙飞船送入茫茫太空,成为星际旅行的使者。国内很多地方争相认为自己才是故事的发源地，以博取知名度。华中师范大学民间文化研究中心主任刘守华说："湖北石首以'调弦口'为中心，浙江海盐以'闻琴村'为中心，安徽固镇以'伯牙墓'为中心，山东泰山以'高山流水亭'为中心，它们各有自己的特色与意趣，在一个特定的空间构成各自独立的小传说圈，又互相勾连映衬，成为一个有关人类知音的共性传说。"

湖北武汉的闻琴台，我几年前去过，与友人一起品茶论诗，其乐融融。他们提到了清代著名哲学家、文学家、史学家汪中撰写的《伯牙台铭序》，"自汉阳北出二里有丘焉，其广十亩，东对大别，左界汉水，石隄亘其前，月隄周其外。方志以为伯牙鼓琴，钟期听之，盖在此云。居人筑馆其上，名之曰琴台"，说武汉与海盐真的有缘，古来便是知音。

我私下以为，事出海盐这一说法的讹传成分更多些。《列子》，又叫《冲虚经》，相传为战国时列御寇所著，其中的神话、传说、寓言精彩纷呈，如《愚公移山》《夸父逐日》《杞人忧天》《歧路亡羊》等。然而，列子关注的，并不在于事件真实，而在于理性真实，能够支撑起自己的理论大厦，他不可能也无法一五一十地给予考证。所以，拿《列子》中的故事来坐实，不过是邑人的一厢情愿。况且包括《琴操》《荀子》《韩非子》《战国策》等古代文献，都从来没有认定过伯牙、子期究竟是何方人士。这种情况直到冯梦龙的《俞伯牙摔琴谢知音》才算有个结果：俞伯牙（注：伯牙其实姓伯，名牙）乃"楚国郢都人"，于"汉阳江口"遇到樵夫钟子期——即使小说家铺叙，也与海盐没任何交集。

《续图经》透露了一条线索：

闻琴坊在县东南，取宓子贱单父鸣琴之义。琴台因坊名而附会也。

宓子贱，名不齐，孔子七十二贤徒之一。《吕氏春秋》记载，"宓子贱治单父，弹鸣琴，身不下堂而单父治"。单父，亦称亶父，古县名，位于山东单县南。当年，宓子贱接受了鲁国国君的任命，"仕为单父宰"，做了单父的地方长官。他经常上琴台弹琴，曲调婉转悠扬，以此教化单父的父老乡亲。《孔子家语》讲得更具体。有一次,孔子问宓子贱:"自汝之仕,何得何亡?"自从你做官以来,有什么得失?宓子贱答道:"自来仕者无所亡,其有所得者三:始诵之,今得而行之,是学益明也;俸禄所供,被及亲戚,是骨肉益亲也;虽有公事,而兼以吊死问疾,是朋友笃也。"弟子自从来单父做官,并没有什么损失,反而得了三大好处:以前仅仅诵读书本,如今能在我施政过程中加以运用,对所学就更理解了;拿自己的俸禄去帮助亲人,骨肉之间就更亲密了;即使公务再怎么繁忙,也会兼顾吊唁死者、安慰病者,朋友之情就更加深厚了。孔子大为感慨,对宓子贱说:"君子哉若人!鲁无君子者,则子贱焉取此!"你真是君子啊!鲁国没有君子的话,那么子贱你又从哪里学到的呢?这就是"鼓琴而治"的典故。太史公曾发过一段评论:"子产治郑,民不能欺;子贱治单父,民不忍欺;西门豹治邺,民不敢欺。"说这三人分别代表了三种不同的治国理念:以察,则民不能欺;以德,则民不忍欺;以刑,则民不敢欺。他们都是古代杰出的政治家,但谁更优秀呢?显而易见是子贱,因为他达成了儒家"以德治国"的最高理想境界。

结论是:"闻琴"在以前只是一座牌坊的名称,用来表彰某位县令的德治功绩,后人以讹传讹,套到伯牙、子期头上了。

十年辛苦为诗忙

自爱小窗吟好句,不随五马渡江来。

什么是"五马渡江"?《晋书》有段记述:"太安中,童谣曰:'五马游渡江,一马化为龙。'后中原大乱,宗藩多绝,唯琅邪、汝南、西阳、南顿、彭城同至江东,而元帝嗣统矣。"

那天,任职河北固城的胡震亨接到官府送来的文牒。

由于胡震亨德才兼备,上司奏请朝廷,擢升他为德州知州。从无品无级的教谕,一下子跻身为从五品、月俸十石的知州,有多少人梦寐以求,又该积多少辈祖宗的德啊。拿到这种文牒,谁不感激涕零,山呼万岁?胡震亨却没这么想,也没这么做。他很淡定,提笔在文牒末尾题了本文开头的那两句诗,明确表态:人生最惬意的,莫过于站在小窗前,吟诵自己心爱的诗句,而不再掺和官场上的是非恩怨,以博取所谓的驽马成龙、飞黄腾达。他或许隐隐感觉到大明王朝积重难返,危机四伏,单凭一人之力已扶不住行将倾覆的大厦,不如做一些更有意义的事。于是,后人看到:海盐武原镇虹桥边的一间简陋书房里多了一个焚膏继晷的博物君子,大唐诗歌多了一个钻燧传薪的集大成者。

胡震亨绝非庸碌之徒。他,万历二十五年(1597年)中举,做过5年合肥知县。履职伊始,他亦如李白似的豪情万丈,"仰天大笑出门去,我辈岂是蓬蒿人"。他奉儒家的"治国平天下"为圭臬,"大兴水利,改革官粮运输,颇多善政","治状冠江北"。他还忙里偷闲,钻研兵书,颇有见地。刘綖,万历武状元,号称"晚明第一猛将",在北渡淮河奔赴辽东的行军途中,特地与多年知交胡震亨见上一面。胡震亨秉烛把盏,畅论军事,深为刘綖钦服。刘綖打算请胡震亨同去守护边关,可惜未获朝廷批准。崇祯年间,胡震亨应诏入世,做过一段时间的定州知州,曾捐出自己的薪水,修建了一座桥,以方便百姓往来。那时,天下大乱,战事频繁,他"巧于应付,供应有法",使官军不肆抢掠而能吃好睡好,减轻了百姓痛苦。后因为守城有功,被提拔为兵部职方司员外郎,相当于副部级。总之,他的确"怀济世之志",兼"济世之才"。

传家有集不虚来,墨艳朱明出劫灰。

得见衮师洵无匹,慨然公篚为南雷。

这是胡震亨66岁时写给儿子的一首诗。这一年,既是南明弘光元年,又是清顺治二年,即公元1645年。诗中连用两个典故。一是"衮师"。李商隐的小儿子名叫衮师。李商隐《骄儿诗》有"衮师我骄儿,美秀乃无匹"之句,后人常拿来作为娇儿的美称。二是"南雷",即余姚的南雷里。陆龟蒙《四明山诗序》说,"谢遗尘者,有道之士也,尝隐于四明之南雷"。谢遗尘,晚唐名士,隐居南雷山。一天,谢遗尘去松江拜访陆龟蒙,大侃四明山的秀美风景,陆龟蒙、皮日休便以四明山为题,酬唱应和,佳作连篇。胡震亨是在以诗交代后事:儿啊,我的集子务必一代一代传下去,它不是凭空而来,而是凝聚了我毕生心血,尤其是饱经战乱,生灵涂炭,更显出集子的惊艳。我知道你像衮师一样诚实,定会感慨万端,好好珍惜,满足我这个超脱世外的老人的心愿。那么,他切切希望"传家"的是什么集子?不是别的,就是煌煌1033卷的《唐音统签》。纵观中国古代私人编书的整个历史,无人能出其右!康熙四十四年(1705年),扬州天宁寺开馆编修900卷的《全唐诗》时如此说明:"诗莫备于唐,然自北宋以来,但有选录之总集,而无辑一代之诗共为一集者。明海盐胡震亨《唐音统签》始搜罗成帙,粗见规模。……是编秉承圣训,以震亨书为稿本……"可见胡震亨于后人心目中的崇高地位。

《读书杂录》是胡震亨读书生涯的点滴写照。书中说:"余自幼好读书,老而念岁月无几,嗜读尤勤。"他平日里担心的,就是客人无端登门,打扰自己的专心读书。有一次,他看见陶宗仪《辍耕录》记载的江右胡存斋的做派,突发奇想,打算"仿其法,反用之,日悬一牌,云'胡遯叟不在家'"。"遯叟",胡震亨晚年给自己取的号。一个"遯"("遁"的繁体)字,全然看出他躲避纷乱、潜心学问的志趣。他更担心无法遍览天下书,"作一淹博名流",寄希望于儿孙能只争朝夕,别再白白荒废光阴。他算了这样一笔账:"人日诵万言,以书叶计之,不过二十许叶,似不为多。然必加遍数方熟。如加十遍,便是二百叶书,那得不费一日。此惟上等天资能办,未可轻言也。今且诵他十分之一,千言加之百遍,书亦可渐读尽。"可见,对待读书,他是多么勤奋,多么自律。

《读书杂录》里的一些细节,很能体现胡震亨研究唐诗的功夫。

李贺《黄家洞》诗"……闲驱竹马缓归家,官军自杀容州槎",咏官军不能杀蛮,反杀容州人冒功也。"槎"字,旧注蛮地。……后阅《类说》,唐明皇每称人为"查",言如仙槎之能随流顺变,上下天地也。……始知"槎"字来历,且叹服其人用字之妙。今试改"槎"字。……若"百姓"等字,绝无兴味矣。

看到"槎"字,稍有古典文学知识的人往往会联想到晋张华《博物志》提到的"仙槎"之说:"旧说云天河与海通。近世有人居海渚者,年年八月有浮槎去来,不失期。"但结合诗的具体语境,胡震亨认为这显然不妥。他以宋曾慥编撰的《类说》中唐明皇的习惯用语为引子,既推断出"槎字来历",又深刻领悟到"其人用字之妙":运用反语,嘲讽"官军杀人甚于贼";那些平民百姓,怎能和乘槎浮海的仙人相提并论?他们沉沦苦海,唯有随波逐流,任从命运的残酷摆布。

即使一个微不足道的"平上去入",胡震亨也不轻易放过,总是以充分的理由,推出令人信服的结论。如他提到"处分"一词,人们一般把"分"读作平声。他却以为"读非是",然后列举同为唐人的刘禹锡"停杯处分不须辞"和白居易"处分贫家残活计",得出"作去声读"的断语。我们知道,中晚唐的近体诗已经相当成熟,很少犯出律的毛病。这两句诗出自名家,其权威性不容置疑,完全符合"平平仄仄仄平平"与"仄仄平平平仄仄"的要求,况且第二、第四字,无论哪种情况都不允许可平可仄。

为追求研究的信度与效度,胡震亨特别注重资料的搜罗、保存与考订。他说:"《诗话总龟》,宋阮阅撰,分门类,冗杂不雅,训考订亦欠精确,后编尤甚,然晚唐五代诗人事迹及一二残篇断什多赖以存。"阮阅,安徽舒城人,北宋元丰八年(1085年)进士,"善吟咏,有诗名"。胡震亨指出,《诗话总龟》分门别类过于细碎,造成冗杂重复,引用书名也时有讹错;但是,晚唐诗人的事迹以及他们的残篇断章,却全靠这部书而得以留存。《光绪海盐县志》记载,他"日夕搜讨,凡秘册僻本,旧典佚事遗误,鲁鱼漫漶,不可句读者,无不补掇扬榷",一天到晚搜罗、探讨,凡私人珍藏或罕见的书本,如果发现遗漏、差错,哪怕模糊不清,也没有不补充、择选、认可或剔除的。

经年累月的校勘,使胡震亨对唐诗有了比较全面、深刻的认识,逐渐产生了臧否诗人的想法。于是,他乐此不疲,又费五年心血,写出了《唐音癸签》《李诗通》《杜诗通》等多部水平相当高的学术专著,系统性地确定了李白、杜甫在唐诗尤其是中国古典诗歌界的泰斗地位。他盛赞杜甫的七律,"正以其负力之大,寄惊之深,能直抒胸臆,广酬事物之变而无碍"。他批评顾炎武关于李白《蜀道难》"即事成篇,别无寓意"的解读,认为这首诗"言其险,更著其戒",可谓要言不烦,切中肯綮。故清王琦认为胡震亨"颇有发明及驳正旧注之纰缪,最为精确"。至于其他唐及五代诗家,胡震亨也同样把他们置于历史、社会、文化等因素综合构成的宏阔背景下,引经据典,作精辟阐发。对陈子昂,胡震亨指出:"子昂自以复古反正,于有唐一代诗功为大耳。正如伙涉为王,殿屋非必沉沉,但大泽一呼,为群雄驱先,自不得不取冠汉史。"他把陈子昂比作振臂一呼、天下景从的陈涉,意在凸显陈子昂一扫六朝以来的绮靡颓废诗风而开启唐代诗歌革新运动,给唐诗注入雄深雅健的生命活力的首倡意义,其厥功至伟。

就这样,从1625年到1635年,经过十多年的精心编纂,《唐音统签》终告完成。这部书,不仅广泛收集唐、五代诗人的作品,还替诗人立传,并对唐诗变革、名家诗风作了精准评述。胡震亨能有如此卓著的贡献,与其家学密不可分。胡震亨的祖父胡宪仲,"博览今古,留心经济,性好吟诗";胡震亨的父亲胡彭述"性喜藏书",曾将家中万卷藏书编次成《好古堂书目》。几代人的积淀与传承,为胡震亨成为"唐诗巨擘"打下了坚实根基。在无公众图书馆,也无互联网,更处兵荒马乱的明末,要囊括、甄选这么多诗人的作品,没有"板凳坐得十年冷"的强大内心,胡震亨是断难取得如此成就的。他几乎凭一人之力,奋力开掘、疏浚,才使这条日渐蒸发干涸的唐诗大河重新泛起碧涛,滚滚东流,最终汇入中华文化的浩瀚海洋,成为永恒,滋养与丰润了无数中国人的灵魂。

林则徐与捍海石塘

林则徐 字少穆，侯官人，道光初任杭嘉湖道。临视海盐塘工，相度缓急，指授筑法，筹划精密，旋以父病辞职去。后官至云贵总督。谥文忠。

读到《光绪海盐县志·名宦录》中的这一条目，我第一反应就是惊讶：大名鼎鼎的林则徐来过海盐？做过这等好事？

《光绪海盐县志·舆地考》交代，道光元年（1821年），海盐境内捍海石塘坍塌，潮水汹涌，严重危及民生，"巡抚帅承瀛委杭嘉湖道林则徐查勘"，而林则徐恰好是前一年上的任，正四品，"兼海防"。接到差事，他二话不说，亲临现场，发现从敕海庙西到南台头东这一地段，有"二十六丈五尺"悉数颓坏，距靖海门只剩半里光景，不但对海盐，而且对太湖流域都会造成莫大隐患。

屋漏偏逢连日雨。《巡抚帅承瀛碑记》透露，修复工程一上马就举步维艰。除了已经颓坏的部分外，还须连带左右，算下来长达"九十九丈"，费用绝非一个小数目，单单那"二十六丈五尺"，估计也需"一万五千余两"白银，况且"所用石料，长宽尺寸异于他工，一时亦难购办"。经过慎重考虑，林则徐提出"三步走"方针。第一步，集中力量，抢先修筑最紧要的颓坏部分。第二步，捐筹款资，巡抚、杭嘉湖道、嘉兴府、周围七县等官吏"循旧章"，掏私人腰包垫上。林则徐带头捐了五十两。短短几天，一共募得"廉银一万五千九百五十二两零"，算是解了燃眉之急。第三步，责令知县汪仲洋"董其事"，负责具体操办。

从《光绪海盐县志》这段条目,以及《林则徐年谱》(来新夏编著)可知,施工期间,由于父亲病势沉重,林则徐总感到自己心力交瘁。这年的十一月,林则徐在《致敬舆函》中谈及在浙为官的经历,用了"艰难"这个词语,应该说是他那时工作状态的真实写照。但是,正如他自己所说,"苟利国家生死以,岂因祸福避趋之"。深夜,他默默乞求父亲原谅自己无法尽孝床前,虔诚祈祷父亲早日康复;白天,则一如既往,继续忘我投身于热火朝天的工地,与同僚,与民工,一起顶狂风、斗恶浪,同甘共苦。直到第二年七月,即竣工后的第二个月,林则徐才彻底放下心来,上书辞官,匆匆赶回福建侯官(今福州)的老家。

在林则徐等的督视下,修复石塘的技术得到很大改进,主要体现在四个方面:一为固石法,从底到顶,每一层全部使用锭锔,使所有石块结成一个整体,不再轻易移位;次为夯桩法,用直径五寸至三尺、长一丈二至一丈九尺的老杉木,钉上双皮马牙,确保稳固,推迟腐蚀;次为充填法,用桐油、石灰杂以苎麻制成的黏合度更强的浆料,嵌入条石之间,不留一丝空隙;次为外护法,沿桩木外围辅以石砌斜面、双排荡浪桩,形成缓冲,减轻海潮侵袭。又据《明清钱塘江海塘》记载,道光元年至二年,海盐向会稽(今绍兴)的羊山订购"坚厚"石料一千丈;整个运输、储存、切割等环节,由汪仲洋亲自把关。

由于林则徐等筹划得当,修复石塘非常顺利。《巡抚帅承瀛碑记》告诉我们,整个工程"始于道光元年十月",到"二年夏(五月),经户部覆义,得旨允行,适所捐修者二十六丈五尺之工告竣",一年都没到。(林聪彝所著的《文贵公年谱草稿》称新塘"较旧塘增高二尺许")"数十年后,险工备举,全塘晏然,吴越七郡之民庆奠而乐康居,永久无极,则此时所修二十余丈之工,其嚆矢也,是成矩也",高度肯定了包括林则徐在内所有参与者的贡献。这一肯定,不仅仅指海塘修复,也不仅仅指工艺创新,更指一种精神,就是真心实意"为民兴利除害"的责任担当。

《海盐县志》(再版本)提到"及至道光元年,又开始进行旧石塘拆筑重建",可惜没有针对林则徐作适当铺展。

我觉得,我们不但要铭记首创五纵五横筑塘法的黄光昇,也要铭记无数为捍海石塘倾心付出的水利先行者。他们的成就或大或小,都值得后人尊敬与缅怀,并用确切的文字和实际的行动来褒奖,来光大,使之不朽。

心昭一曲《满江红》

曾侍昭阳,回眸处、六宫无色。惊鼙鼓、渔阳尘起,琼花离阙。行在猿啼铃断续,深宫燕去风翻侧。只钱塘、早晚两潮来,无休歇。　　天子气,宫云灭。天宝事,宫娥说。恨当时不饮,月氏王血。宁坠绿珠楼下井,休看青冢原头月。愿思归、望帝早南还,刀环缺。

这是海盐人彭孙贻步南宋文山《满江红·和王昭仪韵》两阕中的第一阕。

先说明一下所步原词的来龙去脉吧。文山,就是文天祥,有"人生自古谁无死,留取丹心照汗青"之句,想必大家都耳熟能详。王昭仪,许多人却不太清楚。她,名清惠,南宋后宫嫔妃,位列昭仪,才华横溢。德祐二年(1276年),元军攻占临安。祥兴二年(1279年),崖山一战,南宋灭亡,王清惠与大批宫人一同被元兵押送北上,途经北宋故都汴梁的时候,勾起了刻骨的丧国之痛,夜不能寐,便在夷山驿站的破墙壁上题了一阕《满江红》:"太液芙蓉,浑不似、旧时颜色。曾记得、春风雨露,玉楼金阙。名播兰簪妃后里,晕潮莲脸君王侧。忽一声、鼙鼓揭天来,繁华歇。　　龙虎散,风云灭。千古恨,凭谁说。对山河百二,泪盈襟血。驿馆夜惊尘土梦,宫车晓碾关山月。愿嫦娥、相顾肯从容,随圆缺。"一时海内传诵,纷纷唱和。清徐釚《词苑丛谈》记载:"文丞相读至末句,叹曰:'惜哉!夫人于此少商量矣。'"文天祥觉得,身为皇室成员的王昭仪不该"从容",不该"随圆缺",而必须大义凛然,坚贞不屈,于是"代王夫人"写了两阕,结句分别为"算姜身、不愿似天家,金瓯缺""笑乐昌、一段好风流,菱花缺"。

光阴如白驹过隙,转眼又过去三百多年。清军入关不久,彭孙贻读到了王昭仪、文天祥的《满江红》,两相反复比较,认定是文天祥错解了王昭仪的本意,因为她这是"决绝"而非"商量",祈求得到嫦娥的垂怜,与她一起孤寂度日,也决不屈身事元,同时强调文天祥"所作二结句又高出昭仪上",毕竟文天祥是状元、诗人,又是南宋丞相、抗元志士,对时局的洞察、对大义的执着,远远超出终日困囿于深宫禁苑的女流之辈,这自在情理之中。而且他们的词作,触发了彭孙贻自己强烈的情感共鸣,"读之悲感",便连步了两阕。

我们不妨读读彭孙贻的《满江红(其一)》。

上阕起句交代了王清惠"曾侍昭阳"的嫔妃身份。昭阳,即昭阳殿,西汉妃子所住的地方。唐王昌龄的《长信怨》就写道:"玉颜不及寒鸦色,犹带昭阳日影来。""回眸处、六宫无色"化用白居易《长恨歌》中的"回眸一笑百媚生,六宫粉黛无颜色",说明王清惠姿容出众,很得皇帝宠爱,过着平静、美满的生活。然而紧接着的一句"惊鼙鼓、渔阳尘起,琼花离阙",陡将笔锋转到了兵火连天的残酷现实。此句继续化用《长恨歌》中的"渔阳鼙鼓动地来,惊破霓裳羽衣曲"。谁能料到,顷刻间天地翻覆,乾坤倒转,元兵大举南侵,渡淮河,破杭州,毁宗庙,那些娇小纤弱的宫廷女子,像风中的琼花,无可奈何地沦为俘虏,从此离开皇宫,天涯飘零。阙,皇宫门前两边供瞭望的楼,代指皇宫、朝廷。一路上,"行在猿啼铃断续,深宫燕去风翻侧",人们不时能听见猿啼、风铃的声音,处处能看到身影远逝的燕子,吹到拂过枯林的寒风。一切都烟消云散,剩下的,只有钱塘江的涌潮,早晚两次,从没停歇,而自己命运未卜,前途迷茫。这里又借用刘禹锡《金陵五题·石头城》中"山围故国周遭在,潮打空城寂寞回"的意境,表达出无限的怅惘悲怆。

下阕"天子气,宫云灭"另有典故。秦朝末年,世间有一句流传很广的谶语,"东南有天子气"。为了阻止它的应验,秦始皇役驱民夫,在嘉兴、金陵等地开山凿石,大兴土木,意图破坏风水,断绝龙脉。南宋偏安江南,恰好应了这句谶语，但如今这"天子气"，不是由秦始皇消解，而是被元兵所灭。"天宝事，宫娥说"，则是化用元稹的《行宫》："寥落古行宫，宫花寂寞红。白头宫女在，闲坐说玄宗。"宫闱寂寞，往事依稀，只有白发宫娥还在述说着当年兴盛繁华之后的山河破碎、身世浮沉。诗人行文至此，内心感情郁结到了极点，自然如火山爆发，再也无法控制，故而由悲凉凄切的诉说转为石破天惊的呐喊，"恨当时不饮，月氏王血"，大有岳飞"壮志饥餐胡虏肉，笑谈渴饮匈奴血"的冲天豪气。月氏，汉时一个由游牧民族建立的西域小国。这里诗人直抒胸臆，恨不能效法卫青、霍去病统率大军，出征大漠，只能眼睁睁地看着国破家亡而束手无策。但尽管如此，诗人还是表明心迹："宁坠绿珠楼下井，休看青冢原头月。"这里连用两个典故：一是绿珠坠楼，二是昭君出塞，意在宣示一种宁为玉碎、不为瓦全的决绝之态。末句"愿思归、望帝早南还，刀环缺"，则希望皇帝、宫人以及所有北狩的人们能早日南归，但又清醒地意识到，这种希望，犹如水中月、镜中花，是无法轻易实现的，因为大宋一直奉行强文弱武的政策，缺少提刀杀寇的血性，复国南还全然无望。

全词用典颇多，然而丝毫不觉诗人在"掉书袋"，反而感佩他将典故有机地融入叙述与抒情当中，浑然一体。其风格沉郁、激奋，"实是借古人酒杯，浇胸中块垒，宣泄国破家亡、人世沧桑的流离之悲"。

为什么彭孙贻特别关注王昭仪、文天祥的《满江红》？

彭氏家族是海盐地方上的名门望族，累代为官。彭孙贻的父亲彭期生，字观我，万历丙辰（1616年）进士，《明史》《康熙海盐县志》都有其传记，但因其修纂于清代，慑于文字狱的恐怖高压，故关于他的生平往往语焉不详。结合彭孙贻亲著的《太仆行略》以及其他史料，我们尚可接近一些真相。隆武二年（1646年），彭期生任南明太常寺卿，视兵备事，困守赣州。交战双方实力非常悬殊，清兵"围赣者十五万人"，守军才"四万余人"。面对"黑云压城城欲摧"的危急局势，彭期生从容"作书与家人诀"，然后"日坐章贡台宝盖楼下，寝处饮食，皆当矢石"，每天坐在章贡台宝盖楼下，吃饭睡觉，都冒着箭雨石阵，亲临一线指挥，并且始终斗志昂扬。"每遇清风明月，吟诗题壁，多述尽忠致命之意"，每逢清风明月，就在墙壁上题写诗词，大多表述自己尽忠献身的情感倾向，彰显儒将之风。他激励部下："吾世受国恩，一死，分也。"我世受国家隆恩，今日唯有一死，才是尽了臣子的本分。赣州之役，血战两年，终因援绝粮罄，明军兵败城陷。眼见"北兵渐进台"，清兵渐渐迫进章贡台，彭期生"容止自若"，"徐为缳自缢"，神态举止从容淡定，慢慢解下帽上的带子，自缢身亡。这期间，彭期生还写给彭孙贻五封信，其中的《虔中书》说道："吾身亲历之忠信孝悌、礼义廉耻训汝曹，童而习之，别无遗命，即此是遗也。如大明之正统光复不可期见，儿辈诛鉏草茅以力耕，守先人之邱陇以延子若孙，诵诗读书，不工制举斯已矣！"我把亲身经历的忠信孝悌、礼义廉耻，训诫给你们听，你们要从小学习它，践行它，除此以外没有别的遗言，就算有，这就是我的遗言。如果再也无法看到大明江山得以恢复，后世子孙就耕锄田亩，谨守祖茔，诵读诗书，并一代代地传递下去，不再参加任何的科举考试，更不必说出来做官了。

父亲的言行举止，极大地影响了彭孙贻的品行。当彭孙贻听到父亲战殁，"徒跣号泣，冒白刃以求遗骨"，光着脚大声哭泣，在安顿好母亲与族人后，足足花了两年时间，顶着雪白的刀刃，深入江西寻找父亲的尸骨，可惜未能找到，只好刻了一副木头骸骨运回家乡。另外，彭孙贻的恩师陈子龙以及自己的两个亲弟弟也先后殉国。血海般的家仇国恨，使彭孙贻下决心继承父亲遗志，绝不再替清政府做任何一件事，"杜门奉母，终身布衣蔬食，以节义自许，不妄交游"，关起门来，照料母亲，一辈子穿的是短褐布衣，吃的是粗茶淡饭，坚守节操道义，不轻易与人交往。史载"当道有重其才，劝其出仕，谢绝勿应"，朝廷曾欣赏他的才华，劝他出来做官，但他一概拒绝，从未应允。他的诗词创作风格也发生深刻变化，走上了苏辛的路子，真实地展现了明清更迭之际时代大背景下的社会现实，以及遗民的真实心态。从这个角度出发，我们就不难理解彭孙贻会写出这般沉郁悲壮的《次文山〈和王昭仪满江红〉》了。其实，除了词作，他还著有《明朝纪事本末补篇》五卷、《甲申后亡臣表》一卷、《靖海志》四卷等，都以大明为正朔纲纪。

　　彭孙贻的高尚节操与文学造诣,理所当然地得到了人们的高度评价。清代况周颐的《惠风词话》中,将彭孙贻与夏完淳、陈子龙、王夫之等并列一起,可谓知人矣。1673年,彭孙贻去世,他的弟子私下里给了他一个谥号,叫"孝介先生",端的实至名归:孝,是因为他恪承父志,勤侍母亲;介,是因为他性情耿直,从不屈节。

"东海圣人"彭长宜

海盐彭氏家族源远流长,名人辈出,彭长宜即为其中之佼佼者。他,明代人,字德符,御史彭宗孟长子,时人誉为"东海圣人"。这是相当高的评价。王阳明认为,"心之良知是谓圣。圣人之学,惟是致此良知而已。自然而致之者,圣人也;勉然而致之者,贤人也",即使"愚不肖者",内心也未尝没有"良知","苟能致之,即与圣人无异矣"。所以,能否为圣为愚,关键只在"致",只在"事上炼",只在"知行合一"。而大凡圣人,无一不"致",无一不笃行"为天地立心,为生民立命,为往圣继绝学,为万世开太平","凡事不离大道,不悖常理,合乎天地万物之法则"。

回顾彭长宜的一生,我们能很清楚地察觉到,他正是砥砺前行在成为"圣人"的曲折道路上的。

彭长宜曾经终日惨淡经营,在泛黄的故纸堆中苦苦寻觅前行的路径。所幸后来他逐渐懂得了"纸上得来终觉浅,绝知此事要躬行"的道理,决心用自己的脚、自己的眼、自己的心,去丈量高山大川的险峻,体悟人情世故的炎凉,读透这本"无字之书"。于是他"北至京口,游金焦,南涉越海,登普陀。即秦驻云岫,佳节亦必登临。凡所游历,必纪之以诗,抒其怀抱"。往北,他到达镇江,游览金山、焦山;往南,他渡过杭州湾,登上普陀。即使本邑的秦驻、云岫,每逢良辰佳节,必会攀之临之。凡所到之处,一定吟诗作赋,用来抒发自己的胸襟抱负。这极大地帮助彭长宜拓宽了视野,活跃了思维,丰富了思想,对事物有了更全面、更深刻的理解,也更促使他文思泉涌,咳唾成珠。离名题万历浙榜过了整整二十八年,彭长宜终于再破天荒,考中崇祯癸未(1643年)科进士。

这年夏天,朝廷任命彭长宜为上海知县。然而他生不逢时,又生逢其时。生不逢时,是说他遭逢天下大乱,世道迭代;生逢其时,是说他也由此而尽显忠贞之志、干练之才。恰如因为黑夜,才衬托出星汉的璀璨;因为悬崖,才造就了瀑布的雄壮。据《海盐县志》记载,彭长宜刚赴任,川沙就发生了一件大案。有一官员女眷的奴仆特别豪横,带头造反,包围、攻打、焚烧主人的宅院。吴中道抚衙门派兵征讨,不料那几百名官兵非但没有履行职责,反而趁火打劫,滥杀无辜,以冒军功。彭长宜闻听变故,凭着"舍我其谁"的担当与勇毅,冒着极大的生命危险亲临一线,安抚百姓,恢复社会秩序,同时向上级官署提出撤兵要求。这充分体现了彭长宜的果敢、自信,以及对官兵性质的清醒认识。他相信,自己不必借助其他力量也能平息这场叛乱,而官兵乃至整个官僚机构早已失却维护正义、保护百姓的基本价值功能而走向它的相反一面,沦为时事动荡、民不聊生的重要因素。"请撤",其实反映了他对官兵所作所为的极度绝望与厌恶。

彭长宜身为知县,他还面临着异常糟糕的局面,"民间讼狱,其以党乱相讦告者",诉讼断案的过程中,很多官吏拉帮结派,互相拆台攻击,导致公平正义每况愈下。彭长宜为此大伤脑筋。他深知,国治必先吏治;凡官凡吏,均代表着国家治理的形象,而"致安之本,惟在得人",长治久安的根本,只在于得到优秀的人才,得到民心。"吏不廉平则治道衰",官吏做不到清廉、公平,政治就会衰败。因此,为官不可无能,更不可缺德,无论谁,无论职位高低,只要利用手中的权力巧取豪夺,就是危及社稷民生的毒瘤。彭长宜牢记着大明宰相张居正的一句话:"致理之道,莫急于安民生;安民之要,惟在于核吏治。""安民生"与"核吏治"构成了所有管理机构、管理工作的唯一核心。于是他处处以身作则,事必躬亲,"审别真伪,冤者雪之,诬者坐之,保全甚众",审察辨析真假,蒙冤者使之昭雪,诬告者判其同罪,从而保全了很多无辜的人。他召集衙门中人，告示他们说："吾来作令，誓不取民间一文。若辈不能藉衙门作生计矣，愿留者供役，欲去者听习他业，毋令父母妻子共受饥寒。"我来做县令，发誓绝不取百姓一文钱。你们觉得无法依靠衙门维持生计，愿意留下的，继续供职衙门，想离开的，任凭你们干别的行当，只是别让父母妻儿挨饿受冻。坦诚换来了信任。众人"无不叹服"，"矢志效命"。他更"劝谕士民，与其糜金钱以供皂隶之鱼肉，不若以追呼敲朴之费，尽登之正供，则官民两利"，与其浪费金钱，仍受衙吏的凌辱欺压，不如把这些费用纳入合法渠道，依法收取，真正利于官府和百姓，达成双赢。在彭长宜人情与法治两手抓的整顿下，在极端恶劣的社会大环境中实现"不笞一人"而"士民争先乐输，课额毕登"，"大小之狱，必得其情，未尝偏听，请托之情遂绝"的良好态势，各阶层争先恐后、开开心心地交纳租税，圆满完成财政定额；大大小小的案件，一定依据实情，未曾偏听一方，找人走后门的情况就此消失，"人以为前此所未有"，人们都认为这种局面是以前从来没有过的。

彭长宜又"谦和下士，慈惠爱民"。如果官吏普遍做到"谦和""慈爱"，就会出现繁华盛世；然若不虑民生，不忧百姓，便开启了乱世之门。而且民生实无小事，"些小吾曹州县吏，一枝一叶总关情"，一件件看似不起眼的小事，于百姓而言就是必须重视、必须解决的大事。史料中，关于彭长宜真诚对待下属、百姓的事不胜枚举。小吏犯了错，彭长宜从不轻易责罚，更不忍心欺侮。薪俸一时不够开支，就"载米家中以自给"，拿出家中的米当作衙门供给。"凡署中器用、服食，并给俸薪银平买，或至家乡运至，丝毫不扰民间"，凡官署中用的、穿的、吃的，一并用自己的俸禄公平购买，或者回到老家运来，一丝一毫也不滋扰地方。朝廷向有规定，官署日常用水由水夫负责。彭长宜却说："水夫，亦吾民也，何故而日索其汲？"水夫，也是我的百姓，凭什么向他天天索取呢？他根据水夫挑的担数，支付给他相应的工钱。现在的我们知道，明朝末年不幸撞上小冰河期，天下大旱，连江南水乡也歉收甚至绝收。彭长宜忧心忡忡，下乡视察灾情，一路步行，一路祈祷。他走遍上海的各个村舍，深入调研，写了一份申请减免赋税的报告递交给上司，并获批准，百姓没有不感激涕零的。当时,南明政权刚刚建立,统治尚未稳定,清兵又虎视眈眈,而各路将领却"拥众跋扈",纷纷派遣亲信到地方上督收粮饷。有个到上海办差的,蛮横无理,非要索讨额外的酒食钱。彭长宜不再"慈",也不再"谦",而是"奋起力争,义形于色",抖擞精神,据理力争,一脸义愤。结果,那个办差的被彭长宜的"廉惠"彻底折服,"敛威而去",灰溜溜地离开了。还有件小事也值得一提。南明奸相马士英提过一项建议:童生参加科举,须先交纳三两白银。这可不是一笔小数目。一般年景下,明朝知县一年俸禄总共才四十五两白银,何况朝廷正泥菩萨过河——自身难保,哪会足额发放?然而,彭长宜考虑到穷苦人家的子弟会因此而无法应试,就亲自挑选二三十名优秀童生,替他们交了上去。这相当于捐了两年左右的薪水啊。在卖官鬻爵、敲骨吸髓成风的大明官场,彭长宜的种种作为,真可以称得上"另类"了。

沧海横流,方显出英雄本色。弘光元年(1645年),清兵一路狂飙突进,直指江南。清叶梦珠的《阅世篇》记载,彭长宜"随令家属归里,誓与城社同亡。闻安抚使将至,公即闭户自经。学博陶公铸,公之同乡湖州人也,急走解之,百端慰谕,扶之偕归。公乃徒步出郭,百姓仓卒追送者,不可胜数,授以骑乘之,赠以赆不纳,阖县如失慈母。其后大兵入浙,抵海盐,公曰:'吾为令不能与城俱亡,悔之无及,今日犹得死于故主之土。'"他让家人回到故里,自己则发誓与上海县城共存亡。听说清政府的安抚使即将到来,他就关上门窗,打算自缢殉国。有个学官叫陶公铸,是彭长宜的同乡湖州人,急忙赶去,救下彭长宜,并千方百计地宽慰他,劝说他,打算一起回到海盐。彭长宜这才徒步出城。百姓得知消息,仓卒前来送别,人多得无法计算。他们给他坐骑,给他盘缠,但彭长宜一概不收。全县百姓悲痛得像失去了慈母一样。后来,清兵进入浙江,抵达海盐城下。彭长宜把子女一个个叫到眼前,说:"作为县令,我不能与城池共存亡,后悔都来不及,今天即使死,也要死在这片故土之上。"于是绝食而死。《光绪海盐县志》的记载是:"南都失守,解印归里。遇兵丰山下,伤脰垂绝,舁归,悲痛不食,扼吭而卒。"南京沦陷,彭长宜交割县印,返回故里,不料在丰山脚下遭遇清兵,脖子受了伤,奄奄一息,被人抬回家中。他悲痛交加,连饭也吃不下,最终自缢而死。不管哪种结局,都无损于彭长宜身上迸发出来的道义精神与人格光芒。"(人)闻之,无不垂涕",包括上海在内的民众听说这件事,无不痛哭流涕。"顺治中,邑人慕公不置,肖像奉祠于城隍之东偏,即今玉皇阁下面东遗像是也","祷祀不衰",祭祀一向不衰。又"请于督学,入名宦祠",向督学请愿,将彭长宜的牌位供入名宦祠。

彭长宜本为饱学之士,"日进诸生,谈文讲学,名流满座",而且为官一任,始终以民为本,以德为首,不辞小,不避大,重教化,易风俗,"德政之入人者深",面对危局而从容应对,面对百姓而心怀谦慈,面对异族雪亮的刀刃而坚守民族气节,"仰不愧于天,俯不怍于人"。孟子说得好,"生,亦我所欲也,义,亦我所欲也,二者不可得兼,舍生而取义者也。生亦我所欲,所欲有甚于生者,故不为苟得也。死亦我所恶,所恶有甚于死者,故患有所不避也"。彭长宜等先辈的言行举止,包括王阳明的"致良知",都给后人指明了一条成为"圣人"的阳光大道,那就是:遵从良知,舍生取义。从这个意义上论,彭长宜确实当得起"东海圣人"之褒奖。

乌鸦与皇后

玉貌曾沾帝子恩,故乡环佩葬归魂。

千年废寝无寻处,夜月啼乌尚有村。

这是明代乡贤朱朴的七绝《乌夜村》,吟的是东晋何法倪皇后的传说。

何法倪的父亲何准,《晋书》记载,"何准,字幼道",品行高尚,清心寡欲,二十来岁时就名闻遐迩。官府多次征召他,他都没答应。有一次,身为骠骑将军的兄长何充好心劝他入仕。何准说:"第五之名,何减骠骑?"我老五的名声,哪方面比你骠骑将军差?何充升为宰辅,想让何准好歹做个官,可何准不理凡尘俗事,只是一天到晚念诵佛经,修塔造庙。唉,道不同,不相为谋。

这何准、何法倪父女俩,与海盐大有渊源呢。《武原志》记载,"海盐县南三里有乌夜村,晋何准寓居焉"。在何法倪的身上,出现过两次奇异的现象。"一夕,群乌啼噪,乃生女",一天傍晚,突然飞来一群乌鸦,起劲地叫唤,就在这时,何准的女儿何法倪呱呱坠地。过了些年,何准去世,而"未闲教训,衣履若如人"的何法倪,因堂伯父散骑常侍何琦的举荐,被选入宫。还是傍晚,一群乌鸦又来大声啼叫,"推之,乃穆帝立后之时也",人们推断,这正是穆帝司马聃册封何法倪为皇后的日子。这座小村从此叫作"乌夜村"。

乌鸦,浑身黑漆漆的,人们通常把它看作凶兆,听到它的叫声,看见它的身影,就以为会招来厄运,有人还将那些说不吉利话的比作"乌鸦嘴"。古代恰恰相反，人们对乌鸦极其崇拜，称之为"神鸟"。《诗经》中有"哀我人斯，于何从禄。瞻乌爰止，于谁之屋"的诗句，《毛传》解释为"富人之屋，乌所集也"，乌鸦栖集的多为富贵人家。《尚书》曾经讲述了一件有趣的事："周将兴之时，有大赤乌衔谷之种，而集王屋之上者。武王喜，诸大夫皆喜。"周武王他们把衔着谷种的乌鸦看作国家兴起的佳兆，自然皆大欢喜，大书特书。古代神话甚至把三条腿的乌鸦"三足乌"当作太阳的代称，如《史记》的"载胜而穴处兮，亦幸有三足乌为之使"。唐代人们仍未改变对乌鸦的态度。段成式的《酉阳杂俎》声称，"人临行，乌鸣而前行，多喜"。乌鸦能够带来吉祥，因而人们普遍"爱屋及乌"，把"乌啼"看作莫大的祥瑞。明彭大翼《山堂肆考》卷二十六"乌啼"载，"海盐县有乌夜村，晋穆帝何皇后父准寓此村。产后之夕，有摹乌惊噪于村落。他日复夜啼，乃帝立准女为后"，而且后来形成一个惯例：凡乌鸦夜啼，一定大赦天下。

悲摧的是，晋朝在中国历史上是出了名的动荡。升平五年（361年），十八岁的穆帝莫名其妙地"挂"了，何法倪都没来得及替丈夫留下血脉。到大亨元年（403年），她前前后后竟亲历了哀帝司马丕、废帝司马奕、简文帝司马昱、孝武帝司马曜、安帝司马德宗五位皇帝的登基大典。他们乱哄哄你方唱罢我登场，走马灯似的没个消停，却让已升格为太后的何法倪孤独一人，形影相吊，硬将卿卿佳人熬成了皤发老妇！就是这年，桓温的儿子桓玄逼迫安帝禅位，又勒令何太后搬出皇宫，转往司徒府。何法倪，手无缚鸡之力，怎能与权势炙天的桓玄较量？她坐上车舆，黯然离开这块熟悉的地方。路过太庙时，她再也控制不住伤感，蹒跚下车，跪在阶前，恸哭不已。她要用如泉似瀑的泪水，洗刷"一入侯门深似海"的委屈与寂寞，缓解"最是仓皇离庙日"的无奈与恐惧。可是，她非但做不到，相反让伤感情绪越积越多，无法排遣，"哀感路人"。这一哭，惹恼了桓玄，叱道："天下禅代常理，何预何氏女子事耶！"意思是，天下禅让替代是很平常的事，跟你姓何的女人有什么关系！他当即剥夺了何法倪的太后尊号，将她贬为零陵县君，让她与被贬至巴陵的安帝司马德宗一同上路。

好在东晋气数未绝，桓玄遭到各方讨伐，没多久便身死族灭。元兴三年（404年）二月，群臣将安帝迎回，何法倪也恢复了太后的称号。回京路上，何太后下令说："戎车屡警，黎元阻饥。而膳御丰靡，岂与百姓同其俭约？减损供给，勿令游过。"她看到百姓饱受战乱之苦，艰难饥饿，因此对自己吃的坐的奢靡浪费，无法和百姓同甘共苦而深感羞愧，吩咐手下减少供给，以免游乐过度。

何太后毕竟风烛残年，禁不住身体上、精神上的连番折腾，到七月便郁郁而终，时年六十六岁，谥号"章皇后"。临终时，何太后最为惦记的，是童年时与父亲一起无忧无虑生活过的乌夜村。她留下遗言：生于乌夜，葬于乌夜，好日日夜夜听闻乌啼的声音！《嘉禾志》载，海盐在"县南三里"处特地修了一条"丧灵浦"，"开此浦以通舟"，扶迎何太后的灵柩重归故里。

与生俱来的大富大贵，并没真正如"乌啼"所愿，带给何法倪任何的人伦幸福。寻常百姓又哪里知道"高处不胜寒"的道理？他们单凭那点贫瘠的想象力，虚构着所谓皇家的富丽堂皇，从而对何法倪的"乌鸦变凤凰"充满热切期望。于是，她的出生，她的入宫为后，渐渐演绎成一个神奇故事，代代流传，引无数后来者乐此不疲，像明代诗人写的那样："荒村乌夜栖，忽绕月明啼。生得东家女，身为万乘妻。至今种高树，不遣乌飞去。居人凡几家，爱听啼哑哑。啼哑哑，忽惊怪。妇开门，向乌拜。"

与众多民间传说一样，好多地方都把自己当作这个故事的发源地。《嘉靖昆山县志》《康熙昆山县志》都这样说："乌夜村，在昆东南。晋穆帝何皇后父准本灉山人。寓此产后，之夕有群乌夜惊于村落……，因名其地曰乌夜村。"呵呵！说穿了，古往今来，那些市井坊间人云亦云的所谓传奇，很多只是人们对过往或者未来的一种乌托邦式的臆测，现实只需拿出针尖一般的不幸，就能轻而易举地把它戳破。海盐的乌夜村，连同何法倪的墓，早就彻底湮没于草盛草枯、云舒云卷的轮回之中，徒让多愁善感的诗人凭吊——有彭孙贻《乌夜村》诗为证：

女墙背郭望巫门,明月乌啼自有村。

不见宫花连戚畹,惟余野雀噪空原。

长秋晋室椒房尽,子夜江南羽调存。

休问昔时何准墓,高林松栝锁颓垣。

海盐历史上的另一个状元

　　人们大多知道海盐出过一个状元朱昌颐,却不知道还有一个状元——彭孙遹。

　　明朝灭亡以后,很多遗老遗少对清廷采取"非暴力不合作"态度,正如张岱所说,"披发入山,骇骇如野人",或关起门来做学问。为了缓解民族矛盾,更好地统治天下,清廷急需大量优秀人才,便在康熙十八年(1679年)专门开设了"博学鸿词"科。

　　什么叫"博学鸿词"科?这得从隋唐开始的科举制度说起。所谓"科",就是科目、类别,即按照不同的人才需求,把应试分成若干类别。所谓"举",就是考核选拔,择优录用。韩愈写过一篇《应科目时与人书》,贡献了"举手投足""俯首帖耳""摇尾乞怜""熟视无睹"等多个成语。他就把参加科举考试称为"应科目"。有时遇到特殊情况,朝廷还会临时设置科目,叫作"制科"。"博学宏词"科即为其中一科,始于开元年间,通过考试的人一般用于咨询顾问、著史编集。乾隆年间,为避讳乾隆的名字"弘历",遂改"宏"为"鸿",简称"鸿博"。

　　参加"博学鸿词"科的考生比较特殊,不必逐次参加县试、府试、乡试、会试,过五关斩六将,九死一生,而是由三品以上的官员推荐。被推荐者可以是在职官员,也可以是平民百姓。皇帝亲自出题、阅卷、点名。考中者进入翰林院,被授予侍讲、侍读、编修、检讨等不同官职,成绩优秀者还能直接在皇帝身边服务,记录皇帝的"起居注"以及国家大事。他们虽然没有实权,但待遇优渥,地位崇高,甚至"直达天听",影响国家大政方针的制定与执行。

整个清代进行过两次"博学鸿词"科的考试。

康熙十七年(1678年)颁布诏令,"一代之兴,必有博学鸿儒振起文运,阐发经史,以备顾问。朕万几余暇,思得博通之仕,用资典学。其有学行兼优、文辞卓越之士,勿论已仕未仕,中外臣工各举所知,朕将亲试焉",足见其求贤若渴之心。全国各地一共推荐了188人,其中,彭孙遹由大学士吴正治推荐。问题在于,你有心栽花,人家却不一定买账,有36人以生病、丁忧为借口没去参加,所以实际为152人。这场考试规格之高、监管之严,称得上前所未有。第二年三月初一,"召试太和殿,发赋、诗题目各一","学士院给官纸,光禄布席",朝廷召令在太和殿应试,发赋、诗各一题,学士院提供官方用纸,光禄大夫布置座次。康熙"亲第甲乙,取中五十人",亲自裁定等第,最终录取50人,一等20人、二等30人。发榜后,"赐宴体仁阁下",在太和殿旁的体仁阁大摆鹿鸣宴,为他们庆贺。史称"是科人才极天下之选",这绝非诳语,单看嘉兴的数量、质量,就很清楚这次"博学鸿词"科的确高端大气上档次:被推荐的13人中,参考9人,彭孙遹独占鳌头,为一等第一,相当于状元。王店朱彝尊、秀水徐嘉炎、平湖陆葇均为一等,海宁沈珩为二等,"皆海内名宿",如朱彝尊,别号竹垞,清初浙西诗派代表人物。

第二次是在乾隆元年(1736年)举行。

彭孙遹,字骏孙,号羡门,顺治甲午(1654年)中举,己亥(1659年)中进士。"每遇经筵充讲官,敷陈明畅,上嘉赏之",每次讲论经史,他总是担任解说,铺张陈述,明白晓畅,康熙非常赏识他。当时,翰林院编修《明史》,拖了很久仍无法完成,"上特命充总裁官,赐专敕与元老同",康熙专门任命彭孙遹为主编,并下诏赐予他与元老同等的待遇。这在旁人看来,完全属于"异数",特事特办,因为他太年轻,三十岁都没到,而翰林院是向来看人头发、胡须有没有白的。

有两件事很能说明彭孙遹才华出众。

《光绪海盐县志》记载,江西南昌重修中国四大名楼之一的滕王阁,落成那天,名流云集,纷纷效仿初唐王勃的做派,吟诗作赋,"洒潘江倾陆海",然而等彭孙遹的《秋日登滕王阁》一出手,无人不心悦诚服,"推孙遹作为冠"。

客路逢秋思易伤,江天烟景正苍凉。
依然极浦生秋水,终古寒潮送夕阳。
高士几回亭草绿,梅仙一去岭云荒。
临风不见南来雁,书札何由达豫章。

这诗妙在哪里?诗一上来就充满张力:人在"客路",漂泊在外,恰又"逢秋",而"秋之为气也,萧瑟兮草木摇落而变衰",加上"江天"云烟迷茫,自然容易触发"苍凉"的情愫。中间两联颇见功夫,作者通过意象的叠加组合,如"极浦""秋水""寒潮""夕阳"等,构筑起了苍劲萧瑟的意境,以抒发内心深处的悲怆惆怅。"依然""终古"二词,则说明这些景象和千百年前相比,并没任何变化,而"高士""梅仙"一旦离去,不管长亭边草的枯荣、山岭上云的聚散有过多少回,都难以再找到他们的身影。这两联反差强烈,从而生成一种难以言表的时空撕裂感,表达了诗人对古代圣贤的深切追念。尾联又将这种情感向悬崖边推进一步:即使就这点追念,也因"不见南来雁"而无法实现,使愁绪落入缥缈虚无之中,徒唤奈何。

据《郎潜记闻四笔》载,有一次,少年彭孙遹外出散步,不知不觉来到萧相国寺。俗话说,来得早,不如来得巧。僧人刚刚制成琉璃长明灯,发现彭孙遹不请自来,说:"这不是八岁就开口吟诵凤凰的小神童吗?能否辛苦替敝寺的琉璃长明灯作一篇赋,为佛门增光添彩?"彭孙遹爽快地答应下来。僧人喜出望外,连忙去煮茶,准备犒劳彭孙遹。不料,这茶还没煮毕,彭孙遹已墨不加点,一气呵成,将稿子交给了僧人。僧人跷起大拇指,说:"施主真乃才情敏捷啊!"

彭孙遹之所以"蹇然为首,士林荣之",风姿超迈,成为文坛领袖人物,被读书人引以为荣，跟他饱读儒家典籍是密不可分的。彭孙遹自述"幼读孔氏书"，且未辍半日。年老退休，离开京城时，"行李萧然，惟图书数辆而已"，行李少得可怜，跟随主人的，只有几大车的书籍。回到海盐家中，他"三载门无杂客，惟以书卷自娱"，好多年没会面过杂七杂八的宾客，只是读书自乐。毕生刻苦学习，终于造就了彭孙遹的不凡功业，名垂《清史稿》。《光绪海盐县志》评价他"尤工诗词，与新城王阮亭名埒，时号'彭王'"，尤其擅长诗词，与新城的王阮亭（即王世贞）名声不相上下，时人合称为"彭王"。徐珂在《清稗类钞》中称他"才富学赡，王阮亭、朱竹垞皆自叹不如"，他才华丰沛，连王世贞、朱彝尊这些一代宗匠也自叹不如。邹祗谟的《远志斋词衷•彭金粟词》记载，王世贞曾亲口赞叹彭孙遹"所作数十阕长调，妙合斯旨"。

沈祖棻先生的精神境界

沈祖棻先生,近现代著名女诗人,1909年生于苏州大石头巷本宅,但她的每部作品都分明署着:"海盐沈祖棻子苾撰"。

李清照、朱淑真都是古代著名的女词人,沈祖棻先生与她们所处的时代背景完全不同,读沈祖棻的诗词自然别有一重境界。李清照、朱淑真虽有一些作品喟叹世事,但基本上挣脱不出个人的小圈子,读者只能以她们所创造的艺术世界作为一支三棱镜,去窥视那个时代的真相。而沈祖棻先生似乎也吟风弄月,实则以隐喻、象征手法,于婀娜典雅的姿态中,直指生民离乱、山河破碎,标示了自己旗帜鲜明、格局高迈的价值判断和道义担当。

单以书名而言,沈祖棻先生的《涉江词》就清楚表白,她是在坚定不移地继屈原爱国主义精神之踵,把个人身世与国家命运紧密联系起来,休戚与共。她于1932年春写下的《浣溪沙》很好地证实了这一点:

芳草年年记胜游,江山依旧豁吟眸,鼓鼙声里思悠悠。

三月莺花谁作赋,一天风絮独登楼,有斜阳处有春愁。

这是沈祖棻先生的成名作。她以女性独具的方式、体味和情怀,把对国家前途、民族命运的深切忧虑,细腻而深刻地呈现出来,透出清婉、深沉的审美特质。借助作者精心选择的意象，我们完全感受得到此词写的是春天，如"芳草""莺""花""风絮"等，给人一种扑面而来的融融春意，那么美丽动人，所以作者理所当然要"年年记胜游"，要"依旧豁吟眸"。但如果对此词的理解仅仅停留于这一层面，就太过肤浅。程千帆先生的《沈祖棻诗词集》笺注说得明白："此篇一九三二年春作，末句喻日寇进迫，国难日深。"因此，我们便懂得词的第三句为什么那么突兀地转写"鼓鼙声里思悠悠"了。鼓鼙，也叫鼙鼓，原指古代军队中的小鼓，常代指战争。回首历史，我们刻骨铭心地记得，1931年，日本侵略者侵占我东三省，又对我华北地区虎视眈眈，给中华民族带来了深重危机。作为赤诚的爱国者，沈祖棻先生不由得无比悲愤。一个"思悠悠"，蓄藏了多少意蕴！这"思"，是对个人前途的忧思，也是对日寇步步进逼的焦虑，更是对腐败无能的国民党反动政府推行"攘外必先安内"政策的愤怒。连"鼓鼙声"都能听得见，这"思"更显沉重、阔大，似乎充塞了天地之间，逼得人喘不过气来。

尽管"三月"阳春，尽管"登楼"远眺，但是，才华再高，谁又会为眼前之景而写些无关痛痒的诗赋？满眼的"莺花"、满天的"飞絮"，早已缭乱了人心。面对这些景物，我们怎会不联想到文天祥的"山河破碎风飘絮，身世浮沉雨打萍"？虽远隔千年，但景相同，境相似，自然让人生发类似的切肤之忧、锥心之痛。于是，作者的情感冲达高峰，千万种感触聚焦到最后一句上："有斜阳处有春愁"。眼前之景物、襟怀之感伤、国家之命运，浑然一体，构成一个意味悠长的意境，极有辛弃疾"江晚正愁余，山深闻鹧鸪"的沉郁苍凉，而这从一纤弱女子口中吟出，更觉难能可贵。何况此词并非一味直接抒发，而是运用传统的比兴手法，通过对特定景物的巧妙再现，含蓄投射自己的胸臆。当然，国民党反动派的白色恐怖，使一切爱国者身危心苦，不得不借助深微曲折的笔法以有所寄托。这样一来，此词显得委婉动人，清丽异常的意境与所对应的社会背景形成强烈反差，突出表现了沈祖棻先生强烈的家国情怀和责任意识，收到了别具一格的审美效果。时任中央大学文学院院长的汪东惊讶道："风格高华，声韵沉咽，韦冯遗响，如在人间。一千年无此作矣！"竟把这篇《浣溪沙》与韦庄、冯延巳的作品相提并论，而"世人服其工妙，或遂称为沈斜阳"。

　　沈祖棻先生一贯秉承中国进步知识分子的良知，反对独裁，鞭挞丑恶，热爱自由，追求公正。抗战胜利后，国民党反动政府逆民心所向、历史潮流，悍然发动内战，并对国统区人民实施政治高压、经济盘剥，以中饱私囊，维护黑暗统治。对此，沈祖棻先生感慨万千，写道："彻夜笙歌新贵宅，连江灯火估人船，可怜万灶渐无烟。"随着学生运动的风起云涌，她终于以笔为枪，积极投身于反蒋救国的第二条战线，发出"谋国惟闻诛窃钩，嵯峨第宅尽王侯，新声玉树几时休"的诘责。在沈祖棻先生看来，那不知"几时休"的靡靡"新声"，恰如南朝陈后主的《玉树后庭花》，那些达官贵人都在醉生梦死，遗祸国家。民国三十六年（1947 年），武汉大学师生掀起"反饥饿、反内战、反迫害"的斗争高潮。据武汉大学出版社 2013 年 11 月出版的《流风甚美》记载，6 月 1 日早晨，国民党武汉行辕和警备司令部纠集两千多名全副武装的军警包围校园，"师生举仓卒不知所为，一任其排闼执讯而已"，"计鞭箠劫束，挟以同走者二十人；创而呻吟于室者，十有九人；肝脑膏地饮弹毕命者，则黄生鸣岗、王生志德、陈生如丰三人"。这就是震惊全国的"六一"惨案。正在武汉大学中文系任教的沈祖棻先生勃然大怒，拍案而起，以一首《鹧鸪天·惊见戈矛逼讲筵》泣血控诉当权者的草菅人命：

　　惊见戈矛逼讲筵，青山碧血夜如年。
　　何须文字方成狱，始信头颅不值钱。

　　愁偶语，泣残编，难从故纸觅桃源。
　　无端留命供刀俎，真悔懵腾盼凯旋！

　　大学，本是培养人才、教授学问的象牙之所，但"讲筵"被"戈矛"所逼，哪能逃避国民党反动政府掀起的腥风血雨？满目青山、一腔碧血，早已沉沦于漫漫长夜之中。"何须文字方成狱，始信头颅不值钱"，何必罗织文字之狱，民众的性命根本不值一钱，这当真是"深恸沉恨，语如刃出""几乎可以与杜甫的'诗史'为比拟"。清朝尚借口"夺朱非正色，异种亦称王""清风不识字，何故乱翻书"这些所谓的"异端邪说"，大肆屠杀前明的遗老遗少，而国民党反动政府竟连这个幌子都弃之不用，直接"赤膊"上阵了。面对那些"偶语""残编""故纸"，沈祖棻先生只能默然无语，因为它们再也无法让她置身事外，避入"桃源"。好不容易熬过这么多年的烽火岁月，幸存的人们又无缘无故地"人为刀俎，我为鱼肉"，一任国民党反动政府宰割。这是什么世道！写到这里，沈祖棻先生痛心疾首，"真悔懵腾盼凯旋"，真心后悔自己当初还稀里糊涂地盼望"他们"胜利归来呢。杨嘉仁评论道："《鹧鸪天》里惊闻变徵之声，沉痛、悲愤、苍凉、激越。"信哉！

沈祖棻先生是一个爱憎分明的人。她对黑暗势力是如此深恶痛绝，对生活、对家人又是如此挚爱，时刻憧憬着美好未来。说起沈祖棻先生的爱，就不能不提及她的长篇叙事诗《早早》，"张氏外孙女，前年尚褓褓。八月离母腹，小字为早早……"，字里行间的天伦慈爱，常令人莞尔一笑。朱光潜先生赋诗赞道："独爱长篇题《早早》，深衷浅语见童心。"窃以为，唯"幼吾幼""老吾老"，方可"以及人之幼""以及人之老"。一个连自己的亲人都不放心上，总推诿"无暇顾及"的人，是不太可能有什么普世情怀的。沈祖棻先生对丈夫程千帆先生那可以说是一往情深。他们同在金陵大学求学，"由于志同道合，很快便相爱了"，从此相濡以沫，奔命于南京、屯溪、武汉、成都等地之间。每次离别，总是纸短情长，柔肠百折："孤烛影成双，驿庭秋夜长""忘却相思，犹梦见，坠欢如故。何苦？连梦也，不如休做"。

望断小屏山上路，重逢依旧飘摇。

相看秉烛夜迢迢。覆巢空有燕，换酒更无貂。

风雨吟魂摇落处，挑灯起读离骚。

桃花春水住江皋。旧愁流不尽，门外去来潮。

　　这首《临江仙·之五》,程千帆先生笺注道:"此首写一九三八年春小住长沙及益阳事。其时余夫妇失业,寄寓孙家,居室短窄,而意气不衰。暇时每共读楚辞,以抒其磊落不平之气。他日,祖棻有诗寄止畺云:'湖海元龙让上床,肯令梁孟住长廊? 楚辞共向灯前读,不诵湘君诵国殇。'又云:'狂歌痛哭正青春,酒有深悲笔有神。岳麓山前当夜月,流辉曾照乱离人。'与此词之'风雨'二句,皆纪实也。"可见这段日子过得真是内外交困。短暂的"重逢",换来的却是两人的"依旧飘摇"。国难当头,两人与无数平民一起,像"覆巢"的燕子,颠沛漂泊;又失去工作,生活日益捉襟见肘,"换酒更无貂",只得蜗居陋室。但他们丝毫不减忧国忧民之念。两人每每挨着如豆的烛光诵读《离骚》,以抒"磊落不平之气"。这个场景,让读者联想到李商隐的"何当共剪西窗烛,却话巴山夜雨时",不过,李商隐的是基于个人际遇的幻想,沈祖棻先生的是基于世道离乱的写实。而现实的残酷又往往超出人们的预料,程沈两人旧愁未尽,新恨再添,像"流不尽"的"门外去来潮"。此词综合运用叙事、绘景、抒情,真实反映了兵荒马乱时期两人的情感历程,既有"风雨吟魂摇落处"的缠绵悱恻,也不失"挑灯起读离骚"的慷慨悲壮。由于情投意合,遂成文章知己,他俩被人誉为"昔时赵李今程沈"。这里说几句题外话:李清照的丈夫、建康太守赵明诚恰逢金兵大举南下,兵锋直抵城下,却未能尽守土之责,丢下官印,抛却妻子,趁夜独自仓皇缒城而逃,其人格已等而下之巨矣。

　　沈祖棻先生学高为师,身正为范。她对学生、朋友同样备加关爱,虽身处乱世,却治学不辍,勠力提携后进。她任教西迁重庆的金陵大学时,开设词选课,用心编纂和讲授《宋词赏析》。她与程千帆先生共同组建"正声诗词社",出刊《风雨同声集》,以其深厚的词学理论和优秀的诗词作品,极大地影响了众多学生。她告诫后辈:学诗词,首先要学做人,发"正声","起骚人",然后才是恪守词体固有的艺术创作规律,"标雅正沉郁之旨为宗,纤巧妥溜之藩,所弗敢涉也","缅怀家国,兴于微言,感激相召,亦庶几万一合乎温柔敦厚之教"。也就是说,既要坚守"雅正"之道,努力彰显文学作品固有的审美特质,又要发扬"沉郁"的现实主义创作风格,把国家兴亡、民生休戚作为最为重要的主旨与题材,微言大义,用以感动激励民众,而不轻易卖弄纤巧,流于浅白,这样,才有可能发挥诗词"温柔敦厚"的教化之功。

传统、文化等从来不可能中断,只有在传承基础上发展与创新。这犹如长江大河,从古到今,乃至将来,滚滚奔涌在个人、民族、国家的每一条血脉里,成为中华儿女共同的理想价值追求。沈祖棻先生善于以小见大,以形寓意,以意见理,透过个人的喜怒哀乐,折现出国家多难、社会动荡的喟叹。她在《致卢兆显书》中说:"古今第一流诗人(广义的),无不具有至崇高之人格,至伟大之胸襟,至纯洁之灵魂,至深挚之感情,眷怀家国,感慨兴衰,关心胞与,忘怀得丧,俯仰古今,流连光景;悲世事之无常,叹人生之多艰,识生死之大,深哀乐之情,为天地立心,为生民立命,夫然后有伟大之作品。其作品即其人格、心灵、情感之反映及表现,是为文学之本。"她的作品,可谓篇篇锦绣,字字珠玑,无不是对人间正道的深刻认识与自觉践行。她的词,当得起"词史"之谓,因为"(沈祖棻先生)以仁者之心观照当下社会现实,从而创作出的具有天下意识和忧患意识及其相应艺术特征的'第一等真诗'"。尽管沈祖棻先生去世已半个多世纪,但她曾经的创作历程,与当今社会弘扬的伦理价值、旨向,内容是共融的,路途是共通的。沈祖棻先生身上所散发出来的精神光芒,必将继续闪耀在为实现中国梦而奋斗的伟大事业中。

白首董沄拜阳明

古人学文习武，一般都是年纪小的拜年纪大的做老师，董沄却反其道而行之。

董沄，号萝石，澉浦人，年轻时"慷慨慕义，尝割私产让兄，还友人所质田"，慷慨大度，钦慕道义，曾经把自己名下的财产分给兄长，把友人抵押给他的田亩悉数归还。他一心一意研究诗词，与书画家沈周、诗人孙一元等名流"放浪山水间，日事啸咏"，"以为是天下之至乐矣"，在山水之间快活自在，每天吟诗作赋，并把这些当作天底下最快乐的事，后集为《从吾道人诗稿》。就这样，董沄潇洒地活到了六十八岁。

嘉靖三年（1524年）春，董沄用杖挑着水瓢、斗笠、诗卷，专程赶往海对岸的绍兴山中，去听一个人的讲学。这个人，便是大名鼎鼎的心学祖师爷王阳明。那天，董沄走进大门，朝王阳明行过拱手礼，便大大咧咧坐上正中的座位。王阳明见他气度不凡，年纪又大，赶忙恭敬还礼，和他谈了一天一夜。董沄非常受用，言辞越加谦卑，礼节越加恳切，坐的地方也不知不觉越加靠边。

董沄拉住王阳明的学生何秦说："我见那些读书人，说话啰唆，做事琐屑，却整天衣冠楚楚，一副木偶人的模样。更有等而下之的人，追名逐利，贪得无厌。我瞧不起他们，甚至怀疑世上并没有真正的圣贤理论，如果有，也不过被他们拿来谋取私欲罢了。听了先生的'良知说'，才好像大梦初醒。要是成不了先生的弟子，我这辈子算白活了！"

何秦很感动,说:"先生老了,志向却这么豪壮!"他转身进屋,把董沄想要拜师的意思告诉了王阳明。

王阳明大为惊讶,说:"竟有这事?我从没见过这样的老翁!可惜他比我年长啊。"

董沄听了,说:"先生大概认为我诚意不够吧?"便告辞回了海盐。

过了两个月,董沄捧着一匹细绢,再次来到王阳明讲学的山中。他又找到何秦,说:"这是我老妻亲手织的。我的诚意就像这匹细绢,请先生答应了我吧。"

听了何秦的禀报,王阳明感叹万分。"现今的晚辈,如果提笔写写文章,略微记住几个经典中的词句,便骄傲自大,不再愿意跟着老师做学问;见到别人拜师学艺,还一起哄笑,指指点点,把他们当作怪物。这个老翁,凭自己写诗的特长来教导后生,跟从他学诗的人遍布各地,早已具备当前辈的资格了。可是,他听了我的学说,立即像扔掉一双破鞋似的放弃了他数十年来的成绩,委屈自己,拜我为师。这样的事难道现在能见到吗?古人即使有记录,也不会太多。"他说,"没有大勇气,是无法不耻下问的。这方面,萝石老友本就是我的老师,我哪敢做他的老师?"

见王阳明仍没应允,董沄急了,"过誉啦,先生是在拒绝我。我不想再空等下去!"说着便往里闯,准备强行拜王阳明为师。

看着董沄的满头银发,王阳明实在不忍心推辞,只好同意两人亦师亦友。从此,董沄跟定王阳明,形影不离,王阳明走到哪里,就跟到哪里,探大禹陵,攀香炉峰,爬秦望山,游历于云门、若耶、鉴湖、剡曲、兰亭的山水之间。只要能听到王阳明的讲学,他总是高兴得忘乎所以。

一同去绍兴的亲友很为难,拉着董沄要回家,说:"你这个老头,年纪这么大了,何必自讨苦吃?"

董沄笑着说:"吾方幸逃于苦海,方知悯若之自苦也,顾以吾为苦耶?吾方扬鬐于渤澥,而振羽于云霄之上,安能复投网罟而入樊笼乎?去矣,吾将从吾之所好!"意思是,我才庆幸自己逃离苦海,你们却怜悯我,以为我自讨苦吃。我才怜悯你们身在苦中不知苦呢。我刚刚在渤海里扬鳍遨游,在云霄上展翅高飞,怎么可能再把自己关进渔网和鸟笼?你们回去吧,我将听从自己内心的召唤。他干脆又取了个号来表明心志,叫"从吾道人"。

王阳明深为感动,说:"萝石老友真的与众不同!老话说得好,'血气既衰,戒之在得',谁又能像少年时那样英明、进取、奋发呢?董沄他真可以称得上'从吾所好'了啊。"他继续借题发挥,道:"能听从自己的内心,天下就没人不尊敬他的。对家庭、国家、天下而言,没什么不能解决的;对富贵、贫贱、患难、夷狄而言,也没什么不透彻的。这就是他所说的'听从自己的内心'啊。孔子说'我十五岁时立志求学',这就是'听从自己的内心'的开始;'七十而从心所欲,不逾矩',则说明达到了'听从自己的内心'的完美境界。萝石过了耳顺之年,才知道'听从自己的内心'而学习,我不认为迟。再看萝石老友的勇气,早远远超越那个完美境界了!唉!世上那些忙忙碌碌追求物欲的人,见识了萝石老友的风采,也该懂得'遵从自己内心'的道理了!"

清黄宗羲的《明儒学案》记下了董沄与王阳明一同守岁的故事。嘉靖五年(1526年)腊月,海盐和绍兴都纷纷扬扬地下了一场大雪,天地之间,银装素裹。董沄又打算离家求学。儿子董榖担心父亲年届古稀,行动不便,况且海盐与绍兴隔海相望,路途遥远,万一有个三长两短,叫他这个做儿子的情何以堪?于是跪在雪地里,竭力挽留父亲在家过年。董沄说:"你爱我,因而要迁就我。我刚结识天下最好的朋友,与古代圣贤为伴,天地就是我的客栈,何必弄块狭小的地方让我安顿?"他还是前往绍兴山中。除夕之夜,董沄与王阳明一起在书房里守岁,辞旧迎新,并写下了《守岁诗》,王阳明则作《守岁诗序》。他们给后人留下了异常珍贵的墨宝。

董沄像当年的曾子一样,天天自我反省,并请王阳明指教。王阳明也真诚以待,经常给予精到的点评。因此,董沄对王阳明的心学越来越有心得,日积月累,写成《求心录》《日省录》等文集。王阳明对此深表赞许。在《天泉楼夜坐和萝石韵》中,他形容董沄"白头未是形容老,赤子依然浑沌心","看君已得忘言意,不是当年只苦吟"。

　　《传习录》里记载了王阳明与董沄的一次对话:"董萝石出游而归,见先生曰:'今日见一异事。'先生曰:'何异?'对曰:'见满街人都是圣人。'先生曰:'此亦常事耳,何足为异?'"一次,董沄外出回来,面见王阳明时说:"今天我发现了一件奇怪的事情!"王阳明问:"有什么奇怪?"董沄答道:"我看见满大街的都是圣人。"王阳明说:"这很正常呀,有什么值得奇怪?"在王阳明看来,董沄年龄大,阅历丰富,心态平和,察人观物自然比较明白。董沄觉得满街都是圣人,无非他已差不多能识别真与假、善与恶、美与丑,洞察世事。真的做到了这一点,就是"致良知",得了"良知"的真谛。董沄《野眺》诗中的"应有野人春卧稳,流莺啼过不开门"即是一个很好的佐证:名利犹如门外那只一掠而过的黄莺,叫得再好听,也不会干扰我的心。

　　孔子说过,"三人行,必有我师焉",每个人身上都有值得学习的地方,但这些人仅仅是浑身散发着人间烟火味的"师"。孟子发展了这一观点,"可欲之谓善,有诸己之谓信。充实之谓美,充实而有光辉之谓大,大而化之之谓圣,圣而不可知之之谓神"。值得追求的叫作善,自己有善叫作信,善充满全身叫作美,充满全身并且放射出光辉叫作大,光大并且使天下人得到感化叫作圣,圣而又高深莫测叫作神。想成为"圣",或行进在成为"圣"的道路上,必须付出艰苦努力。王阳明却意识到,对平常人来说,"圣"实在是遥不可及,高不可攀,从而极大地消弭了人们对它的自觉追求。于是,他将其世俗化,提出"人人皆可成圣人"的主张,"见父自然知孝,见兄自然知弟,见孺子入井自然知恻隐,此便是良知"。从孔子到孟子,再到王阳明,他们的思想似乎绕了一个大圈,重新回到原点。其实不然,它们已经发生质的升华:天理使然,听从内心的召唤,便为"圣"——这是每个人都能做得到的。董沄的拜师求学,就是他自己对"圣"的一种切实践行。

　　董沄的这段人生经历,对董穀产生了深刻的影响。《光绪海盐县志》载,"(沄)子穀贤而孝","好学,工诗文。宦归,安贫自怡。当昼炊烟未举,犹散步澂墅湖滨,吟咏自若。资绝敏,幼岁即通禅理,后侍父游王阳明门,识尤大进,妙解儒释合一之旨"。董沄的儿子董穀贤明并且孝顺,喜欢学习,善诗能文。

辞官回来,安于清贫,自得其乐。往往大白天未曾生火烧饭,却沿着潋湖散步,吟咏诗文,从容自如。他天资非常聪慧,很小的时候就通晓佛理,后来陪伴父亲入王阳明门下学习,见识增长得非常快,能够巧妙地解释儒、佛合而为一的精髓所在。他曾自我调侃,说道:"泊橹山下有一叟焉,穿粗布衣,卧白木榻,出蟋蟀吟,做蝴蝶梦,坐颜子禅,守老氏黑,把五柳杯,采东坡杞菊,使自己卖文钱,饱儿孙种田饭,不知此何人哉?或曰:即帝舜所封豢龙氏一百三十世裔孙縠者也。识者以为不诬。"活脱脱一派乃父遗风。

辑二

笔底山川

　　狼山的资本，当在看似矛盾实则互为的"出世"与"入世"的融合。蓊郁蓬勃的绿意之中、嘤嘤啼鸣的鸟语之间，两者浑然一体，似乎从来如此。古人说得好，"达则兼济天下，穷则独善其身"。狼山，不管"达"还是"穷"，始终不事声张。它以最真实的面目，向世人昭示着宁静淡泊的真谛，也容纳佛的"出世"和俗的"入世"，胸襟不可谓不浩荡，端的有芥子亦纳须弥的度量。

雁荡龙湫

几年前去重庆,听说青龙瀑布名气很大,号称亚洲第一瀑布,比黄果树瀑布还好看,于是经过将近四个小时的山路颠簸,我们来到万州甘宁乡仰佛山下,一边沿石阶缓缓而行,一边猜想瀑布的模样。凭经验,即使远隔山崖、树林,隆隆水声也该早扑入耳中。我心生狐疑:"绕了这么长的路,一点声响也没?"

又下了一段石阶,有人叫起来:"听,听,瀑布声!"

拐过山角,眼前豁然开朗。崖顶横亘,像一条极粗的平行线,线上蓝天,线下灰岩。水奔泻而出,垂下一张巨大的银帘,落向崖底深潭,激起漫天水雾,在阳光下折射出一道彩虹。众人纷纷打开手机镜头,脸上堆满欢笑,要拍下一张最美的照片。由于崖顶外凸,崖腹内凹,我沿着一条仄径,像孙猴子钻入水帘洞那样来到瀑布背后的空隙中,特别兴奋。向外看,瀑布像一块毛玻璃,将山的影、树的影、风的影映在上面,闪闪烁烁。不一会儿,我的衣衫便被淋了个透,凉凉的,砭人肌骨。

稍事休息,我们踏上回程,再次经过山角时,水声忽然消失。我越发纳闷,到底怎么回事?就四处打探,发现村边有个大池,靠里立着一座闸,正在"吱吱咯咯"地放闸门。"莫非青龙瀑布是从这儿出去的?"我不敢相信。这是怎样的水:静静的,似乎好些日子不曾流动;绿绿的,但绝非山和树的倒影。水面漂着圆圆的青苔、发霉的垃圾,石砌岸边有道下降了五六公分的新鲜水线,异常扎眼。

青龙瀑布的源头在这里!

摆摊的当地人证实了我的推测。他们说,你们一来,开闸放水;你们一走,关闸断水。

哈,亚洲第一瀑布原来如此!我大呼上当,边掏出毛巾,使劲擦身体,边满脸痛苦地说:"回宾馆,我要洗澡——"

这次游玩雁荡山,由于是团队活动,不来白不来,然而对参观大龙湫并没多大兴趣。

一路上,山道蜿蜒起伏,草木郁郁葱葱。大巴像一艘潜艇,在碧绿的海洋深处行驶。山坡上,田地间,黄花幽草,鸣犊白羊。斜日将光泼倒在裸露着的大片岩壁上,反射出从容而执着的赭黄;缝隙和凹陷纵横交错,其形成的暗影勾勒出粗犷的点、线、面,把岩石衬托得筋骨遒劲,像刚喝过几大碗烈酒的后生的胸膛,蓬勃着原始而狂野的力量,似乎要惊天动地般地迸发出来。它们那样的伟岸,横空出世,睥睨尘寰。

下了车,没走几步,但见山间平地上,孤峰突兀,直插云霄。导游提醒我们,这孤峰要从不同角度打量,才觉得美妙无穷。大家兴致勃勃地选地方,抬头,眯眼,咦,孤峰果然动了,活了,而且千变万化,仪态万方。它像一把高举的剪刀,想顺着自己的心思,重新裁剪这蓝天,这白云,这青山,这绿树;转眼又变作一只双翅垂敛的雄鹰,打算休息片刻后再翱翔蓝天。"大鹏一日同风起,扶摇直上九万里"。暗自吟诵李白诗句的时候,有个年轻人笑道,孤峰着实不孤,分明是一对情侣,紧相依偎,将直到天荒地老。有位老者淡淡一笑:"你们没上心,没看透,它其实是位打坐的菩萨,低眉合掌,心如止水,任花开花落,看云卷云飞。"都挺有道理。心中所念,即眼中所见。心中有佛,处处有佛。阅历不丰富,当然很难在外象与内心之间构建一座可以联通的桥梁。

绕过孤峰,前方露出一条曲折小溪。平缓处,游鱼细石,清澈见底,一碰上嶙峋怪石,或地势陡降,便立刻躁动起来,水花乱溅,淙淙作响,倒也浪漫。很想像韩愈那样体验一番,"当流赤足踏涧石,水声激激风吹衣",率真,洒脱,与大自然融为一体，不分彼此。然游人太多，终究放不下这张薄脸，只好默然，跟上队伍继续向前。

听到轰鸣声了！我将信将疑："不会又是假的吧？"

然而事实摆在眼前。大龙湫，自一百九十多米处的高崖上腾空而下，訇然作响，根本没法作假。唐人徐凝颇为自负的一句诗，题庐山的，"今古长如白练飞，一条界破青山色"，即使大诗人白居易及众多名家在座，他也当仁不让，大声吟来。我初读此诗，佩服之至，特别是那"破"字，直接击穿了时空界限，极富气势，端的妙笔生花。不妨想象一下，四周是绿得发暗的树林、高接云天的山峰，却于静穆中猛地挂下一道白练，永远澎湃，永远激荡，也太不和谐了。但，正因这太不和谐，反而呈现出一种另类的美。过于静穆，易于僵化；过于活泼，易于浅薄。两者兼备，既有静穆之庄重，又具活泼之机敏，加上瀑布本来就有的壮阔、雄浑，便万千气象，奔来眼底，天地精华，激荡胸中了。

与青龙瀑布一样，大龙湫背后的崖壁也略向内倾斜，但宏阔得多。看得久了，不觉得天上白云在慢慢浮动，反倒疑心山崖会随时当头塌压下来，埋葬一切。相比而言，人实在渺小，渺小得简直成了一粒飘无定所的尘埃。所以，大可不必为呼吸的急促、两腿的哆嗦、心尖的惊悸而羞愧。这是对自然的敬畏。敬畏自然，是人类最起码的道德。

再看大龙湫，初泻时，凌空飞起，龙腾虎跃，恣意放纵，犹如关东大汉铁板铜鼓壮辞悲歌。它或许源于一洼谷水，或许源于一挂山泉，然而沿途接纳了越来越多的水，便蓄积了越来越大的能量。崖壁并不买账，摆出一副老成持重的样子，把水流紧按在地，摩擦着，逼迫着，教训着。水流愤怒了，它要反抗，它要自由。正纠结不清，水道突然中断，跟前一片虚空。水流终于找到宣泄的机会，哪怕粉身碎骨，照样义无反顾，纵身一跃。在这生与死的考验中，它获得了洗礼，获得了涅槃，获得了重生的快乐与超脱。到了中腹，瀑布坠势渐缓，习习山风中，松软飘逸，柔和袅娜，烟气氤氲，恰如江南少女长袖纱裙轻歌曼舞。甫一接触水潭，就弹起万斛雪白的珍珠，轻快跳跃，又倏地隐入水中了。

我觉得,青龙瀑布太做作,太弄虚作假,哪像大龙湫这样襟怀坦白,刚柔相济？大龙湫实属天下一绝。

踩着满地乱石,我移步潭边。

潭才几亩大小,泊着几条竹筏,花钱可以坐着一玩。由于行程匆匆,没去试试,而潭水之美却令人流连忘返。水出奇的清澈,像透亮的大晶体,也许阳光直射的时候能见得到水底,但现在不行,太阳已经挂在了西面山顶的树梢上,再无法验证。潭中倒映着崖壁以及崖壁上的苔藓草木,有点绿,有点青,还有点幽,无法用精确的词语来形容,总之,混沌中透着一股深不可测的玄秘,仿佛水下是另一个完全陌生的世界。由于瀑布冲击,小小的波纹不断地荡过来,轻拍石岸。水面还是刷了明漆似的润泽,如琉璃,如丝绸,如碧玉,如少女善睐的明眸。我忍不住掬一捧尝尝,嗯,有点甜!

青龙瀑布的水,算啦,不提更好!

哎,教我怎么舍得离开这儿的山、这儿的瀑、这儿的潭呢？我痴痴地想,要是有条很长很长的绳子,一头系住太阳,一头牵在手里,不让时间跑得如此之快,以方便自己多待一会儿,多沉醉一会儿,该多好。

江南第一家

一

史上清官廉吏如晏子、杨震、海瑞、于谦、况钟者，以"天知地知，你知我知"的自觉自律，受到后人的敬仰、崇拜。但是，这恰恰说明清官廉吏在中国古代历史上实在鲜见寡闻，像大熊猫一样物以稀为贵。从这个角度来说，当下的弘扬清正廉洁之风，是非常具有历史意义和社会价值的。作为一门旺族，绵延几百年，每个成员无一例外恪守"礼义廉耻"，放眼天下，几乎唯浦江郑氏而已。

一下车，九座石牌坊次第排列，立刻跃入我的眼帘。

串联这九座石牌坊的，是一条石板铺砌的平坦甬道，两边草坪葱绿，点缀着姹紫嫣红的鲜花，远处是或疏或密的树林以及掩映其间的村舍。依着这个背景，九座石牌坊高大肃穆，前后有序，形成一种深邃、强烈的视觉冲击。它们披星戴月，风餐露宿，从遥远的时空而来，鱼贯走入现代。它们是一条搏动着的经脉，尽管满身沧桑，却仍在清晰地传达着中华民族的传统理念与道德价值。看石牌坊上那些名称，相信游人是完全能体会得到这一点的："江南第一家""孝义门""三朝旌表""有序""恩德""麟凤""取义成仁""礼部尚书""九世同居"。

我想，无论谁，都会心怀庄重，抬头仰望，不敢轻举妄动。

受台风边缘影响,雨渐渐急了起来,砸在地上,腾起一股刺鼻的土味。也许,这是上苍要我们好好接受一番洗礼吧。确实,很多人的内心深处总有着一些见不得光的东西。它们暗暗榨取身上的养分,还不时生出种种毒素与腐臭,并散发出来,让世界变得阴暗、肮脏。我们太有这个必要,将自己解剖开来,掏出五脏六腑,放在清风中、阳光下,一寸一寸地,吹一吹,晒一晒。

我没撑伞,只在雨中慢慢走着,对那几个咋咋呼呼、东窜西跑、忙着躲雨的人,自然报以微笑。

二

进入古镇,发现小街蛮有趣味。两边屋宇参差,有古色古香的木屋,也有水泥砌筑的仿古店家;路中间有条小溪,大体东西走向,穿城而过,很浅,很清,水势也不急。差不多间距的几座石桥把两岸连接起来,像一条拉链,似乎可以随时拉开,露出宽厚的胸膛,好让天南海北的游客听一听郑宅古老而强健的心跳。这条小溪,叫白麟溪,有些清高,很少因游人的流连而稍停半刻,又有些怀旧,总想说说它从静静的山林里带来的,那个郑氏一家三千多人齐集一堂同吃一锅饭的传说。

溪边,凌霄、紫薇过了盛开的季节,只剩零星的几朵,点缀在绿荫丛中。几只石榴沉甸甸地垂在枝头,对着溪流顾盼自怜。溪边石凳上,三三两两坐着些人,有摆摊的当地人,也有小憩的游客。

没走多远,但见溪畔立着一座方方正正的亭子,面积不大,也不高,砖木结构,古旧,好似垂垂老者。楹柱上有副对联:"千古风流麟溪水,一泓懿范孝感泉"。亭外,蔓草丛生,杂树蓊郁;亭内,泉眼尚存,微澜不起。

看落款,才知匾额上的"孝感泉"三字,为明朝朱元璋的儿子蜀献王朱椿所书。

能让大明皇室重要人物亲笔题写,必有超乎寻常的因缘。

原来,南宋初年,郑家先祖郑绮恪守孝道,悉心事奉双亲。有一次,郑绮的父亲郑照被人诬陷,被捕下狱,判了死罪。郑绮哭着赶往监狱,想见父亲最后一面,不料牢头十分凶悍,断然拒绝。无奈之下,郑绮用力将头撞击牢房大门,砰砰作响,鲜血淋漓,又上书为父亲申辩,请求代父受过。郡守钱端礼知道其中必有冤情,便明察暗访,终于弄清原委,将郑照无罪释放。过了几年,郑绮的母亲患了风挛之疾,手脚僵硬,无法动弹。郑绮待在母亲床边,端汤送药,一刻不离,竟三十年如一日。母亲要解溲,郑绮就像抱婴儿一样,小心翼翼地抱着母亲上茅厕。一天,母亲想喝上一口清凉的泉水。老天偏偏弄人,很长时间滴雨未下,白麟溪早已枯涸。郑绮只好往地底下挖,挖了几十尺仍不见一点水的踪迹,急得双膝跪地,仰天大哭了三天三夜。到第四天,郑绮的孝心终于感动上天,郑义门上空现出一朵乌云,紧接着一道白亮的闪电"唰——"地打在白麟溪侧,立刻炸出一道缝,缝中涌出一股清凉甘甜的泉水,还伴着浓郁的荷花香,经久不散。郑绮高兴万分,马上舀了一碗,双手捧给母亲。

孟子说:"老吾老,以及人之老;幼吾幼,以及人之幼。"

这话说得再明白不过,做到"及人之老""及人之幼",必先"老吾老""幼吾幼"。尊敬、事奉双亲,抚养、培育子女乃人之大伦,是每个人的义务,也是尊敬别人、帮助别人的基础和前提,而绝非用以攫取名利的筹码。忽然觉得该澄清一下"不孝有三,无后为大"的真正意思。这里的"后",不能解释为"后代""传宗接代",而应是"执后代的礼节""尽晚辈的责任",原文下句的"舜不告而娶,为无后也"就是一例。舜是有儿子的,叫均,后来封作虞侯。因此,以至孝对待家人的人,必以至忠对待君主,对待所有的人。一个连父母孩子都不爱,也不用切实行动表达爱的人,能真的以天下为己任,以民瘼为己疾,恪守品行,无私奉献?王莽的大义灭亲,不过是他骗取民意、谋朝篡位的一种冷血手段。

三

拐过几个街角,历史便进入明朝。我们到了昌三公祠。

昌三公祠又叫"老佛社"或"眉寿堂",以前用作郑氏子孙举行结婚大典的礼堂。

走进屋内，光线一下暗了许多。仔细打量，只见墙面斑驳，露着粉灰下的块块青砖；梁椽、柱子、门窗，很多地方裂开了一道道口子，像老人满脸的皱纹。无论中堂还是门厅，陈设都极其简陋，显然主人并不想刻意摆弄。屋子少了别处深宅大院常有的富态，却多了一份质朴与真趣。

正意兴阑珊，想折返的时候，忽然发现第二进正屋上方有个小木龛，竖着一块牌位，依稀为"大明建文老佛神位"字样。

大明建文？靖难之变时下落不明的年轻皇帝朱允炆？

1399年，建文元年，雄才大略的燕王朱棣打着"清君侧"的幌子，从北平起兵，短短四年就攻到了南京城下。据说，是夜，建文帝手足无措，根本没法应对危机，突然想起祖父告诉过他，如果大难临头，立刻取出秘藏锦囊，内有脱困之计，找来一看，只见里面放着三样东西：一袭袈裟、一块度牒、一只饭钵。建文帝明白了，立即从秘道中逃走，踏上了与祖父当年一样的云游之路。也有一种观点，认为城破之时，建文帝玉石俱焚，葬身于宫中大火。

那么，建文帝真的到过浦江吗？

"是的吧，建文帝藏在郑家的一口井里，叫建文井，就在镇上。"当地人说。

再仔细辨认，木龛上还贴着一副对联："枯井含章龙隐迹，阖家赛社凤来仪"，横批："万民所颂"。

"枯井"？"龙隐迹"？这不由得勾起了我极大的兴趣，内心里一下子风起云涌，无法自抑。

历史的长河"逝者如斯夫，不舍昼夜"，却在建文年间翻起了一个小小的漩涡。朱棣一称帝，立即对建文帝的老臣旧属施以血腥报复。其中有两个受害者最出名。一是建文帝的老师方孝孺，宁海人。朱棣命方孝孺起草登基诏书，方孝孺毅然大写"燕贼篡位"四个字，哭骂道："死即死耳，诏不可草。"朱棣怒道："汝不顾九族乎？"方孝孺奋然答道："便十族，奈我何！"于是，中国古代最惨烈的一幕不幸上演，方孝孺的亲戚故人、弟子门生八百多人全遭无情杀戮。另一个是兵部尚书铁铉，邓州人，能征惯战，济南一役中差点要了朱棣的老命。但不管他如何浴血沙场，终究难扶大厦之将倾。《明史·铁铉传》记载："燕王即皇帝位，执之至。反背坐廷中嫚骂，令其一回顾，终不可，遂磔于市。年三十七。"铁铉被抓后，坐在廷下，一直骂不绝口。朱棣强令他回过头来，他却始终硬着脖子。朱棣大怒，吩咐左右用快刀一片片地碎割铁铉身上的肉，还塞进他嘴里，狞笑着问："味道如何？"铁铉大笑道："忠臣孝子之肉，味道有何不甘！"

在那个恐怖的世道中，郑氏冒着灭门之险，收容一位被逼下野的前任皇帝，该有多大的勇气、多纯的赤诚啊！《明史》记载："燕兵既入，有告建文帝匿其家者，遣人索之。洪（郑濂之弟）家厅事中，列十大柜，五贮经史，五贮兵器备不虞。使者至，所发皆经史，置其半不启，乃免于祸。"我想，郑氏一族，上至白发老人，下至垂髫小儿，会如此齐心协力，为守住这一惊天秘密而三缄其口，这就是隐忍的力量吧！与慷慨赴死相比，隐忍似乎不够积极，甚至有点懦弱，而事实上隐忍的考验更为严酷。它基于人内心的担当、坚韧与强大，能抗拒压力，承受委屈，经历痛苦，正如《佛遗教经》所说，"能行忍者，乃可名为有力大人"。史乘也从不缺乏这方面的铭录，如豫让吞炭、韩信钻胯、刘备失箸。郑氏明知建文帝惶惶如丧家之犬，断难再度君临天下，况且明朝特务机构特别发达，无孔不入，却依旧伸出援助之手，只能说明他们根本没去考虑什么"鱼"什么"熊掌"，而只是纯粹地出自"道义"两字。

不过，时至今日，建文帝的下落众说纷纭，更有不少人怀疑郑氏藏匿建文帝的事情纯属空穴来风，但是，单从郑氏家族数百年来一以贯之的门风来说，我是宁愿相信当年他们确曾这样做过的。

现在，我能做什么？我只有恭恭敬敬地站在细雨中，怀一颗湿漉漉的心，面朝昌三公祠，致以诚挚的注目礼。

四

神思遐想中，我和众人一起到了郑氏宗祠。

站在白麟溪边，郑氏宗祠那古色古香的正门屋宇下，"江南第一家"的匾额赫然入目。字是大明开国皇帝朱元璋手书，个个雍容端雅。柱上是"三朝旌表恩荣第，九世同居孝义家"的楹联，两侧粉墙上分别书写着"耕""读""忠信孝悌""礼义廉耻"十个大字。门内红漆木板照壁上镌着"郑义门"三个大字。这一切，都明确无误地传递着这样一种信息：这是一座涵养中国优秀传统文化的精神殿堂！

郑氏家族所在的郑宅，是浦江一个山清水秀的古镇。

北宋时，一位叫郑淮的人与两个兄弟迁到浦江，人称"浦阳三郑"。他的孙子郑绮就是十五世同居的开创人，"同居第一世祖"。宗祠内有郑绮的画像，供在"孝义家"的匾额下面，服饰朴素，容貌端正，一脸平和。这位喜读经书的郑绮，以"孝义"治理家政。他德遗后世，泽被子孙，到明朝初年，郑家已"阖族殆千余指"了。那时，不少郑氏族人参与朱元璋各项国政的制定，朱元璋也出于治国需要，借鉴了郑氏族人的治家经验，于是这"江南第一家"的名声顺理成章地远播八方。至于这座郑氏宗祠，始建于元朝初年，占地六千六百平方米，迄今六百五十余年。明清两朝数次扩建，偶有颓圮，但基本格局尚存，处处古朴厚重，意蕴苍远。

穿过师俭厅、中庭、有序堂、孝友堂，进入郑氏宗祠后进。天井内有三棵高大的柏树，遒劲凝重；叶子所剩不多，长在瘦骨嶙峋的枝干上，倒像明人的写意。据传，这是当时在郑氏家塾任教的著名学者宋濂亲手种植的。我在想，若与郑氏子弟一起端坐其下，亲受宋濂的耳提面命，该是怎样的荣幸啊。这时，一块刻有"白麟溪"三字的石碑引起了我的注意，字没上色，默默地倚在墙边，细看之下，却发现有"元朝丞相脱脱"字样，大出意外。这等民宅，不必说名人高官题写的牌匾，如"名震天朝""文博匡道""化家型俗"，也不必说一副副精美的楹联，如"孝友出张陈之上，文章接吴宋以来"，"孝而忠，政事无非德行；义且节，巾帼亦是丈夫"，大凡一草一木，一砖一瓦，看似寻常，却处处文物，处处文化，博大精深，又不显山露水，实在不可小觑。这就叫文化底蕴！

走入厢房，我对墙上图文并茂的《郑氏家训》产生了浓厚兴趣。

这部《郑氏家训》，长达一百六十八条，详细规定了郑氏族人的日常行为、婚丧老病、道德品质等要求。譬如"廉洁"条,读来深觉意义良多:凡出去做官的子孙,"当时以'仁义'二字铭心镂骨","须奉公勤政,毋蹈贪黩以忝家法;任满交代,不可过于留恋。不宜恃贵自尊,以骄宗族。仍用一遵家范,违者以不孝论",若"有以赃墨闻者,生则于《谱图》上削去其名,死则不许入祠堂"。这种"削谱黜宗"的惩罚非常严苛,但很管用。宋元明清,郑氏一百七十三人做官,上至礼部尚书,下至七品芝麻,从来没出过一个贪官。

至此,我初懂了一些道理。郑氏一门,其历朝历代的所作所为只需两个字就能概括,一是"孝",二是"义"。"孝"是"义"的前提,"义"是"孝"的升华;至孝必大义,大义必至孝。在我们中国,真正做到以孝为先、以义为本的,就是一个纯粹的人,一个善良的人,一个恪守理想的人。这样的人,世事困厄的时候,能够挺身而出,舍我其谁;人情顺达的时候,又能急流勇退,淡泊名利。正因如此,郑淮倾其家产,赈济乡邻;郑德珪创办东明精舍,教化子孙;郑铉挺身而出,义阻元军;郑题、郑濂争着入狱,手足情深……凡事种种,不胜枚举,然而在他们看来,又很平常,与吃饭、喝茶一样不足挂齿。"孝"和"义",经过数百年的践行、浸润,已成为郑氏一门的精神基因,植入了他们每个人的生命。2015年中纪委官网"中国传统中的家规"专栏首期推出的"郑义门:孝义传家九百年"项目,2016年浙江广播电视集团、浙江卫视联合摄制的十二集廉政教育动画片《郑义门》,更赋予郑氏家训家风以新的时代意义,进一步丰富了社会主义核心价值观。

细雨如丝如帘,无声飘落。

我们坐在郑氏宗祠偌大的堂上,欣赏着反映郑氏家族生活起居的壁画,呼吸着周围散浮着的古味,感叹如今德化的缺失与重构,思绪联翩……

以讹传讹的陈家故事

盐官,海宁境内的一座古老小镇。

切莫轻信东坡先生"八月十八潮,壮观天下无"的说法,诗人难免夸张。钱江潮的大小需综合月距、径流、天气等因素,每个月的月半、月初,大潮未必逊色多少。我们就是农历七月十六去的。宋代周密笔下"方其远出海门,仅如银线;既而渐近,则玉城雪岭际天而来,大声如雷霆,震撼激射,吞天沃日,势极雄豪"的描述,分毫不差地展现在眼前,令人大呼过瘾。所以,"尽信书则不如无书"。大千世界,变幻莫测;耽于皮相,谬误百生。不是说要大家怀疑一切,搞虚无主义,而是希望多点理性,既善于用眼耳口鼻去感知,又善于用心洞察,直抵事物本质。

走下江岸,访王国维故居,过金庸书院,不一会儿来到老街。站在高大的牌楼下,向东望去,两旁建筑鳞次栉比,有些是仿古,有些是清代真迹。大大小小的街石已被纷至沓来的游人蹭得锃光发亮,好像覆着一层包浆。

艳阳下,微风中,我和家人边走边看,忽见临河一座大宅院,门面敞阔,大墙高起,左右四只旗斗下各垂着一串长长的灯笼,灯笼上分明标着"文渊阁"的繁体字样。趋步上前,又见靠墙的一块石碑上刻着"陈阁老宅",才恍然大悟,这便是赫赫有名的宰相府第!

20世纪80年代,金庸先生的武侠小说风靡大陆,巨贾名流、贩夫走卒,无数人手不释卷,用"夜以继日""废寝忘食"来形容真不为过。每当翁美玲、黄日华主演的电视连续剧《射雕英雄传》主题音乐响起,大街上一下变得冷清,连猫狗都找不到一只。我从朋友那儿借得一本《乾隆秘史》(也叫《书剑恩仇录》)来读,此书说乾隆皇帝竟是汉人,是海宁盐官陈元龙陈阁老的儿子,真有点儿匪夷所思。

查找稗闻野史,好像确有这样一个传闻:

康熙五十年(1711年)八月十三,雍亲王府生下一个女孩。同一天,陈阁老家也添了一个男孩。没过几天,雍亲王传了口谕,要陈阁老把小公子抱入王府一看。陈家上下不明就里,忐忑不安,却不敢抗命,只得把孩子送进王府。可是,等送出来时,胖小子竟成了小丫头!久涉宦海的陈阁老深知个中凶险,不敢有半点声张,不久辞了官职,带着全家老少回了原籍海宁。那个被换入王府的小公子,因各种机缘,几十年后登基成了乾隆皇帝。他偶然从乳母嘴里得知自己的真实身世,就借南巡之名,赴海宁探望亲生父母。因陈阁老夫妇早已离世,乾隆只好来到陈氏夫妇墓前,用黄幔遮着,行了做儿子的大礼。那个小公主,后来嫁给大学士蒋廷锡的儿子蒋溥,她住过的楼被后人称作"公主楼"。

金庸是袁花人,与盐官很近,大抵知道这个传闻,《书剑恩仇录》的故事便是围绕乾隆身世这条线索铺展开来的。不但如此,金庸还虚构了陈阁老的三公子、乾隆的亲弟弟陈家洛这个人物。于万亭去世后,陈家洛继任红花会总舵主,与江湖豪杰同生共死,坚持"反清复明"大业;而热恋陈家洛的维吾尔族香香公主则牺牲自己的爱情,身侍乾隆,欲助陈家洛一臂之力,不幸事泄失败,自刎而死,葬于"香冢"。

我们迈入陈阁老宅第,穿行于"宫傅第""筠香馆"诸座楼阁之间。室内,陈设安详,字画肃穆;室外,怪石嶙峋,草木扶疏。一砖一瓦,一花一叶,处处透出名门望族的尊贵气派。尤其是那株罗汉松,六百多岁了,依旧苍翠挺拔,似乎朝朝暮暮,在痴心等待老主人再来修剪,再来闲坐,"龙蛇影外,风雨声中",展一卷古籍,捋髯吟哦。

乾隆是陈家之子,这种说法有何凭据?

好奇心像钱江潮水一样涌了上来,将自己激荡得无法自制,于是,仔细阅读陈阁老宅里所有的文字解说,又向文物管理员反复讨教,才略知一二。其一:乾隆六下江南,为什么四次来到盐官这座小城?为什么每次不按惯例驻跸行宫,偏偏选择陈家的私人花园——"隅园",还特意将它改名为"安澜园"?其二:陈阁老宅有清帝御赐的"爱日堂""春晖堂"两块匾,稍具古代文学知识的人都清楚,这两个匾题典出孟郊的《游子吟》。若非陈家亲子,何须"报得三春晖"?其三:陈阁老园中有座十分隐秘的小楼,叫"公主楼",被调包的女孩就在这楼中生活了十六年。这"双清草堂"的"双清",不也谐音"双亲"?草堂前的那块石碑,上面镌刻着的"漾月"不也谐音"养育"?其四:康熙的儿子们为了争储,个个绞尽脑汁,不择手段,但数四皇子雍亲王胤禛野心最大,机谋最深。年寿渐高的康熙挑选接班人,雍亲王的三个儿子没一个得到青睐,而雍亲王再生一个也来不及,于是设计将女儿调包成儿子。

然而,仔细推敲,这四条理由都不免牵强附会。

海宁地处钱塘江畔,江潮汹涌,壮是壮观,可危害极大,经常造成水灾,让生活在杭嘉湖平原的百姓"或为鱼鳖"。从吴越王钱镠开始,历朝历代投入了无数的人力物力,不断修缮加固石塘。特别到了明代,浙江水利佥事黄光昇首创九纵九横的鱼鳞石塘,绵亘数百里,基本固定了海陆界限,被誉为"海上长城"。清代同样重视。乾隆南巡,便是认识到"海塘为越中第一保障"的重要性,才去修筑工地巡查的。如新造行宫,大兴土木,定然劳民伤财,有违初衷,而陈阁老乃当朝重臣,深受乾隆信任,他的宅第,亭台楼榭,一应俱全,用来迎驾自然再合适不过。改"隅园"为"安澜园",意在"安波平澜",无非表明乾隆对治水成功的良好愿望罢了。

至于"爱日堂""春晖堂"两块匾额,据考证,确为清代皇帝手书,但非乾隆,而是他爷爷康熙。《陈元龙传》记载,康熙三十九年(1700年)四月的一天,康熙顺利处理完政事,心情大好,问身边大臣:"你们家中各有堂名,不妨说给我听听。我写来赐给你们。"陈元龙奏道:"家父年逾八十,曾想写'爱日堂'三字以表孝心。"康熙马上写成条幅,让陈元龙带回去装裱。过了十五年,六月里的一天，陈元龙又上奏康熙，称弟妹黄氏为侍奉公婆，寡居四十一年，情义可嘉。康熙又题了"春晖堂"匾额。可见这两块匾与乾隆没有什么关系。

再说，清朝宗亲制度非常严格，宗室婚姻由皇帝或太后做主，并用"指婚"方式，将八旗秀女、蒙古王公之女许配给皇子、王公之子，或将皇女、宗室王公之女许配给八旗子弟、蒙古王公子弟，满汉之间则禁止通婚。这一制度直到光绪二十七年（1901年）才废止。而且，皇室添丁岂能儿戏？必有宗人府把孩子的详细信息记入玉牒，绝不可能出现任何差错。想用"调包术"谋取皇位，怎瞒得了众多耳目？又怎能让根本没皇族血统的外人登上大位，君临天下？

结论是：乾隆为陈阁老之子的故事，纯属子虚乌有、空穴来风。

再往深里探究，为什么这个传说如此盛行于坊间？

清代学者章学诚在《文史通义》中说道："不知古人之世，不可妄论古人文辞也。知其世矣，不知古人之身处，亦不可以遽论其文也。"推而广之，要掸去传说上面厚厚的尘埃，还原历史本来面目，首先必须还原当时的历史背景。

自清兵入关，一统江山，无论明里暗里，民间"反清复明"活动一直没中断过，如张煌言、顾炎武、郑成功等。到了晚清，汉人排满情绪再度高涨，孙中山先生号召"驱除鞑虏，恢复中华"后，一时群山四应，"世界潮流，浩浩荡荡。顺之则昌，逆之则亡"。时人天嘏写了一本《满清外史》，其中一篇"弘历非满洲种"算是这一传说的滥觞。1925年，鸳鸯蝴蝶派高手许啸天的名著《清宫十三朝演义》，更将乾隆身世渲染得神乎其神，在市井里巷不胫而走。很明显，这里倾注了一种先入为主的见地，为诋毁清朝，迎合汉人口味，小说家充分发挥自己的想象，捕风捉影，生编硬扯，像是煞有介事，其实一点也站不住脚，无非丰富些茶余饭后的谈资罢了。

不过，这个故事为盐官陈阁老的宅第平添一份神秘色彩，后人往往宁信其有，大老远地前来一游，生发些不着边际的幽思，权当生活中的一件乐事。像我一样，如果不去盐官，就不会想到这么多事，不会有"历史就是个任人搽脂抹粉的小姑娘"的感慨，自然也不会动笔写这篇文章了。

独走法华寺

走了好长一段路,才遇见一个骑摩托车的中年男子,便打听这儿离法华寺还有多远。

"再二十来分钟吧。"那人很热情,"要不,坐我车,顺路。"

我笑笑:"一个人走走吧。"

太阳刚升起,微红的光从东方滑过来,漫过湖水一样澄澈的蓝天,洒在四周小山的树上、草上,泛起暖暖的波。摩托车声远去后,路上愈加寂静。没有风。远近的林子红绿相间,高低错落。绿的是松、樟、竹,黄的是栎、榉、朴、椿等,更有许多叫不上名来的。不时传来鸟的啼鸣,好像鹧鸪居多,"咕,咕咕",清脆悦耳。循声找去,运气好的话,能发现一两只在枝间跳跃,轻掠,自由自在。

独自走路往往能收获意外之喜。可以随心所欲,走便走,停便停,偌大的世界唯我一人,不必遮遮掩掩,不必顾忌别人对自己的看法,或者担心词不达意而招惹别人介意、误会,生出一大堆麻烦。即便放浪形骸,神经兮兮地乱吼一阵、号哭一通,也不必担心嗤笑声冷不丁响起,吓得自己起一身鸡皮疙瘩。

古今中外很多思想家偏爱独处,在静默中打开心灵之门,精骛八极,心游万仞,与天地自由来往。菩提树下的乔达摩·悉达多,摒弃了俗世的所有杂念,独自一人,执着地守望灵山,日复一日,年复一年,终于彻悟人生苦难的真谛。黄昏时分,巴黎郊外,一位老者孤独的身影拖曳在普拉特里埃街附近一条穿过葡萄园和草地的小径上，徘徊，沉默，甚至带几分冷清，然而《一个孤独的散步者的梦》镌刻在了卢梭作品的丰碑上，也镌刻在了人文思想的丰碑上。还有康德大师，当他独自行走于莽苍原野，仰望灿烂星空时，人类便获得了自我检点与深刻反省的幸运，哲学从厚重的地壳下又涌起一座巍峨的阿尔卑斯山。

　　孤独，源于伟大人物的思想太过超前，不为旁人理解。"众里寻他千百度，蓦然回首，那人却在，灯火阑珊处。"然而，孤独是一种十分重要的生命方式，也是精神修炼与升华的必需载体。没有孤独，终日喧嚣，人，定然沉沦于茹毛饮血的混沌洪荒而不可自拔。

　　我丝毫不敢心存与伟大人物相提并论的念头，只希望自己不至于堕落。苏格拉底说："认识你自己！"是的，我清楚自己是怎样一个人——希望热闹，又喜欢独处，两种情绪经常交错、旋转、翻腾，最终像飓风一样，把脆弱的灵魂卷上九霄，晕头转向，痛苦不堪，到最后剩下一片废墟。

　　昨晚，多年不见的老同学邀我上饭店。葡萄美酒夜光杯，欲饮闲谈席上催，说笑着彼此当年的懵懂，当年的青涩，当年的浪漫，当年的幻想。十点多钟了，酒污裙衩，醉上颜容，仍不肯罢休，非要"更上一层楼"，卡拉OK一下不可。于是，公鸭嗓子，破锣嗓子，半老黄莺，白发鹡鸰，哪管五音不全，跑调错词，个个唱得脸红脖子粗，还鼓掌顿足，大呼小叫，感觉特别好。如此，热闹成了大家增进交流、浓厚情感的必然手段，总不会每个人一言不发，大眼瞪小眼吧。可惜，走出店门，握手告别，独自走在静静的大街上，月亮如钩，稀星如珠，夜风飒飒，高桐瑟瑟，叶子在灯影中纷纷飘落，便一下子怅然若失。热闹是生活的本来面目吗？

　　正想着，转过山脚，一座宝塔跃入眼帘。法华寺到了。

　　这是一座江南常见的小山，清秀，唤作弁山，坐落于湖州城外、太湖南岸。我很惊讶于这山有这样一个名字。《吴兴志》记载："二山势如冠弁，故名。""弁"，读作"变"，古代一种帽子。那时，男子到了二十岁就得行加冠礼，用弁束住头发，行礼完毕，即把弁去掉，后来弁就成了无用之物的代名词。真的没用？不太像吧？法华寺称得上太湖沿岸历史最悠久、影响最深远的佛教名刹,怎会随意建筑其中?

民间自有传说。弁山本来叫凤凰山,而凤凰和龙、麒麟一样,都是祥瑞之物。凤凰降临的地方,必有贵人出世。姬昌家族不就凤鸣岐山,挣下八百年周室江山?弁山,一定是藏了不凡之辈的。

果真绝世英雄粉墨登场。秦始皇一统天下,自己是"始皇帝",希望子子孙孙依次二世、三世、四世、N世,千秋万代,基业永存,便时刻担心别人坏了他的美梦,但凡出现各种不利征兆,势必将其消灭在萌芽之时,扼杀于摇篮之中。他不知从哪里听到"乌程乌山王天子"的传言(秦朝初年,湖州城区归属乌程县),就下令从这凤凰山中硬开出一条河,以破王气。海宁也有类似传说。东山、西山原本连在一起,宛若一条蜿蜒的龙,阴阳家观其云气五色,断言藏有龙脉。这又成了秦始皇的眼中钉、肉中刺,遣十万囚徒,千锤万凿,历尽艰辛,拦腰"斩"出一道峡谷,才有了今天"两山夹一水"的硖石。谁料人算不及天算,为躲避朝廷追捕,项羽逃入弁山,并摇旗呐喊,率江东八百子弟北上中原,破釜沉舟,灭章邯,杀子婴,焚阿房,将短命秦朝一脚踢入万劫不复的地狱。项羽,虽无帝王之名,却有真主之命,完全够得上天子之配飨。

盈则亏,实则虚,这是一条铁的规律。弁山热闹了一阵,渐渐归于沉寂。

到了南朝齐永明五年(487年),有位叫道迹的尼姑来到弁山,每天念诵《法华经》,二十年昼夜不停。在这七千多个日子里,她独自一人,朝花夕露,栉风沐雨,不求闻达显扬,只求心灵的宁静与超然。这需要极大的勇气与坚韧。如果说一刹那间的舍生忘死可以成就一名英雄,那么于平凡的静默中,恪守理想,践行如一,则完全能成就一位圣人。这一点,吾等凡夫俗子是不太理解的。但这不要紧,红尘不解,天意自明。每当道迹念经,总会飞来一群白雀,簇拥在她身旁,陪她虔诚修行,同样二十年从不间断。当地村民心生敬仰,于是将弁山改称为白雀山。道迹圆寂后,她的弟子将她的灵骨收于宝龛,安葬在她生前经常念经的山屋后面,再盖上一块青石板。过了数年,人们发现青石板上凭空长出一朵青莲,端庄高雅,馨香扑鼻,认定道迹就是观音菩萨的化身,遂在她的墓上建起一座"真身殿"。

梁武帝萧衍推崇佛教,在全国各地大兴土木,修建寺庙,本人也三次出家,再花费巨资赎身,把朝臣黎民折腾得够呛。听说道迹神尼的故事,他惊讶不已,大驾光临,并且颁下一道圣旨,敕令地方官在白雀山建造寺庙。因为道迹每天念诵《法华经》,寺名即为法华寺。从此,法华寺和真身殿成了观音菩萨出家的地方,声名大振,成为江南一大古刹。

行走在法华寺的殿堂楼阁之间,但见石阶参差,翠柏掩映,黄墙青瓦,高檐斗角,处处感受到佛门的庄严、清静、脱俗。有趣的是,别处佛寺只有一座大雄宝殿,法华寺却有两座,依山而立。一座较大,簇新,造在下面;一座较小,古旧,造在上面,与更加上面的真身殿并称寺中宝迹。

这时候,隐约听到远处僧众唱佛、钟磬木鱼的声音,随山气而来,缥缥缈缈,宁静祥和。几只猫趴在大雄宝殿的门槛上,一动不动,似乎入了空冥。佛说:"一切含灵蠢动皆有佛性。"这芸芸众生,不单指人,也包括毛羽鳞鬣之辈,它们都是生命轮回中的某一形式或某一阶段,无非皮相不同,然"皆有如来智慧德相"。相比较别的动物,猫更加聪慧,更耐得住孤独,它们是天生的孤独者。

等我绕到真身殿的后面,早课恰好结束。一个健壮的年轻和尚,一手背在后腰,一手大幅度地甩着僧袖,沿石径下去,兴致不减地宣着佛号。那份随意,那份真意,那份惬意,实令我等俗世中人羡慕不已。

我,独自一个,静静地走在法华寺内的小径上。

有人说:"因为孤独,心灵的尘埃会得到彻底的洗涤与洁净;因为孤独,更铸造了性格的沉稳,感情的深沉;因为孤独,世俗的心便远离了尘埃。"一句话,因为孤独,所以高贵。这听上去很有哲理。其实人生需要这么多哲理吗?遇到解不开的结,念想着某个哲理,一定万事大吉?显然自欺欺人。前方的路还得靠自己一步一步走,哪怕摔得鼻青脸肿。没人代替自己,没人亏欠自己。有的人沉溺于无止境的物欲权势,内心却空虚无聊,为了逃避,又不得不更沉溺于物欲权势,哗众取宠,扮酷装帅,甚至酗酒斗殴,寻衅滋事,钩心斗角。这犹如饮鸩止渴,恶性循环。人须脱下疲惫的伪装,学会静然独处,过滤掉心灵深处的各种杂念,才能还原一个真实的自我。

孤独是自己精神家园的守护精灵。

孤独总伴随着宁静,它们好像一对孪生兄弟。按佛的说法,静能生慧。环境无法静,心也一定要静。虽然我们远没到不食人间烟火的境界,各种喜怒嗔恼随时而来,但是,我知道,我得守住一份孤独,守住一份清静,生成智慧,自觉觉人。

卢梭说:我就是生活在这样一种环境中的。

记忆中的飞英塔

微凉的晨风中，池面涟漪微动，从这边慢慢扩展到那边，像少女柔嫩的肌肤，生怕轻轻一触，便会立刻弹破似的。水很清澈，没了春时的细腻、夏日的张扬和冬时的冷峭，但那份温婉我是看得很清楚的，只是尚收敛在水底，须等到日高三竿，才慢慢渗透出来，散入空中，飘进云里，弥漫整个天地。荷，依旧占据着池塘的主导。十月的日子里，它不甘寂寞，当仁不让地主宰了人们的视野：宽大的叶子略显斑驳；花儿虽逐渐消退了娇艳，却仍如半老徐娘，风韵尚存，且将岸边竹、柳的影子比得没了脾气。临水建有一座汉白玉牌坊、一道汉白玉护栏，很简陋，没多大意趣。

然而，这是飞英塔吗？

不错，离开池塘，穿过小小的广场，迎面立着一座宝塔，七级，八角，廊柱赭红，飞檐黑灰，衬着湛蓝高邃的天空，显得庄严肃穆，加上檐角吊铃清悠的鸣响，真有点超脱尘世的净土味儿。除旁边一株虬枝苍劲、绿意盎然的古银杏外，这塔与各地所见的毫无二致。换句话说，这已不是我当年见过的飞英塔了。

我见过的飞英塔不是这样的。

20世纪80年代初，我在嘉兴师范专科学校读书。夏日的一个傍晚，同学们围坐在教学楼大厅外，听上学长聊文学。楼的西南角有棵梧桐，树干挺拔，叶子阔大，我以为这实在是恰到好处的象征——有凤来仪。两位学长，一男一女,在从太湖吹来的微凉夜风中侃侃而谈。男的姓朱,听闻他的作品多次发表在文学刊物上,我对他的仰慕之情如滔滔江水,一发而不可收,才子呀!文学,在那个年代是很神圣的,而文学能人,则理所当然成了大家追捧的偶像。他拿了一本杂志,翻开他的文章,一共两页,题目是《飞英塔影》,配了一幅插图:一弯月亮斜挂塔尖,颇有"雷峰夕照"的韵味,只不过换作月夜而已。他比我早两年入学,对湖州自然有发言权。他说,湖州有三绝:塔里塔、桥里桥、庙里庙。桥里桥,当地人称作潮音桥,横卧在东苕溪上,一座小石桥从石拱大桥下面三个拱中最西的那个中间穿过,便成了独特的桥里桥。庙里庙,也叫府庙、城隍庙,人民路与北街之间一座四合院式的建筑,建于五代,两进,后进大殿供着府庙神,前进五间门楼,和戏台连成一体,从门外张望进去,常误以为庙里有庙了。

由于桥里桥、庙里庙离学校比较远,加上功课紧张,三年时光,竟没抽空一赏(此是后话)。被称为"塔里塔"的飞英塔是无论如何要去的,就在飞英路上,而飞英路与学校只一墙之隔,不必花太多精力。隔了几天,大概星期天,吃好晚饭,几个同学兴致勃勃,向东稍走一段路,就见到了飞英塔。

塔,"蹲"在寻常百姓屋后的一处空地上,杂树丛生,根本没条像样的路可进。说"蹲"是有道理的。塔一般七级,所谓"救人一命,胜造七级浮屠",但飞英塔才三四级,没有回廊,没有风铃,连塔顶也荡然无存,光秃秃的,像一位饱经沧桑的大师,许多话要说,又不知从何说起,只能静默,只能孤独。塔基略微下沉,隐没在乱草丛中,看不清楚。破败的塔身上,泥砖支离,青苔斑驳,越发显得憔悴不堪。

暮色渐浓,再不抓紧,估计看不清塔里塔了。于是一个个翻墙进去。

绕了一圈,没发现供人出入的门,却见一个黝黑的大缺口,大概做过窗,离地较高。试着蹦了几下,没用。同学找了几块断砖垫着,踮了踮,觉得稳了,便让我先爬。我是这次行动的发起者,打头阵便义不容辞了。我两手用力攀住上面,试了试着力点,一蹬腿,便蹿上洞口。向里望,只见塔身中空,当中杵着一根灰色石柱,雕满了趺坐的小佛像,一圈一圈,整齐地排满上下;石柱顶端是传统的歇山重檐样式,但缺了一个角。塔内窟窿朝天,胡乱横着三四根木条,将幽蓝的夜幕割成了好几块不规则的几何图形,三五颗星星在空格间闪着亮,能依稀辨出墙缝中杂草的影子。

同学们一个个学我的样,爬上去一探究竟。

有塔必有寺。飞英塔原址附近曾有过一座寺,距今一千多年了。晚唐僧人云皎游历长安时,得到了高僧僧伽大师赠送的七颗舍利子和一尊阿育王饲虎面像,两者皆是佛门至高无上敬为神明的圣物。云皎如获至宝,四处寻找一个可以安心供养的处所。由于某种机缘,唐中和四年(884年),他来到钟灵毓秀的湖州城,造了一座石塔,把这几件宝物珍藏起来。后来,人们发现塔顶不时闪出神光,愈加引以为奇,终于在北宋开宝年间(968—975年)特地造了一座更大的木塔,把石塔罩了起来,并取佛家语"舍利飞轮,英光普照"中的两个字,叫作飞英塔。

能珍藏舍利子的,定是通灵宝塔。放眼全国,这等规格的宝塔能有几座?

民间还有一个传闻,说这塔是陈霸先造的。陈霸先,何许人也?看名字,就觉得此人英武堂堂,霸气凛凛。确实,此人乃南北朝时期陈朝开国皇帝,长兴人。"天将降大任于是人也,必先苦其心志,劳其筋骨……",历来如此。陈霸先从小父母双亡,生活窘困,年纪很小就跟随大人勤学苦练,习得一身好武艺。为报堂姐被人强占之恨,他杀了纨绔子弟全家,躲到湖州一户财主家打工,偏又与财主家女儿飞英日久生情,像戏曲中唱的那样,"落难公子中状元,私定终身后花园"。可惜财主终究及不上慧眼识人的吕公,竭力反对,认为门不当户不对的,拿现在的话来说,当时的陈霸先纯粹是社会底层的打工仔,癞蛤蟆想吃天鹅肉?于是,硬逼走了陈霸先。陈霸先不吃馒头争口气,一横心,投了军,过起刀尖上舐血的日子,打算一刀一枪搏出个功名,不再叫人小觑。数年下来,他英勇善战,屡建巨功,最终竟登上了九五之尊。他志满意得,派人前往湖州城准备迎娶飞英。谁知飞英一往情深,相思成疾,卧床数年,最终在"陈郎,陈郎"的低唤中,永远闭上了双眼。陈霸先伤心至极,却无可奈何,就造了这座塔来寄托自己的哀思。

至于苏东坡登赏飞英塔并留下诗作，却千真万确。

北宋元丰二年（1079年）三月，一纸敕令，苏东坡调任湖州太守。时间不长，但对东坡先生而言，却是一场不堪回首的梦魇。神宗一朝，王安石与司马光的变法之争异常激烈，毫无消停迹象。东坡先生既反对王安石的大刀阔斧，也反对司马光的全盘否定，结果两头不讨好，受到无休无止的打压排挤。大概自己也预感到"山雨欲来风满楼"，到了湖州，他韬光养晦，讳论国事，空暇时经常游山玩水，遣兴怡情，写了好多诗，如《端午遍游诸寺得禅字》《与王郎昆仲及儿子迈绕城观荷花，登砚山亭，晚入飞英寺，分韵得月明星稀四首》，中有句云："忽登最高塔，眼界穷大千。卞峰照城郭，震泽浮云天。""复寻飞英游，尽此一寸晖。撞钟履声集，颠倒云山衣。"他试图从景物或佛经中寻求心灵的慰藉，使自己"八风吹不动，端坐紫金莲"。

史书记载，东坡"徙知湖州，上表以谢。又以事不便民者不敢言，以诗托讽，庶有补于国。御史李定、舒亶、何正臣撾其表语，并谋蘖所为诗，以为讪谤，逮赴台狱，欲置之死。锻炼久之不决。神宗独怜之，以黄州团练副使安置"。原来苏轼曾在《湖州谢上表》中说："臣……荷先帝之误恩，擢置三馆；蒙陛下之过听，付以两州"，"陛下……知其愚不适时，难以追陪新进；察其老不生事，或能牧养小民……"那些窃据高位、谋取私利的小人极尽断章取义、捕风捉影之能事，抓住几个词语大做文章，如"新进"（特指王安石变法时被引进的一批投机钻营的"群小"）、"生事"（保守派攻击变法派的习惯用语），百般构陷，终于使宋神宗龙颜大怒，降旨将苏轼交与御史台审理。一桩骇人听闻的"乌台诗案"便鬼魅一般出现在中国历史上，东坡先生的人生轨迹在湖州城发生了重大转变。

飞英塔，既昭示佛家的四大皆空，又暗含俗世的悲欢离合，更见证了庙堂的阴谋诡谲，三者奇妙地叠加在一起。

只是，眼前的飞英塔，焕然一新，美轮美奂，毕竟缺少一种意味！

我不知道修缮古代文物的人是怎样想的，他们行家里手，我则一窍不通。但我认为，文物之所以为文物，就在于它的古老，即使真的需要修缮，也应该遵循"修旧如旧"的原则。让人们能站在残破的古迹前,凭吊往事,发思古之情,正是文化旅游的精髓所在。文物的原汁原味一旦被破坏,将永远无法弥补,沦为假的"真古董",徒存皮相,令人遗憾。

我一见飞英塔,沉重的失落感便油然而生。

走进飞英塔,见到小石塔,我心方才一宽。小石塔大致保持了原样,虽被好事者滑稽地披了块红绸,仍遮掩不住其唐宋风采。小石塔,实心,八面,五层,须弥座,由一百多块太湖青白石雕凿拼叠而成,残高十四米多,上有数以百千的佛像,一个个垂眉低目,双手合掌,神态安详。中间用与佛门相关的狮、象、鳌、鹤、莲、瑞草等浮雕点缀。尤其是转角刻出棱形瓜楞状倚柱、覆盆式柱础,除宁波保国寺大殿外,这种技法已不多见。整座小石塔,构思巧妙,线条流畅,确是不可多得的艺术瑰宝。谢天谢地,后人尚能观赏到一点儿原貌原味,何其有幸!

站在塔外的围廊上,极目四望,但见湖州城屋宇参差,鳞次栉比;远处太湖隐隐约约,晴烟远上。

然而,这终究不是我记忆中的飞英塔了。

"出世"与"入世"的融合

米芾在广教寺门上题"第一山",我不知他初衷是什么,想来这"第一山"总有称道的资本,断不会胡吹海夸,浪得虚名。曾私下里腹诽,或许他自负书法造诣冠绝一时,不甘位列苏东坡、黄庭坚之后,特意暗喻自己吧?抬眼细瞻,觉得这"第"字,尤其当中那一竖,轻盈飘逸,又稳健笃实,大气磅礴,与寺门两侧的对联"长啸一声山鸣谷应,举头四顾海阔天空"十分般配。

刘禹锡说:"山不在高,有仙则名;水不在深,有龙则灵。"拿来形容狼山,真是恰到好处。

从外形看,这狼山稀松平常,坡缓缓的,顶矮矮的,海拔仅一百多米,毫无狼的精悍与凶戾,以至有人提议改名"紫琅山"。幸亏其地理位置独特,长江从遥远的唐古拉山奔腾而来,千里迢迢,经过狼山脚下,轻轻伸了一下腰,又滚滚东去,不舍昼夜,加上周围差不多高的马鞍山、黄泥山、剑山和军山拱绕,如众星捧月,使狼山别样俊朗,好似一盆精致的山水小品、一幅唐代高手的水墨丹青,寸尺之间,韵味悠长。

但,这不该是狼山号称"第一山"的资本所在。

狼山的资本,当在看似矛盾实则互为的"出世"与"入世"的融合。葱郁蓬勃的绿意之中、嘤嘤啼鸣的鸟语之间,两者浑然一体,似乎从来如此。古人说得好,"达则兼济天下,穷则独善其身"。狼山,不管"达"还是"穷",始终不事声张。它以最真实的面目,向世人昭示着宁静淡泊的真谛,也容纳佛的"出世"和俗的"入世",胸襟不可谓不浩荡,端的有芥子亦纳须弥的度量。

说到"出世",首推已历一千三百多个春秋的广教寺。我去过一些古刹名寺,多见弥勒、如来、观音、普贤、文殊等法相,却很少见大势至菩萨。狼山偏是大势至菩萨的道场,为全国佛教八小名山之一。圆通宝殿内供奉的大势至菩萨,高4.5米,是狼山所有寺庙中最大的,终年青烟袅娜,香雾氤氲。据《观无量寿经》记载,大势至菩萨周身放射出紫金色光芒,"以智慧光普照一切,令众生离三途(即地狱、饿鬼、畜生'三恶趋'),得无上力"。他以头顶存有智慧光的宝瓶的模样出现在世人面前,意在让智慧光普照大千,使众生脱离血光刀兵之灾,化煞化凶,一帆风顺,事业有成,达到理想境界。"出世"与"入世"并非泾渭分明。一旦需要解众生于倒悬,佛门中人定然义无反顾,再入尘世,力保一方平安。对他们来说,"出世"为己,"入世"为民,"出世"修心,"入世"弘法,"出世"和"入世"只是一枚硬币的两个面。

关于狼山的那个传说便是极好的例证。

很久以前,不知何处来了一只白狼精,占山为王,为非作歹,荼毒百姓。僧伽大师决心降伏白狼精,专程赶到山前。白狼精正躺在山顶睡觉晒太阳,忽听木鱼声声,忙跳将起来,眯眼往下打量,见是个化缘和尚,胸挂大木鱼,手拿小槌儿,一直敲个不停,便拦住去路,恶狠狠地说:"和尚止步,这山是我的地盘,你来做什么?"僧伽不慌不忙道:"化缘。"白狼精说:"这里无缘可化,到别处去吧!"僧伽作揖道:"天色已晚,先借个地方住上一晚,明日好一早赶路。"白狼精心想,这和尚细皮嫩肉的,给我当顿美餐也好,便挤出一丝笑意,道:"你要多大地方?"僧伽道:"一衲之地。"白狼精问:"何为一衲之地?"僧伽道:"就跟我身上这件袈裟铺在地上那么大。"白狼精又笑了,这袈裟能占多大地方?便道:"一言为定。"僧伽正色道:"说话算话,不得反悔!"他脱下袈裟,捏住两个角,往空中一抛,立见红光满天,一朵祥云飘到山顶,越来越大,一眨眼工夫,就把山从头到脚团团罩住,没半棵草露在外面。白狼精呆若木鸡,不知如何才好。僧伽大喝一声:"白狼白狼,你作恶不少,本该罚你死罪,念你苦修千年不易,姑且从轻发落,换别处修心去吧。切记,今后必须弃恶从善。"白狼精垂头丧气,只得夹起尾巴跑了。

白狼精子虚乌有,僧伽确有其人,唐代高僧,曾往长安、洛阳等处游历,悬壶济世,名声大噪。唐中宗尊他为国师,后世更称他为"大圣菩萨",把他敬供在支云塔后的大圣殿中,身披龙袍,法相庄严。

从山上下来,路过一岔口,边上竖着一块标明游览线路的广告牌,近前一看,发现再往前走一段路,便是骆宾王墓。

游程很紧,容不得节外生枝。在徘徊、惋惜和别人的催促中,我竭力伸长脖颈,希望觑见墓地的一角飞檐、一堵高墙,可是,蜿蜒的小路、茂密的树林阻断了视线。不过,倒也留出了驰骋想象的空间,平添几分关于骆宾王的神奇色彩。有时费力窥破真相,反令人大跌眼镜。美国"阿波罗"宇宙飞船登上月球,发现一片死寂,没有桂香,没有玉兔,也没有广寒宫。善舞的嫦娥、伐树的吴刚,不过是特殊月貌的影子投入地球人眼帘而产生的幻相。

初唐四杰中,我最敬重的就数骆宾王。他七岁写诗,"鹅,鹅,鹅,曲项向天歌。白毛浮绿水,红掌拨清波",声音清亮,色彩缤纷,天真活泼,如今的小孩几乎都能奶声奶气诵来。宋之问游杭州灵隐寺,诗兴勃发,吟道:"鹫岭郁岧峣,龙宫锁寂寥。"起句警牙诘屈,连自己都颇为不满,欲再往下续,却怅叹才气不逮,难以为继,只得紧锁眉头,低头苦思。忽听背后一声轻咳,待转过身,"楼观沧海日,门对浙江潮"已从不知何时站在廊下的一位白须和尚口中说出,言辞明朗,境界壮阔,宋之问喜不自胜,忙请教高姓大名,才晓得是闻名遐迩的骆宾王。他不由折腰礼拜。想那武则天擅行废立、临朝称制之时,骆宾王书生意气,共襄义举,一篇《为李敬业讨武曌檄》名动天下,气势远胜十万貔貅,而"一抔之土未干,六尺之孤何托""且看今日之域中,竟是谁家之天下"更掷地有声,回响千年,令一代女皇悚然汗出,也令后来的野心家退避三舍。都说骆宾王兵败被杀,或浪迹江湖,不知所终,今狼山一游,才知诗人归宿的另一种传闻。

骆宾王一生坎坷,被贬、被囚,患难继踵。"不堪玄鬓影,来对白头吟。露重飞难进,风多响易沉。"他以蝉喻己,在"露重""风多"的时世,欲"飞"而"难进"，作"响"却"易沉"，寄托遥深，形象再现了内心的无比伤痛。他从小就被誉为"神童"，才华高绝，可惜朝廷明珠暗投，令他郁郁不得志。在我看来，骆宾王俨然莽野上一匹左冲右突的狼，孤独、坚韧、野性，哪怕壁垒森严，也用自己的头颅一次次去撞击，誓要撞开一个缺口，冲进一片真正属于自己的天地。每次从壁垒上重重弹回，跌落深渊，他总是舔净血渍，再猛地站起来，一抖皮毛，一声长嗥，瞅准目标，蓄势如弓。历史跟他开了一个玩笑，让他注定成为一匹永远"处江湖之远"的狼。

骆宾王，以"入世"为理想，却以"被出世"而终结。

自东郭先生后，人们给狼打上了"贪婪""狡诈""凶残"等标签，"子系中山狼，得志便猖狂"成了唾骂忘恩负义之徒的金句。这实在是对狼的诞想乃至歧视。异常艰难的环境练就了狼的桀骜不驯，那一双眼睛，永远迸射着凛凛生寒的气势。它们把自由和尊严看得至高无上，任何时候都愿意用生命为代价去争取。作为团队成员，它们越发表现出无与伦比的凝聚力、责任感、纪律性，从不单打独斗，而是精诚合作，生死与共，这常常让更加强大的虎豹敬而远之。在狼的世界里，从来没有"奴隶"这样的字眼。

明嘉靖年间，正逢日本战国时期，各路豪强党同伐异，内战频仍。那些残兵败将，犹如丧家之犬，无处栖身，碰上大明海防松弛，便窜至东南沿海，勾结当地奸商、海盗，烧杀抢掠，无恶不作，终于酿成倭患。

嘉靖三十八年（1559年）四月，一万多倭寇张牙舞爪，杀奔南通。总兵邓城抵御未成，指挥张谷也以身殉职。倭寇气焰嚣张，如入无人之境，进而扑向白蒲，不料被兵备副使刘景韶迎头一记闷棍，打得晕头转向。他们不甘失利，退据庙湾，转道姚家湾，企图卷土重来。时值春末夏初，河港中的芦苇一个劲地往上蹿，绿油油的叶子层层叠叠，密不透风。微风轻掠而过，沙沙作响。倭寇大摇大摆而来。忽然一炮震天，四下呐喊骤起，明军和部分乡勇雪亮的钢刀纷纷向倭寇头上砍去。倭寇惊魂稍定，呀呀狂叫，拼命顽抗，也算顽固透顶，从早晨到傍晚，直杀得天昏地暗，风急雨骤，血流成河。想到燃烧的村庄，想到哭泣的乡民，想到连陌的新坟，将士们义愤填膺，同仇敌忾，一个个圆睁血红的眼睛，狼一般地腾身扑向倭寇。刚才还负隅顽抗的倭寇一下子像泄了气的皮球，只恨地上没个缝能让自己钻。

指挥这支明军设伏，布下口袋阵的，便是抗倭名将李遂。

"海上风波已晏然，洗兵甘雨入丰年。"经此一战，江北倭患从此平定。

回首以望，幻公塔隐藏在半山腰的树丛中。因为刚从那里经过，我知道塔畔有一座四方形小亭，亭内立着石碑，唤作"抚台平倭碑"。四百六十多年后的今天，听人说起当年的历史故事，仍心潮澎湃。同为江苏人的明代大儒顾炎武说得好，"天下兴亡，匹夫有责"。当到了国家、民族生死存亡的危急关头，每一个中华儿女都应抱着"入世"的观念，以"舍我其谁"的勇气，与敌人奋战到底。

千载沧桑如走马，遥望九州数重烟。老天让人降生，其实就是赋予我们一份责任，我们怎么能不百倍珍惜？"出世"也好，"入世"也罢，全在人内心种种的变化，但万变不离其宗，就是以"出世"做人，以"入世"做事，以"出世"之心做"入世"之事，为世界创造些什么，留下些什么。拿当下的话来说，"入世"体现"功成必定有我"的历史担当，"出世"则彰显"功成不必在我"的精神境界。清代全祖望在《梅花岭记》中这样说："其气浩然，常留天地之间，何必出世入世之面目。"唯因"出世""入世"本质上的和谐统一，超然物欲，心系苍生，才构筑了狼山为海内"第一山"的深刻内涵与核心价值。狼山，是静默的、淡定的，恍如"出世"修道者；狼山，又是坚韧的、执着的，是"入世"有为者，独立江边，矢志不移，永远守望着这锦绣江山，绝不容任何外敌肆意践踏。小小狼山，积淀着宗教、人生、民族的精华，那么博大精深，那么叹为观止！

芦影橹声秋色中

昨天傍晚，与同伴一起乘坐濠河上的游船，有一搭没一搭地望着舱外。濠河是南通的老护城河。夜色朦胧，勾勒出各幢建筑轮廓的两岸灯带影影绰绰，既不辉煌，也不清雅，缺少特色。譬如秦淮河，波影桨声中，弥漫着浓浓的香脂艳粉味；譬如维多利亚湾，高楼大厦间，散发着现代都市的奢华与迷离。心情越发无聊，不时往上提衣服领子，以抵御水面上滑过来的股股冷气，打算明天去买件羊毛衫。最近感冒流行，万一沾上，真不是开玩笑的。

谁知一早起床，拉开窗帘，阳光就狠狠地扑了进来，心情一下子轻松悠然起来。

到了沙家浜，满眼芦苇！绿，除了绿，还是绿！

别的地方，黄早已主宰了整个世界。田野里，稻穗饱满，一派金黄。村前屋后，树叶却呈淡黄，或摇摇欲坠，或飘飘落下，铺满了草坪、小路、沟渠。连风也揉进了一丝儿黄，透些憔悴和落寞。然而，沙家浜，依旧是一望无际的绿，绿得滋润，绿得精神，绿得嚣张，一切都浮沉在这绿的海洋中，令人心旷神怡。这些芦苇，一个个挺直了细长的身子，顶着一溜穗子。穗子极其蓬松、轻盈，灰中带紫，在初阳中泛出丝绸般的光泽，像无数个舞者，轻踮脚尖，高举裙袂，演绎着秋的柔情、秋的自由、秋的烂漫。用心一闻，一阵阵夹杂着水汽的苇香，即刻融入了芦叶厮磨的瑟瑟声里。

忽然想起三百多年前法国天才哲学家帕斯卡尔说过的名言："人只不过

是一根苇草,是自然界最脆弱的东西;但他是一根能思想的苇草。"我能否反过来说,"芦苇只不过是一个人,是自然界最善于思想的东西;但他是一个最脆弱的人"? 面对大千世界,芦苇不可能不触发、不动情、不思考。同样是鲜活的生命体,思想理所当然是它们存在的必然内核,无非容易遭受外来莫名的湮灭与无辜的伤害罢了。况且它们思想的内容和方式,我们很难理解,于是往往想当然地以为它们没有思想。若真如此,芦苇怎么读懂日夜更迭、四季轮回且随之呈现的不同姿态,让生命丰满、多彩,充满哲学意义?

算了,想了也白想,分明是给旅游添累赘! 到了沙家浜,船肯定要坐坐的。

是小木船,两三米长,浅浅地浮在水面。上了船,刚用竹篙点离石埠,耳边就响起一连串的惨叫。原来有人性急,没等船夫上来,已着急忙慌地撑了开去,却不会摇,于是小木船胡乱打转,左右摇晃,并与旁边的船磕磕碰碰,发出酸人牙齿的"吱吱"声,吓得一帮美女花容失色,紧抓住船上的任何一件东西,一动不敢动。

我爱莫能助,而自己坐的小木船已顺顺当当穿过桥洞,向芦荡进发了。

河道特别窄,特别曲折,顶多看到三五米远。明明听到说话声,人却生生被芦丛隔开。水很清,阳光当头照射下来,在水底漾起一道道白亮的影子,使整个水体变作一大块神奇的魔法玻璃。根据以往经验,水线略下一点应该有蟹洞。小时候常约伙伴沿河一路摸去,大多能摸到五六只螃蟹。曾经摸到过水蛇,虽知没毒,也着实吓自己一跳。沙家浜毗邻阳澄湖,而阳澄湖赫赫有名的,当然数螃蟹。一提螃蟹,就忍不住馋涎欲滴,"螯封嫩玉双双满,壳凸红脂块块香",那个滋味!

我问船夫:"你们这儿螃蟹多少钱一斤?"

船夫是个中年汉子,满脸古铜色,终日行走于水上,被太阳晒的。他说:"阳澄湖的螃蟹,基本上是养殖的。"

同船的一位游客附和道:"想想吧,全国各地阳澄湖螃蟹销量多大?把阳澄湖抽干了,全换成螃蟹,怕也满足不了市场需要。"

看来,要尝到正宗的阳澄湖螃蟹,越来越困难喽。

小木船慢慢进了芦荡深处。水道胜似迷宫,想从芦荡里抓人,真心不容易。当年新四军十八个伤病员朝芦荡一钻,简直虎入南山龙归东海,加上老百姓鼎力相助,能拿他们怎么办?小鬼子人生地不熟的,三转两转,还不晕头转向?说不定哪处芦苇丛里静悄悄地突然刺出一枪,就把小鬼子的小命给报销掉了。

约莫过了半个小时,我心血来潮,对船夫说:"我来试试?"

"行吗?"船夫不大放心,但还是示意我过去。

在众人艳羡的目光中,我小心翼翼来到船艄,站稳身子,右手接过橹柄,左手攥住橹绳,煞有介事地摇将起来。

船夫在一旁帮着摇,才三五下,他笑了:"以前摇过吧,动作蛮熟练的。"

我唔瑟道:"以前放学回家,趁大人没注意,经常偷着上船,开始时乱摇一气,横在河当中进退不得,被过往船只上的人骂,慢慢就无师自通了。后来参加生产队劳动,不吹牛,我能一个人摇着大船,把城里环卫所的大粪给装回来,再一担担挑上岸,倒进化粪池。这活,讲体力,更讲技巧!"

"吱嘎——吱嘎——"橹声中,小木船向前划行着。

坐船、摇船,感觉很不相同。坐船,充其量是一个袖手旁观者,以局外人的眼光观察,难免生出隔阂;摇了船,体验就真切了。小木船在自己操纵下,橹声悠悠,"欸乃一声山水绿,岩上无心云相逐"。橹左一下,右一下,划出道道水波,很均匀,很有规律。水波向船两边轻轻荡开去,贴水的苇叶便顺势竭力舒展开来,拉成长条。小木船虽经历了偏离航向的尴尬、搁浅泥滩的惊惶、掉落水中的危险,不时遭来同船人的埋怨,但亲力亲为,于我自己,则更与这芦苇、这河汊、这沙家浜融为一体了。

途中经过一座木桥,几个小青年见了,非常激动,喊着也要划船,还举起手机猛拍,难道不怕我追究他们对我肖像权的侵犯?

只恨这路程太短,瘾还没过足,码头居然在眼前了。

上得岸来,整个人神清气爽。听远处喇叭里传来的熟悉歌声:"芦花放,稻谷香,岸柳成行……"有人情不自禁地跟着哼,却老跑调,引得大家开怀大笑。听人说,前头村坊挺热闹,春来茶馆,胡传魁忠义救国军司令部,一应俱全。呵,用沙家浜的水泡茶,靠窗坐定,专心听地下党员阿庆嫂唱"垒起七星灶,铜壶煮三江;摆开八仙桌,招待十六方。来的都是客,全凭嘴一张,相逢开口笑,过后不思量……",该多么舒服呀!

想着这等美事,我不由得大步流星,径直赶去。

且让这无边绿苇、断续橹声、漫天秋色,做我休憩时的贴身小厮,好好伺候着吧。

行走在瀑布之间

阵雨初歇,盘旋而上的山路几乎纤尘不染,光亮如绸。越往上走,弯道越多,坡度越大,油门下意识地踩得越实,不敢太快,车速始终控制在三十码左右。心中不免瞎想,这雨太猛,肯定是天上哪条龙在闹脾气,万一它不小心将尾巴扫到山上,碰下石头,不偏不倚砸中车子,怎么办?打急救电话?只怕救援人员未必能及时赶到。忽然觉得不吉利,赶紧自我安慰:"这么多毛竹盘根错节,把整座山裹得密不透风,哪来松动的石头?"发觉身上有些燠热,拿眼一瞟,空调好好地设在十八度上,见鬼!

终于撑到了天荒坪景区,到处云雾,到处混沌,就算拿最锋利的刀也砍不开。难道那条龙还没过足瘾,继续兴风作浪?

回来的路上,我很不甘心。正考虑下一步该何去何从,前边出现了一个岔口,竖着块标志牌:藏龙百瀑。哈,有意栽花花不发,无心插柳柳成荫。天荒坪没玩成,那就去藏龙百瀑!一打方向盘,车子拐进岔路,没多少工夫就到了停车场。先去镇上找家饮食店,看什么能填饱肚子的,好养些气力爬山。刚下过一场雨,瀑布水势暴涨吧。

走过小石桥,一座苗寨样式的城楼立在了眼前,墙上攀满了青藤。十二生肖的石雕惟妙惟肖,分列两厢,好像在夹道欢迎。一块大石头特别醒目,镌了个大大的红色繁体字"仙",意思是:跨过这扇门,诸君不再是凡夫俗子,统统成了神仙,不食人间烟火啦!

一踏上斜径,哗哗的水声便已从万绿丛中喷涌而出。

首先见到的是"神龟听瀑"。两只黝黑的石头乌龟卧在水上,大的背负着小的,像一对父子,正探着头凝神倾听,想竭力悟些禅意出来,估计仍没得道,熬至今日,依旧一副苦兮兮的模样。那水打着旋,翻着沫,匆忙奔下山去,异常清澈,好像不存在似的。我坐着,脱掉鞋子,把脚伸进水中,凉意迅速从脚心蹿起,将浑身俗气冲得一干二净,人也便毫无遮拦地融进了这蓬勃无边的绿色中。你们两只乌龟呀,修行几千年,这么浅显的道理还不懂?唯有把自己全部浸入水中,才能真正接受自然的洗礼,脱胎换骨。

过潜龙瀑、龙须瀑,到鹰踞龙潭时,我大汗淋漓,眼镜片上水汽模糊,只得在凉亭上拣个位置瘫下,一动不肯动,矿泉水倒"咕咚咕咚"喝掉了大半瓶。问景区工作人员,到最漂亮的"长龙飞瀑"要走多远。他们说,来回一个半小时。自以为咬咬牙能扛过去,谁知久坐办公室,气尚在,力却不知不觉中退化了。生命在于运动啊。

说来也巧,两个壮年男子抬着一副竹椅跟进凉亭,见人就问想不想坐。我接上嘴,讨价还价,八十元成交。

到底是被人伺候舒服,随着竹椅节奏感很强的"嘎吱嘎吱",心慢慢静了下来。山里的天,说变就变,雨又淅淅沥沥下了起来,半干的衣服很快被再次淋湿。不过,没关系,哪比得上欣赏一路风景的惬意?雨点飘忽不定,落在竹叶、树叶上,蹦到地面,钻进土里,窸窸窣窣,空谷幽响;几颗雨点悬在叶尖,像一盏盏灯笼,里面竟藏着无数个美丽的童话世界。竹子比树木多,挺拔,青翠,山风吹过,送来缕缕清爽。草丛中,虫儿铆着劲地叫唤,极具穿透力,反而使山林更加静谧。

转眼过了龙纱瀑、龙游瀑、龙门瀑。正因景物的大同小异而懈怠,抬竹椅的男子大声提醒道:"老板,长龙飞瀑到了。"

跨过一道石坎,水声猛地轰响起来,山岩几乎都在颤抖。但见白练飞舞,虽逊色于"飞流直下三千尺,疑是银河落九天"的匡庐瀑布,然毕竟六十多米的高空,其下落之势到底如箭似奔,飞动,债张,强悍,摄人心魄。中间因凸岩而产生折叠碰撞,水流顿时珠玉飞溅,雾气蒸腾,迷离朦胧;还没来得及抒直,又马上冲向下一块巨石,发出惊雷般的殷殷声响。为零距离接触,我胆战心惊地踏上瀑布前的铁索桥,却被声浪激得晕头转向,两腿哆嗦,只好转身逃了下来。

抬竹椅的男子说:"你看长龙飞瀑后面的两块石头,像什么?"

我留心端详起来。瀑布后面确有两块长方形巨岩,像两扇大门,嵌在山体上。

"老板,我做你导游吧,不收钱。"抬竹椅的男子凑过来,神秘兮兮地说,"这可不是一般的石门,是仙界的龙门。听这里的老人说,龙门后边有一座宝窟,堆满了玉皇大帝的金银财宝,五千年才打开一次。开门那天,遇上晴天,太阳照着龙门瀑布,就会现出一道彩虹,走过这道彩虹,就可以进去了。"

我笑着说:"你晓得的倒蛮多。"边从不同角度,咔嚓咔嚓,举起手机,对着瀑布拍了个尽兴,打算回去进一步研究。

另一个抬竹椅的男子也说:"藏龙百瀑另外有个名字,叫'小梁山',比《水浒传》中的水泊梁山稍微小了点,但同样出过一帮英雄好汉。也听老人们说,一两百年前,太平军忠王李秀成的几千个部下,躲进这里地势最险的长龙山,一边开梯田,种粮食,一边办兵工厂,生产武器。兵工厂就是附近的'太平洞'。哦,还有'看灯台',他们放哨的地方。曾国藩派大军包围,前前后后四年多,好不容易才打下来。太平军没一个投降,全部战死。"

"真的?"我再问了一遍。

"真的!"那个男子斩钉截铁地回答。

太平天国运动中,那"无处不均匀,无人不饱暖""有田同耕,有饭同食,有衣同穿,有钱同使"的美好愿望,迫于残酷的斗争形势,从来没真正实现。但是,太平军将士敢于反抗封建压迫,敢于追求幸福生活的精神,并以血肉之躯、冲天豪情,纵横大江南北十多年,敲响了清王朝覆灭的丧钟,不能不令人叹服。

由于时间太紧,我无奈放弃了继续登临的念头。

　　总而言之,藏龙百瀑名不虚传。第一,数量多,五步一瀑布,十步一悬泉,前后相连,不愧为江南第一大瀑布群。第二,特色明,仅浙江境内,比雁荡大龙湫灵动,比天台石梁清幽,比诸暨五泄俊朗,"集奇、特、险、幽、秀于一体"。第三,"龙"藏其中。有传说中的龙门,有龙一样夭矫勇健的太平军将士,更有当代不畏艰险、积极开拓的龙的传人。那"天荒坪"的名字真的再好不过,让人立马想到"破天荒"这个成语。"天荒"本指原始蒙昧的状态,而"破天荒"则是"第一次出现"的意思。不是吗?这海拔近千米高的天荒坪上,就有一座抽水蓄能电站,是我国同类电站中单个厂房装机容量最大、水头最高的一座,号称亚洲第一、世界第二。

　　景区出口处的白色大理石上刻着一篇韵文,叫《藏龙百瀑铭》,文采斐然,特抄录于后:"山不在高,有瀑则神;水不在深,有龙则灵。飞龙在天,龙云行雨。见龙在山,龙威震谷。龙瀑一泻,龙盘千转。龙藏百瀑,龙潜九渊。龙吟有声,龙化无形,龙舞激石,龙纱挂瀑。龙沫润山,龙涎萌竹,苞笋龙儿,攒竹龙孙。龙野广沃,龙衍众生。龙媒龙种,嘉佐龙瀑。"

大同：焊点、节点与拐点

坐车从希拉穆仁草原出发，翻过阴山，中午便到了大同。

以大同为坐标，往北，是黄沙漫漫的塞外，抑或牧草丰茂的原野。天茫茫，云悠悠，若非亲眼看见，绝对无法领略天地如此之广大，人如此之渺小。风，像成群结队的马，肆无忌惮地奔跑着；又像一块硕大无朋的砥砺，看不见，却力量充沛，几乎到蛮不讲理的地步，发出一阵阵低沉的呼啸，日复一日，年复一年，把整个蒙古高原打磨得坦荡无比，连山峦的轮廓都是平缓、柔和、优雅的，决不掺杂尖楞、破裂与突兀，但透着狂放不羁。往南，是敦实厚重的黄土高原，因水流长年累月的冲刷，被切割成一道道深沟浅壑，围着一个个平顶土堆。顶上树林茂盛，常见的是白桦，紧紧拢成一束，孤傲地站成一排。树林间，绿草斑驳，不时点缀着无名小花，朴素得跟黄土渣粒一样，也偶遇光秃秃的峁塬。喜鹊、麻雀、鹧鸪三三两两从空中掠过，落到枝头，惬意地叫上几声。垄是人工的，像不太规整的木框，将高粱、玉米、土豆、麦子等庄稼，装饰成一幅幅斑斓油画，那么随意地铺在广袤的土地上，勾勒出生命的永恒轮回。

由于得天独厚的地理条件，大同成了北魏时期丝绸之路的重要枢纽。《魏书》记载，太武帝拓跋焘登基后，即"遣行人王恩生、许纲等西使"，"又遣散骑侍郎董琬、高明等多赍锦帛，出鄯善，招抚九国，厚赐之"，重新打通丝绸之路。即使孝文帝拓跋宏迁都洛阳，以大同为丝绸之路中心的格局仍未发生多少变化，如《北史》等史籍中记载，"波斯国，……去代二万四千二百二十八里""大秦国（罗马帝国），……去代三万九千四百里"。"代"指北魏前期的首都大同，史上也称云中、平城。难能可贵的是，北魏统治者一改其管理方式，变以官府为主为以民间为主，物资种类、交易手段、经营规模都得到不同程度的丰富与完善，极大地促进了北魏乃至中原地区的经济发展。

大同，成了塞外与中原两大不同地域的焊点。

数千年来，匈奴、鲜卑、羯、氐、羌、突厥、党项、契丹、女真、蒙古……乱哄哄，你方唱罢我登场。翻飞的铁蹄、雪亮的钢刀、参差的旌旗、剽悍的呐喊，潮水一般澎湃而来，又汹涌而去，纵横决荡，只为争夺本民族生存、繁衍、发展的一席之地。大同，"三面临边，最号要害。东连上谷，南达并恒，西界黄河，北控沙漠。实京师之藩屏，中原之保障"，历来是兵家必争之地，其高山大川见证过太多的血雨腥风：金沙滩上，流淌着杨家将悲壮的热血；大同城里，到处是辫子兵屠城的残暴行径。

自东汉以降，匈奴西迁或南下，漠北成了真空地带，拓跋部乘虚而入，攻城略地。中间曾时运不济，遇到苻坚，被打压了好一阵子。淝水一战，苻坚一意孤行，落得风声鹤唳，草木皆兵，大败而逃，拓跋部终于等来东山再起的良机。北魏十三个皇帝中，太武帝拓跋焘最具雄才大略，十三岁登基，十六岁统兵，十九岁大战统万城。他就是辛弃疾《永遇乐·京口北固亭怀古》中写到的"可堪回首，佛狸祠下，一片神鸦社鼓"中的"佛狸"。战斗中，拓跋焘往往亲冒矢石，冲锋陷阵。始光四年（427年），他率三万轻骑，与夏军恶战于统万城下。激战正酣，坐骑突然蹶蹄，将拓跋焘掀翻在地。夏军顿时围攻上来，举枪乱刺，《资治通鉴》形容为"几为夏兵所获"。拓跋焘身中数创，却奋起雄威，大喝一声，如青天暴雷，将冲在最前面的夏将斛黎文刺死，并接连手刃十余骑，拼死向前。这充分振奋了北魏全军将士，取得战役的彻底胜利，夏从此一蹶不振，迅速退出历史舞台。

可惜历朝历代总很难跨过一道坎：马上得天下，但不能保天下。得天下，凭的是武力，靠拳头、刀枪。赵匡胤"一条军棍打下四百州"，最终陈桥驿黄袍加身。保江山永固，则必须靠思想、文化的引导与强化，这就有了赵普"半部

《论语》治天下"之说。国外也有此类例子。阿育王征服南亚次大陆时,征战杀戮,特别是攻打羯陵伽国,竟致十万人被杀,后皈依佛教,并促成了古印度的佛教繁荣、国运昌盛。再看北魏,献文帝拓跋弘笃信佛教,使佛教兴盛光大。他的儿子孝文帝拓跋宏更是到处兴建寺院、开凿石窟。据史料统计,有魏一代,全国各地寺庙达三万余座,僧尼二百万余人。作为当时的北方政治、经济中心,在佛教及佛教艺术的发展过程中,大同占据了举足轻重的地位。

这次游览的是武周山下的云冈石窟,文成帝拓跋濬和平年间开始建造,高僧昙曜主持。郦道元《水经注》记载,"凿石开山,因岩结构,真容巨壮,世法所希。山堂水殿,烟寺相望,林渊锦镜,缀目新眺"。走进石窟,见两座高大的木楼倚崖而立,瘦削的木结构间隐约散发出来自远古浓浓的土木气息,让人肃然起敬。第五、第六号洞窟管理很严,不准拍照,不准喧哗。第五号洞窟,正中,从上而下,一座巨大的石龛,四四方方,端坐着四个神态安详的菩萨;环壁全是栩栩如生的佛像、飞天,组成一个个关于佛的故事。又往西来到第二十号洞窟。这里的佛像更加高大,低眉慈目,天天看善男信女从面前走过,无论喜笑怒嗔,都报以微笑。由于佛教传入不久,他的身上,"既有犍陀罗佛教艺术的某些特点,又渗入了当时生活于北方寒冷气候中的少数民族服装的特点",鼻梁高挺,双耳垂肩,衣带流畅,清癯俊朗。我想,北魏后期的大兴佛教,即使不能证明拓跋家族像阿育王一样在杀伐后大彻大悟,至少也是其维护统治的一种方略吧。

大同,成了战争与宗教两大不同社会形态的节点。

既与北魏相关,就不能不提及孝文帝拓跋宏的改革。所有措施中,改汉姓、说汉话、易汉服、行汉礼,执行最难,影响力也最大。《资治通鉴》仅用"国人多不悦"五个字来反映当时的汹汹舆情,权贵的竭力反对自在情理之中。孝文帝下定决心,用两害相衡取其轻的计谋,让权贵在"战争"与"迁都"中无奈选择后者。他认准一条道,九头犍牛也拉不回。赵武灵王也实施过类似改革,叫胡服骑射。战国时,中原各国服饰宽大臃肿,两条长袖碍手碍脚,更别提行军打仗;胡人则窄袖短袄,作战方便快捷。于是,赵武灵王力排众议,带头穿胡服,习骑马,练射箭,使赵国军事力量日益强大,成为战国七雄之一。两相比较,赵武灵王是汉人向胡人取经,孝文帝是胡人向汉人学习。

以鲜卑族自身而论,孝文帝的改革无疑是失败的。灭掉一个国家、一个民族,最好的办法就是灭了他们的文化。

但是,倘若站得高一点,看得远一点,那么,孝文帝的改革绝对是成功的,不但促进了北魏经济、文化的发展,加快了北方民族的大融合,更促进了中华文明的大融合。一个相对落后的游牧民族,在孝文帝大刀阔斧的改革下,以壮士断腕的决心,给渐趋温婉内敛的中原文明植入了强悍的基因。这种基因,带有马背上的雄风、大漠中的粗犷、莽原中的野性。两种基因重新组合,创造了中华文明更为蓬勃的生命品质。小而言书法,脱胎于魏碑的魏体,变篆隶的圆润、中正、循规蹈矩为雄强、浑朴、顿挫险峻。大而言气象,北魏灭亡未到百年,盛唐,一座封建社会发展的巅峰、一个全世界景仰的中心,波澜壮阔地出现在广袤的华夏大地之上。

大同,孝文帝改革以后再没被作为北魏的都城。它成了一个民族从兴盛走向消亡的拐点,却也成了开启整个中华文明黄金时代的拐点。

这是我在游览云冈石窟时所想到的。

悬 而 空

我基本属于"上车睡觉，下车拍照"之类的游客，屁股一挨座，就闭上两眼，任凭车子怎样颠簸，早与周公唠闲嗑去了。导游一喊"景区到了，下车！"立马精神抖擞，跑得比兔子还快，拿着个手机东张西望，噼里啪啦，把自认为最漂亮的景色拍下来。打个比方，旅游好像牛吃草，先只管往嘴里扒拉，等落空时再细细反刍；又好像猪八戒吃人参果，三口两口解决掉，却抹着嘴，觍着脸，问孙猴子、沙和尚镇元大仙的人参果什么味道。事实上也没多少时间让人静心欣赏，稍慢一点，导游就在前面很远的岔路口挥着小红旗，不耐烦地招呼人们赶快跟上。所以能拍多少算多少，走过路过，千万不可错过。回到家，把照片拷进电脑，坐着，一张张翻看，咀嚼个中韵致，不也是乐事一桩？

导游提醒"悬空寺到啦"时，忙抬起眼，一堵高峻的悬崖已扑面而立。

缓行于草坪间的小道，才呼吸几下，五脏六腑即刻被洗得干干净净，气脉特别畅通。四处张望，但见游人如织，叽里呱啦，兴奋异常。有的急着往里赶，先睹为快，有的抢在镜头前忸怩作态。我不想凑热闹，故意落在最后，以寻找游览的感觉。

不错，山是恒山，寺是悬空！

恒山，中国五大名山之一。古人形容泰山如坐、华山如立、衡山如飞、恒山如行、嵩山如卧，可是，踏进恒山，觉得它并不巍峨，相对高度顶多两三百米，也不奇崛，四平八稳，缺楞少角。向南看去，是堆叠起来的沉积岩，淡黄；

缝隙间长满了杂草灌木,浓绿。岩石与草木层层叠叠,线条分明,仿佛一页页平铺的纸片被订成一部巨厚无比的书。这部书,豪雨当墨,轻风作笔,星为标点,日敲钤章,记录下了沧海桑田的无数轮回和无穷玄奥,也许谁都能读懂,也许谁都难以参悟。不管如何,它年复一年,大大方方地摊着,让人痴迷,且将继续写下去。向北望,山被抠去一大块,一座寺院就紧贴在微凹的崖壁上!

能并列"五岳",恒山定有不凡而多彩的自然人文内涵。据考证,恒山自西汉初就建有寺观,经历代修筑,渐成规模,明清达到鼎盛,就有了"三寺四祠九亭阁,七宫八洞十二庙"的评说。在中国,名山大川往往与道家最为亲密。八仙之一的张果老曾隐居恒山,留下大量的仙踪遗迹。《太平广记》说,张果老"常乘一白驴,日行数万里,休则重叠之,其厚如纸,置于巾箱中,乘则以水噀之,还成驴矣"。果老岭一处光滑的陡坡上还有几个非常招眼的驴蹄印,相传就是张果老骑驴登天时留下的。金庸的小说《神雕侠侣》中,尹志平被刻画成好色之徒,乘人之危,玷污了小龙女,即使心生悔悟,终其一生也无法彻底消赎这个罪孽。其实历史上的尹志平是一位正人君子,全真派第六代掌门人。姬志真《南昌观碑》讲述道:"清和真人(即尹志平)作大宗师,宠膺上命,簪裳接迹,宫观相望,虽遐方远裔,深山大泽,皆有其人。"尹志平一向劝勉弟子勿以"小善为无多益而不为,见小恶为无甚伤而不去",这与刘备的处世理念不谋而合。他凡事均身体力行。师父邱处机誉满天下,他却说:"我无功德,敢与享此供奉乎?"退居龙阳观潜修。邱处机遗命尹志平接任掌门,他屡次谦辞,只因众人敦请,才勉强从之,十一年后即以年老为由,传位李志常,自己隐遁恒山苦修,终成正果。这正是恒山能成为道家圣地的重要原因之一。

神游正浓,忽然被人一挤推,才发觉自己已不知不觉踏上了登山小道。

悬空寺的侧影正在头顶上,很小,轻轻一揭就能掉下来似的。

寺自然要上去的。

名曰悬空寺,的确悬空。明代旅行家徐霞客称赞道:"峡愈隘,崖愈高。西崖之半,层楼高悬,曲榭斜倚,望之如蜃吐重台者,悬空寺也。"李白,古往今来诗词界无二的牛人，最喜欢游山玩水，最喜欢到处留墨。他当然不学孙猴子，撒一泡尿，再划拉个"到此一游"，而是咳吐成珠，风采卓绝，让人膜拜。但是，他有两个地方未曾落笔：一是黄鹤楼，"眼前有景道不得，崔颢题诗在上头"。二就是悬空寺。李白来此，不知为何，倍感江郎才尽，无论如何想不出只言片语来绘景，来抒情，最终提笔写下"壮观"两字算作交代。这有草坪上的石刻为证。可以想见，咱们的诗仙，烂醉如泥于狼藉的杯盘之间，痴痴地望着悬空寺，实有不甘，却徒呼奈何。假如崔颢以超迈的才华让李白心悦诚服，恒山的悬空寺就是天地之间的造化，直接把他震趴下了。

悬空寺内的楼梯很逼仄，高低不平，绕来绕去，像钻地道，仅容人侧身鱼贯而过。从脚下的木板缝中看下去，几乎空无一物，才知是在高高的半空。楼是旧木楼，梯是旧木梯，然触手处光亮如鉴，与蒙了一层尘皮的背面截然不同，估计游人摸得多了。我自嘲道："这是在穿越时间隧道，回到古代了。"走了一会，发现楼外崖壁上竖着几根长长的木柱，并不粗大，甚至露着几道裂纹，正担心其是否牢固，却见前面有人在使劲摇动，便也壮了胆去试，不料木柱竟轻轻晃悠起来，吓得我倒抽一口凉气。

未及缩手，有人呵斥起来："这么个大人，还调皮！"

"哪会这么容易晃坏？"导游安慰道，"悬空寺并不全靠这几根木柱支撑。建造时，工匠们把粗大的飞梁打进岩壁中，只留三分之一露在外面。当地有个顺口溜：'悬空寺，半天高，三根马尾空中吊。'飞梁所用的木料，是恒山特产铁杉木，用桐油浸泡上两三年，就不怕虫子咬了，还防腐。加上石崖上边向外突出，像一张布幔，遮住了雨水，使悬空寺千年不坏。也许以后的游人没我们这福气，十之八九不准再爬了，地方政府保护文物。"

外楼道的护栏极低，大致与我小腿一般齐。我只好贴着内壁，一寸寸向前移。向下看，游人几乎成了蚂蚁，一小堆，一细行，在草坪上坐立，在树丛间出没，在山路上说笑。想快些走完，步子却迈不大，发软，发虚，像踩在棉絮上，到了略为宽敞一点的地方，方敢探头探脑地打量室内供奉的佛、神塑像。

悬空寺，建于北魏太和十五年（491年），至今一千五百多年。初建时，最高处的三教殿离地九十米,因历年尘土淤积,现仅剩五十八米。整个建筑共四十间,著名的有三佛殿、太乙殿、关帝庙、鼓楼、钟楼、伽蓝殿、送子观音殿、地藏王菩萨殿、雷音殿、千手观间殿、释迦殿、三官殿、纯阳宫、三教殿、五佛殿等,供奉铜像、铁像、石像、泥像八十多尊。偌大一座寺院建在半空,欲上不上,欲下不下,也算名副其实。古人真会来事,好端端地不在平地上建造,非得费老大的劲,挑一人迹罕至的悬崖峭壁,图什么?我不懂。其实他们个个是行家里手,了解堪舆的玄奥。他们笃信,只有聚天地之精华,汇山川之灵气,才能让自己早日"羽化而登仙"。398年,北魏都城平城的一座道观里,许多道徒围在病榻前,愁容满面。须发雪白的天师道长寇谦之脸色青灰,强提一口气,喃喃嘱咐道:"为师最大的愿望,是建一座空中寺院,以'上延霄客,下绝嚣浮',现在看来,难以实现喽。汝等若能苦己利人,感应太上,发扬光大金丹法脉,自当遵从为师教诲,砥砺而行。"言讫而终。大家涕泪交横,唯唯是诺,从此不敢怠慢,历经千辛万苦,终于在恒山金龙峡西侧翠屏峰的绝崖上修建起了这座悬空寺。

悬空寺,又名玄空寺。这名字绝妙。

悬空寺有个独一无二的做法,就是佛、道、儒"三教合一"。魏晋之后,为了能在中土站稳脚跟,进一步弘扬法门,佛教秉着"互为补充、互为影响"的义理,率先表达了"三教合一"的趋向,终于"暨梁武之世,三教连衡",并逐渐为人广泛接受。托名纯阳道长吕洞宾的《三宝心灯》甚至声色俱厉地说:"若皈道而不知三教合一之旨,便是异端邪说!"

于是,我在三教殿内见到了孔子、老子、释迦牟尼共居一室,相安相得,初时很惊讶,随即便见怪不怪,并转而由衷钦佩这一举措的"敢为天下先"。

玄而空,我以为,这准确体现了"三教"的核心:"玄"出自道,"空"源于佛,"和"基于儒;"道""佛"为翼,"和"为根本。这三个字就镌刻在悬空寺对面的半山腰上,清晰地告诉我们这样一种朴素的理念:八方虽异,实为一体,"道"强调"天行健,君子以自强不息","佛"提倡自我修炼,最终"自度度人","和"则崇尚"天人合一"。三者有机融合,充分体现了中华先民对自我、对世界、对信仰的包容与大度,它是中华民族几千年文明发展史中一以贯之的脉络,是形成泱泱中华民族及其伟大精神的强劲动力,闪耀着中国优秀传统文化的永恒光芒。

四十来分钟的游览很快结束,导游又在一个劲地催促。

日渐偏西的天空下,翠屏峰草木蓊郁,悬空寺笼上了一层淡淡的金辉,显得格外庄严。游人溪流似的走下山来,汇向景区出口。我知道,单从外表看,悬空寺岌岌可危,但它的每一块砖木,每一个构件,彼此契合,和谐相融,将这么多的殿堂串构成一个牢不可破的整体。"泰山不让土壤,故能成其大;河海不择细流,故能就其深",悬空寺具有一种宏博的气魄和强烈的自信。正由于千百年来一以贯之的"和"为贵、"和"为根本,博采众长,兼容并蓄,中华文明才日渐饱满、厚重、多彩,长盛不衰,中华民族才持续不断地发挥着之于人类历史嬗变的影响力和贡献力。

晋 商 典 范

离开平遥古城，向太原驱车不远，就到了祁县的乔家堡。

知悉乔家大院，起始于老谋子拍的《大红灯笼高高挂》。当时对这部电影没啥好感，什么三妻四妾，什么争风吃醋，像小孩冬天里堆的雪人，根本见不得阳光，稍微一晒，便化作一摊肮脏的水渍。

跨进乔家大院时将近正午，阳光耀眼，空气在地上炙烤，轰轰作响，简直能把人蒸成七八分熟的牛排。整个院落敞亮、大气、庄重，院墙、屋壁完全不同于南方，没半点石灰涂抹，清一色的土砖齐整袒露着，像北方汉子，利落、朴实、纯厚。屋脊也并不是常见的"人"字形，似乎有好事者从三分之一处下手，劈掉小半间，剩下大半个一律朝内，围成一个个四合院。导游介绍说："晋中雨水稀少，建成这样，是希望接更多雨水，不至于白白浪费。从高处看，所有院子巧妙合成一个大大的'囍'字，而且三进院子一处比一处高，暗含'步步高升'的意思。"

我边走边拍照，很佩服乔家修建院子的良苦用心。

不过，最感兴趣的是高挂各处的大小匾额，有些嵌在门楣上沿，有些架在堂屋正梁下，内容丰富，如"在中堂""大夫第""彤云绕""履中蹈和""慎俭德""书田历世""读书滋味长""百年树人""惟怀永图""为善最乐""静观轩""梯云筛月""退思"等，书法多彩，意味盎然，或彰显家世、地位，或寄寓传统儒道思想。有三块匾颇值玩味：第一块，晚清重臣李鸿章亲笔书写的"仁周义溥"；第二块,山西巡抚丁宝铨受慈禧太后面谕送去的"福种琅嬛";第三块,明末清初名士傅青主亲题的"丹枫阁"。三块匾额并非在一处,导游也没及时提醒,因此不曾目睹,如今从网上查知,不由得叹息擦肩而过的遗憾。这倒提醒我,如果只随大流,盲目地挤来挤去,而不先了解一些相关的历史人文知识,旅游无非真成"驴"一样的整天赶路,除了疲乏外,过几日便忘得一干二净,意义何在?

乔家发迹,看似鸿运高照,扑通一跤,别人摔得满眼金星,他摔得满眼真金,细究起来,其实不然。

一靠的是奋斗。

与古往今来的传说没什么两样,凡成功人士都经历过九九八十一难。刘琨的《劝进表》说"或多难以固邦国,或殷忧以启圣明",陆贽的《论叙迁幸之由状》也说"多难兴邦者,涉庶事之艰而知敕慎也"。他们认为,无论国还是家,总要从积极的一面看待多灾多难,因为在一定条件下,坏事能变成好事,从而激发人们励精图治,知难而进,转危为安,重新富裕强盛起来。我不以为然。倘若一直失败下去,苦难只能沦为颠顶的借口、耻辱的见证;唯大功告成者,苦难才有资格拿出来炫耀于世。

乔家大业创始人乔贵发,从小父母双亡,一贫如洗,不得不寄人篱下。十二岁那年,由于备受歧视,一气之下,卷起破旧衣被,照前辈一贯的做法——走西口,独自来到天远地荒的塞外包头,做了个店铺伙计。

一说"走西口",我们多半就想起"哥哥你走西口,小妹妹我实难留……"这一往情深而又略带伤感的曲调。这次从内蒙古折返山西,途经"杀虎口",导游特地停车小憩,向我们聊起它的前世今生。由于地形险要,历代王朝都在这儿屯兵遣将,设置防守。特别到了明朝,为了抵御瓦剌南侵,多次修建,规模日盛,又经常从这儿出兵,故名"杀胡口"。到了隆庆年间,蒙汉两家化干戈为玉帛,重新开放边贸,短短时日内,关里关外商铺林立,车水马龙,于是改称"杀虎口",也就是人们所说的西口。我驻足而望,只见新筑的城墙高大巍峨,向两侧绵延于崇山峻岭之上,大有"一夫当关,万夫莫开"之势。

　　回到正题上来。乔贵发人穷志高,时刻牢记母亲教导,"为人若肯学好,羞甚担柴卖草。为人若不学好,夸甚尚书阁老","人欺不是辱,人怕不是福。不怕没出息,就怕不自立",不避艰辛,从最累最苦的活做起,替人拉骆驼送货,翻高山,越草原,冒风沙,来往于河套一带。稍微有点积蓄,便自谋生意,开过豆腐坊、草料铺,渐做渐大,竟在包头开出商号,当起了掌柜。到孙辈乔致庸手里,乔家成立了更大规模的"复盛公",一时竟有"先有复盛公,后有包头城"之说。

　　二靠的是精明。

　　大凡做生意,不精明肯定不行,但精明到乔家这份上,还是让人啧啧称奇。

　　乔致庸中过秀才,文化修养好,善于审时度势,能从常人司空见惯的地方发现契机。光绪年间,洋务运动如火如荼,乔致庸敏锐觉察到旧的资金流通方式已不再适应新的经营需求,就创立了"大德通""大德恒"票号,业务遍及全国各大商埠,甚至培养出了中国第一任银行行长——原"大德恒"票号太原分庄经理的贾继英。

　　乔致庸擅长识用人才,一旦发现,无论其资历如何,一概安置在最恰当的位置上,好让他大展身手。包头小粮店掌柜马荀大字不识一箩筐,连"荀"字也常错签成"苟",因此落了个"马狗掌柜"的绰号。乔致庸却看出他自信心强,经营能力也强,先出资让他独立经营,后又破格提拔他为包头总号"复盛西"的掌柜。平遥"蔚长厚"票号福州分庄经理阎维藩,曾自作主张,垫支白银十万两供人升迁打点,受到总号严厉斥责。阎维藩心灰意冷,辞去"蔚长厚",打算另谋出路。乔致庸得知消息,立刻派儿子备了八抬大轿、两班人马,在阎维藩返乡的必经路口连等数日。阎维藩深为乔家的热情与器重而感动,殚精竭虑,主持"大德恒"票号二十六年。他们都为乔家立下了汗马功劳。

　　这方面干得最漂亮的,当数"借钱"给慈禧太后一事。庚子之乱,慈禧太后"巡狩"山西,因走得仓皇,没来得及多带银两,生活不免捉襟见肘(其实比咱老百姓不知好上几十百倍)。为解燃眉之急,山西地方大员召集各大商号,商议“借钱”一事，希望有钱出钱，有力出力。大家谁都不敢点头，怕白花花的银子扔进水里，连个泡泡都没翻上来。然而，乔家“大德丰”票号跑街的贾继英一口答应“借”白银二十万两。按清代时价折算，一户人家一年有个三五两银子，日子就相当滋润了。这个情节在电视连续剧《乔家大院》里也有。大掌柜阎维藩问他缘故，贾继英说，国家灭亡了，我们也就灭亡了；国家还在，钱总还能要回来。阎维藩英雄识英雄，夸道：“五百年必有王者兴，一千年也出不了个贾继英。”强将手下无弱兵，有这样精明的下属，自然有更加精明的乔致庸。慈禧太后重回北京，给了乔家极大的人情：赐给乔家御牌一块，特许其独家经营，凡各省解缴中央的款项，加上连本带息的十亿两庚子赔款，统统交由乔家“日昇昌”票号办理。这可是一本万利的买卖啊！乔家从此进入鼎盛时期。

三靠的是诚信。

“人而无信，不知其可？”乔家同样传承了这一中华优良传统，以信为上，以诚为本。乔家大院有块不太引人注意的匾额，上书“身备六行”，是民国十六年（1927年）祁县昌源河东三十六村送给乔致庸孙子乔映奎的。什么叫“六行”？《周礼》说，“六行：孝、友、睦、姻、任、恤”，即六项行为准则。陆云的《晋故散骑常侍陆府君诔》指出，“六言六行，匪君不肃”。陈子昂的《申州司马王府君墓志》也强调，“三德允章，六行既穆”。因此，说乔映奎“身备六行”，就是赞赏他身兼这六种优良品行。三十六个村子联合起来赠送，实在是极高的褒扬、无量的功德碑。类似物件在乔家大院比比皆是：如“损人欲以复天理，蓄道德而能文章”，是左宗棠为表彰乔家捐献军饷而题的对联；如“子孙贤族将大，兄弟睦家之肥”，是李鸿章为答谢乔家捐助十万两白银购买军舰而题的对联。

乔致庸认为，经商也好，处世也好，须以“信”为重，其次“义”，再次“利”。他教育儿孙，“唯无私才可讼大公，唯大公才可以无怨”，“气忌躁、言忌浮、才忌露、学忌满、胆欲大、心欲小、知欲圆、行欲方”，“为人做事，怪人休深，望人休过，待人要丰，自奉要约，恩怕先益后损，威怕先紧后松”，不挣昧良心的钱。

他把《朱子治家格言》刻在明楼院的屏门上作为治家准则。儿孙犯了错，乔致庸就责令他们跪地背诵，反思，直到真正悔悟。这些教诲，对乔家子孙立身处世产生很大影响，保证了乔家事业一步步走向辉煌。

讲到乔家诚信，不能不提及秦肇庆。当初在包头打拼，生意一时难以维系，乔贵发萌生退意，回了老家种地，由秦肇庆独自主持。1755年，风调雨顺，黄豆丰收，秦肇庆趁机廉价进了很多。不料第二年遇上天灾，黄豆严重缺货，价格节节攀升，秦肇庆大量抛售，狠赚了一大把。有钱了，秦肇庆却很哥们义气，赶回祁县，把乔贵发接到包头，有福同享，再创事业。后来，秦家子孙挥霍浪费，逐渐退股，家道败落，但是乔家知恩图报，从未给秦家停过分红。直到1952年，秦肇庆的后代秦文海前往包头领取分红，仅仅报了自己"姓秦"，乔家商号便以掌柜的礼遇款待，让他参与监督整个清理过程。

乔家历代体现出来的奋斗、精明、诚信，可以说代表了晋商风格，与徽商、闽商、潮商等商帮一样，留名青史，传延至今，并且熠熠生辉，成为我们中华民族一笔不可多得的精神财富。老谋子到乔家大院拍《大红灯笼高高挂》，唉，糟蹋了乔家名声。

乔家，不愧为晋商典范。

花溪人家

走过一段山路,穿过一个小村,眼前就是一座浙中浙南常见的木质廊桥。桥下小溪,水不多,潺潺微声,两旁竹木扶疏。稀奇的是,整条小溪以赭色岩石为底,没有砂砾,没有淤泥,特别明净,像涂了一层塑料薄膜,却一点也不僵滞。它是跳跃的、灵动的,在八月的阳光下泛着点点光斑。石斑鱼很多,大的有食指长,小的才一厘米左右,穿梭往来,像一只只蜻蜓在空中掠过。放眼望去,溪流曲折,逐渐隐没在远处的绿树山峦中。

这就是磐安的花溪!

天气实在太热,单裤缠在腿上,几乎挪不开步。

到处是摊位,卖土特产、旅游用品、小孩玩水器具等。几个当地人拎着三四串草鞋,一叠声地向游人兜售:"溪中长满了青苔,要穿防滑草鞋,租一双二十毛,买一双五十毛。"——以"毛"作为货币单位,新鲜,不知能否减轻游人付钱时的纠结或痛苦。

人天生是亲水动物。据专家考证,人类祖先诞生于海洋,或在海洋中生活过漫长岁月,因此一看见水就特亲切,特想玩。我也想下水,享受一下凉凉水汽从"涌泉"直透"百会"的快感,况且溪中人好多,有小孩,有男女小青年,嘻嘻哈哈,拿着渔网和小塑料桶在捉鱼、撩水。但我毕竟不能再"老夫聊发少年狂",只得站在岸上默默地羡慕嫉妒恨。

一转身,发现一幢旧祠堂前的空地上,几个当地人忙着晒箱子、晾衣物。

这些衣物勾起了我的兴趣:绣有仙鹤的官服、长长的髯口、翘着翅膀的官帽、靓丽的凤冠霞帔、长袖耷拉的布衣。旁边堆着皮鼓、铜锣、二胡等乐器。十之八九是地方戏班子趁天晴,忙着收拾,准备演出吧。抬头见祠堂正门上方涂着一句标语,红色,字迹模糊了,但依稀能辨认出来,是工工整整的宋体:"敬祝毛主席万寿无疆。"四十多年风雨沧桑,时世轮回,这儿却还留存着那个特殊年代的痕迹。

跨步进去,光线一下暗了,眼睛好一会儿才适应。大堂空阔,最里头是一座木板戏台,出将、入相,一应俱全。大堂两侧是架空的阁楼,好像以前戏院里的包厢。大门右边厢房里,三男一女,正摆开了锣鼓家什排练呢。令人惊喜的是,大堂中央摆放着一张正规的乒乓桌,桌上一张网、两块球拍、一只黄色乒乓球。

我赶紧叫来陈老师,打算消遣一阵子。

我说:"可惜光线太暗。"

一个中年男子从厢房出来,朝我们笑笑,走到一根柱子前,按了一下开关,头顶上的一只节能灯立刻发出明亮的光来。

陈老师高兴极了,操起拍子发过球来。不料球没能弹高,仔细一看,发觉桌上落了灰尘,还有草屑、细枝、泥沙。我们鼓起腮帮子用力吹,灰尘却像粘住一般;用手抹,掌心随即变成黑炭模样。算了,将就着打吧。两人一来一往,倒也别有趣味。谁知用力过猛,球开裂了,发出难听的"豁豁"声,趴在桌上,死活不肯蹦跶起来!

怎么办?

怀着一丝侥幸,我们去问厢房里的人。

那几个人吹拉弹拨敲,无暇顾及。然而,还是有一个停下手里的二胡,起身将各个抽屉翻了一通,终于找到一只新的乒乓球,抛给了我们。我们连声道谢。一场举世罕见的乒乓球比赛,在喧天的锣鼓声、宛转的二胡声、抑扬顿挫的歌声中打了个精彩纷呈,汗流浃背,气喘吁吁。

太阳向西略移,接我们的大巴还没个踪影,我便四处瞎走走。

这是一座普通的小山村。除了溪边建有比较像样的新房外,靠里一些,或半山坡上,都是老旧房屋。一类是土坯房,墙用黄土夯成,夹些溪里捞上来的鹅卵石;木门七歪八斜,有几扇用乱石堵着,门缝里探出两三根狗尾巴草,又细又长,弱不禁风。另一类是木板房,大多两层。大门敞着,屋中堆满柴草,椽梁上挂着杂七杂八的物什。能望见深处高墙围起来的园子,满是绿绿的苔藓;树木寥寥,将光线切割成一条条带子,粘在墙上,扔在地上,变作一个个光斑,映出飞舞的浮尘。难得听到鸟儿叫上几声。房前屋后是狭窄的泥路,路边种着庄稼,长久没人打理了;草垛上吊着一两根肚大头小、绿中泛白的黄瓜,南瓜从叶蔓中露出或黄或青的大脑袋,茄子蔫不拉叽,豇豆瘦削干瘪。生命,在这炎热的八月里静静生长,静静枯萎,周而复始,并不以人的意志为转移,它们有它们该有的生活。

村子尽头是家七八分新的小饭店,店门口正对着溪流,摆了两张四方桌、一只炉子、三口钢精高压锅,其中一口在煮着什么。

我朝里喊:"茶有吗?多少钱?"

六十上下、身板硬朗、笑容可掬的老板娘走了出来:"有哦,喝杯茶还要钱?"

我刚坐下,老板娘已利索地拿出杯子,撮入一抹绿茶,冲进开水。茶叶翻滚起来,一根根直着悬浮于水中,一股特有的清香渐渐弥散在了热热的空气中,钻入鼻孔,融进身上的每个细胞中,舒服!

老板娘问:"你从哪里来的?"

"嘉兴。"我说,"老人家,家里就你一个?"

"三个孩子呢。一个儿子,两个女儿,都在外面。老头子一早就下了地。他呀,老实巴交的一个,光记住他的几亩山地。"老板娘一边说,一边将两只大蛇皮袋拖到门对面平摊着的篾席上,拎起两个底角,用力将东西倒了出来,原来是农家自做的笋片、土豆片,黄的琥珀黄,白的霜雪白。她脱下鞋子,小心翼翼地踩上篾席,将它们拨开、捋平。

"老实好啊,本分!"我说,"种地蛮辛苦的。"

老板娘说:"是啊,山里土质不好,种不出好东西,只能种土豆、玉米、南瓜。玉米种下去后,不必和以前一样劳心劳力,秋天也有收获,品种不同喽。我们这儿的人喜欢吃甜的,不喜欢吃糯的。不过,玉米种深了,捂死,种浅了,干死,还得提防野猪。野猪最遭恨,一来一大帮,嘴巴馋,又不好好吃,尽糟蹋粮食,只好埋铁套夹,一块地起码埋四五个,运气好的话能抓到一两只。"

我问:"孩子在哪打工?"

老板娘笑笑,说:"都念过大学。大儿子在宁波,两个女儿在城里。"

我不好意思地呷了口茶,说:"老人家培养出了三个大学生,不容易!"

"我守在山里大半辈子了,总不能让孩子们还像我吧,我老啦。"看得出,老板娘对子女充满了自豪,"以前家里穷,供不起他们读书。这三个孩子呀,懂事,放了假,天刚亮就爬到山上砍柴,砍竹子,再走几十里山路,挑到镇上,挑到城里,卖了钱,替自己交学费,用不着大人操心。树不能砍,政府规定,要封山育林,保护森林;竹子能砍,它们长得快,春天笋都来不及挖,这些笋干就是那时做的。哦,我们这儿卖竹子,论斤,不论根数。"

"这倒稀奇。"我说。

对面这座山,很陡,看不清路,只是树,只是竹。我想,要将砍好的竹子背下来,该付出多少力气呀。

老板娘又替我倒了一回茶水。

我站起身,仔细打量店面。房屋精致,古色古香,说明主人精明能干。屋檐下挂着四盏木楞纱画大红宫灯,朝街的八扇门全是细木条错格板门,刻着醉八仙的浮雕:汉钟离醉卧松荫,吕洞宾斜背宝剑,蓝采和高举花篮,曹国舅手捧朝笏,张果老倒骑毛驴,韩湘子吹笛悠悠,还有铁拐李、何仙姑,一个个从容安适,栩栩如生。真正引起我注意的,是紧靠左墙的一只大木柜,朱红油漆打底,柜门上的花卉、人物、建筑构成一幅幅生动的三国故事画:三英战吕布、千里走单骑、古城会、空城计,而且描上了亮灿灿的金粉,光彩照人。整个柜子很像袖珍版的宁式老床。

老板娘走近大木柜,说:"这可是我的嫁妆。"

我惊讶极了:"还这么簇新!"

"是呀,快五十年了,起码值三四万呢。"老板娘轻抚着大木柜,一副出神的样子,仿佛在重温当年出嫁时的那份风光、那份喜悦。

这时,过来一位叼着香烟的游客,问老板娘晒在篾席上的笋干怎么卖。

老板娘迎了上去。"这是上好的笋干啊,"她抓起一把,摊给游客看,"瞧,没一片老的,老的笋干,我挑出了,放在那个塑料桶里(桶就搁在高压锅边上),留给自己吃。三十五块一斤,诚心买,三十块也行。对面山上的竹林就是我们家的。这笋干,薄吧,像一片纸,买回去和肉一块儿红烧,那个嫩,那个香,那个鲜,保证你还想再来买。"

游客漫不经心地一吐烟蒂,摇摇头,甩下一句"太贵了,不买!"转身走了。

老板娘提高声音,追着游客身影说:"一分钱一分货,尽管与别处比,觉得划算,你再来买。"

忽听"唉哟"一声,只见老板娘拧着眉头,踮着脚,朝屋里瘸。

"怎么啦?"我着急问道。

老板娘扭过身,挨着凳子坐下,说:"唉,踩到烟屁股了。"

果然,老板娘的脚底心露着一个红点,又慢慢鼓成水泡。她挪到大木柜前,打开柜门摸索了一阵,自言自语道:"那瓶烫伤药放哪儿了?"

我说:"真是的,怎么乱扔烟蒂?"

老板娘说:"是我自己不小心,没看见。"

"老人家……"我想说什么,却一时说不出来。

老板娘终于找到药膏,挤了一点,将脚底朝上,均匀地涂在伤处,轻轻揉搓着。过了一会儿,她见我杯中茶水不多,想站起来添。我忙劝阻了她,自己倒上水,说:"烟头很烫的,好几百度了,幸亏你备了烫伤药。我们那儿,有人把刚生下来的小老鼠熬成油,用来治烫伤,效果最好了。"

老板娘说:"呵呵,这把老骨头经得起烫,别担心,过会儿就没事。"

我怔怔地看着老板娘,心中忽然一动。

太阳悬在西面的山顶上,放出炎炎光芒,山后逐渐涌起一团一团的高积云。小溪中，水缓缓滑过岩石，向下流去，孩子们仍在兴高采烈地寻找石斑鱼。溪畔，几棵梨树垂着果子，在水里照着影。小叶黄杨一溜儿排开，颜色多变，依次为鲜绿、浅绿、深绿、暗绿；大丽花身板笔挺，各自顶着硕大的花盘。一对对彩蝶飞来飞去，累了，就停在石头上，急速振动翅膀，俯身吸着溪水。一位老人坐在溪对岸撑在地头的一把大伞下，用心拾掇着庄稼。一切如此自然、随和，从来没做作什么。

　　起先我也纳闷，这溪怎么叫"花溪"，又没什么特别出名的花。现在我知道，这条小溪，不仅滋润万物，也滋润着住在它身旁一代一代的老百姓，催开了无数绚丽的花。这花，不是长在地上，而是长在人的心里。

寻觅温州的味道

一

一早出发，颠簸了六个多小时才到文成。第一站瞻仰刘基庙，我也算实现了自己的夙愿。

刘基，字伯温，号郁离，打小天赋异禀，五岁就被乡人视为神童。

无论哪个兵荒马乱、王朝更迭的年代，明主选择良臣，良臣也"择木而栖"。唯有在自愿基础上的双向选择，才能实现双赢，实现价值最大化，你新造社稷，我成就事业。于是，元朝进士、江浙省元帅府都事刘伯温改换门庭，站入朱元璋雄争天下的队伍，殚精竭虑，审时势，出奇策，帮助朱元璋消灭张士诚、陈友谅，北伐灭元。定都南京后，基于对朱元璋为人处世的洞察，尤其对历朝历代卸磨杀驴、兔死狗烹的清醒认识，他再三婉拒一人之下万人之上的丞相高位，而举荐更适合的人替当。"明哲保身"这一传统理念在刘基身上得到了最好的体现。朱元璋评价刘伯温"学贯天人，资兼文武；其气刚正，其才宏博。议论之顷，驰骋乎千古；扰攘之际，控御乎一方。慷慨见予，首陈远略；经邦纲目，用兵后先""凡所建明，悉有成效"，不可谓不确切。

刘伯温去世后，谥号"文成"。古代谥法中，"文"为"经纬天地"之意，"成"为"安民立政"之释。文成县也因此而得名。

不知不觉间，云团从山后翻滚上来，光线暗了许多。向里走，迎面是一组模仿北京金水桥的石拱桥,但少了两座,规模也小了很多。这是理所当然的,谁胆子这么大,敢与帝王相提并论?过了桥,广场里侧立着刘基的石像;广场左右是遵循古代建筑风格新修的诚意伯庙、刘伯温纪念馆。游人匆匆而来,匆匆而去,个别人还失望地说:"吭啥花头。"我对明清以来帝王、官员、名人撰题的匾额和楹联颇感兴趣,如大明正德皇帝的"占事考详明有徵验开国文臣第一,运筹画计动中机宜渡江策士无双",民国蔡元培先生的"时势造英雄帷幄奇谋功冠有明一代,庙堂馨俎豆粉榆故里群瞻遗像千秋",无不显示刘伯温的丰功伟绩以及后人对他的由衷敬仰,文化气息浓厚。

以刘伯温《郁离子》书名命名的长廊陈破不堪,空无他物,静静蜿蜒在茭田与树丛中。行走其间,依旧触发了我的思绪。刘伯温,与张子房、诸葛亮、王猛等,都是古代知识分子精英中的精英。他们恪守道义,固循良知,一言以兴邦,一言以安民,使数千年中华文明得以发扬光大,薪火相传。

二

温州云量明显增多,但太阳还很刺眼,天气相当热。

大家沿谷底乱石缝中开出的一条曲折小路往前走,有时需弯腰侧身方能通过。两侧危崖直指天空。苔藓、蕨类、龙须、灌木悄悄地探头露身,孩子气似的在壁上乱涂一块块、一簇簇的绿,倒让石头鲜活了起来。

没多久,听到水的轰响——百丈漈!

漈,温州方言,"瀑布"的意思。三漈中,一漈、二漈最为壮观,落差达两百多米。水从半空跃下,因山崖折叠,被割成三条巨大的素练。光影在素练上闪烁,跳跃,迷离。水汽从折断处飘忽而上,一缕缕,一团团,翻出峡谷,飘入空中,化作缥缈烟岚。草木绿得发亮,发腻。山风偶尔拂过,水汽便淋湿了发梢、胸口,让人不由得一激灵,顿时消了浑身的热,无法不精神、不舒畅。刘伯温曾经来此观赏,诗兴勃发,留下一绝:"悬崖峭壁使人惊,百斛长空抛水晶。六月不辞飞霜雪,三冬更有怒雷鸣。"声色并茂,堪称豪逸。

有人说,一漈上头有天顶湖,二漈后面有个水帘洞。

费尽九牛二虎之力,总算爬近二漈。望过去,呵,哪来什么水帘洞?无非瀑布背面一条凹槽罢了。孙猴子是绝对看不上眼的,说不定还会起诉百丈漈风景区管委会侵犯他的专利权,糟蹋花果山名声呢。

平心而论,百丈漈特色明显。因山崖中腹凹陷,大龙湫是虚悬的,从崖顶径直跌入深潭。初为一股,遒劲万钧,好像无数战士敲响了激昂的出征鼍鼓。再往下三分之一,瀑布开始摇荡,散逸,不可名状,像曼妙女子舞动着飘逸的长纱。接近水潭时,瀑布完全失了力度,散作万斛珍珠、飞雪、白梅,纷纷扬扬,几乎没有反弹,就倏地融入潭水。百丈漈自上而下,因山崖梯形断裂,依次折成三段,长短不一,单调中多了几份曲折。一览无余,容易消减审美意蕴;而"犹抱琵琶半遮面",反而催生无穷无尽的想象。百丈漈,极像一个顽皮少年,好奇地蹦向空中,要俯瞰群山,亲抚草木,又怕遇上什么意外,赶紧回到母亲怀中;没等母亲嗔怪"你这孩子……",又大笑着溜下山去了。中国人向来以曲为美,从这个意义上说,百丈漈应当被列为佳品。

瀑布好看,山石也不差,状如神龟、牧牛、八仙,惟妙惟肖,往往于不经意中增添许多趣味。

三

汽车在海堤上奔驰,将我等送上洞头。

奇怪,岛上的风反比陆地上的小,几乎凝滞不动。天色瓦蓝,没半丁点杂质,只在海天交接处,大团的浓云前呼后拥往西赶,预示着台风即将来临。

登上仙叠岩,到处怪石嶙峋,像观音驯狮,像情侣偎依,真佩服大自然的鬼斧神工。那"神龟听经",不知是哪个好事者,竟在上面刻啊凿的,弄出个乌龟脸来,纯粹画蛇添足,大煞风景!这类景物,妙就妙在似与非似之间,一坐实,便毫无韵味。

仔细看,海上色彩变幻,暗黄、浅蓝、淡绿,一层层向远处铺展。大大小小的岛屿螺髻似的散布着。浪,浑小子一个,跳跃着,喧嚷着,企图撞破这些层次。他无法遂意,便把越来越暴的脾气发泄给礁石,用力砸出一堆堆白沫。

礁石不吭声,就这么站着:"随他去吧,这小子任性,还没长大。"忽然发现一处礁石群特别有趣:一块像雄狮,匍匐着;另一块像观音,手捻佛珠,神色坦然。这头狰狞的狮子,大概受到观音点化,乖乖地收敛了野性,千万年了仍一动也不敢动。

沿海边栈道行走。午日无情地折磨着每寸土地,我才走了几步就气喘吁吁,汗流浃背。这栈道,弯来弯去,哪儿才是尽头?路上又不见卖冷饮、矿泉水的。然而,大海的浩瀚与礁岩的峻嶒,高天的静默与浊浪的澎湃,交织在一起,令人心旌荡摇。东坡先生的《登州海市》用在此处,不知恰当与否:"东方云海空复空,群仙出没空明中。荡摇浮世生万象,岂有贝阙藏珠宫?"隔着海岬,能依稀看见远处山顶上的望海楼。这是洞头的标志性建筑,始建于一千五百多年前的南北朝。时任永嘉太守颜延之对洞头的秀美山水称赞不已,特意在洞头最高处修建了这座飞檐翘角的楼阁。

下到海滨浴场,沙滩面积不大,海水浑浊不堪。游客们穿上五彩泳衣,或冲波逆流,或泼水嬉闹,不时传来小孩的尖叫和大人的呼喝。沙是铁板沙,赤脚踩过,一点痕迹都没留下。站在浅水中,看浪头一排排涌来,吐着白沫,漫上沙滩,溅上身体,突然觉得一阵眩晕,整个人似乎在往潮来的相反方向移动,差点没站稳。直到过了很久才慢慢适应,慢慢忘却自己,把心全交给海空,变成一滴水、一粒沙、一缕风,逐渐虚无起来,却也真切体悟到生命的愉悦与永恒。

四

此地居然形胜,似曾小小兴亡。

广播通知,因强台风影响,江心屿将于上午十点关闭,以防游客出现意外。我瞟了一眼渡船上的钟,很庆幸自己成为今天的最后一批游客。

江心屿,瓯江环绕,草木葱茏,素有"瓯江蓬莱"之称。迤逦其间,或壮怀激烈,或情意缠绵,万般感触,像江潮一样漫溢心头。

游人紧跟导游向东,我偏向西。我知道什么地方人文景观多。

"于人曰浩然,沛乎塞苍冥。"默立文天祥祠浩然楼下,恍惚间,眼前突然一片金戈铁马,矢弩相交,呐喊声惊天动地。读过《正气歌》,读过《指南录后序》,我大概知道,至元十九年(1282年)十二月初九,一个西风凛冽、雪云密布的黄昏,大都,监狱内的刑场上,文天祥正了正衣冠,面向南方,深深一跪拜,然后对刽子手从容说道:"我的事了结了。"文天祥,欲为三百年大宋续命,竭尽自身所有能量,屡败屡战,九死一生。他"明知不可为而为之"的牺牲精神,连他的敌人都肃然起敬。《宋史》记载,元廷曾以高官厚禄招降,文天祥却大义凛然,答道:"天祥受宋恩,为宰相,安事二姓?愿赐之一死足矣。"一个人一直生活在太平年代,不大能轻易看出他的品行,只有沧海横流,方显英雄本色。"人生自古谁无死,留取丹心照汗青",确实是他人生的真实写照。他是中国历史上唯一以状元拜相而死于国事的人。

继续向西,来到江心寺。山门两侧有副对联:"云朝朝朝朝朝朝朝朝散,潮长长长长长长长长消。"这是北宋永嘉诗人王十朋的作品。虽属文字游戏,却别具情致,毕竟人家是实打实的才子。尽管念得疙瘩,但也念了下来:云朝朝/朝朝朝/朝朝朝散,潮长长/长长长/长长长消。一笑。

风猛了起来。乌云也越来越低,越来越暗。江潮翻腾,摇撼着江心屿堤岸。

临江的两棵老树勾起了我的兴趣:一棵樟树,一棵榕树,盘根错节,紧抱一起,皲裂的纹路、中空的树心说明它们存世已久。它们像一对"执子之手,与子偕老"的人儿。旁有碑文,说这叫"樟抱榕",与一个民间爱情故事有关。初中时看过《高机与吴三春》这部书,印象还在。高机,平阳人,一名普通织工,勤奋,聪明,善良,与机户(老板)的千金小姐吴三春日久生情,心心相印。但是,双方家境犹如霄壤,自然遭到了吴三春父亲的棒打鸳鸯。他们只好雇船私奔,栖身江心屿,历经坎坷,终成美眷。虽比不上梁山伯祝英台的浪漫凄美,但世俗而温馨。

大凡钟灵毓秀之地,便为人文荟萃之所,李白、杜甫、孟浩然、韩愈、陆游等文人墨客都曾到此一游,江心屿西半片的水泥堤岸上刻满了他们的诗作,不愧"诗之岛"的美誉。温州本地更是代有才俊。南宋时出过四位诗人，徐灵晖、徐灵渊、赵灵秀、翁灵舒，同属永嘉学派，巧的是每人的字或号中都带个"灵"字，所以被称作"永嘉四灵"。他们秉承山水诗人的传统，寄情泉石，托体田野，赋诗酬答，晏如一生。不过，有个比他们更大名鼎鼎的诗人，便是谢灵运，康乐公，李白的偶像。刘宋永初三年（422年），宦官弄权，谢灵运饱受排挤，被贬离京城，来到永嘉做太守。凡永嘉山水，他都游历殆遍，写下大量脍炙人口的诗章，如《石室山诗》《过白岸亭诗》，最有名的当数"池塘生春草，园柳变鸣禽"。他被公认为中国山水田园诗的鼻祖。谢灵运还发明了一种登山鞋，木头制成，鞋底前后装有跟齿，上山时去掉前齿，下山时去掉后齿，这样，不管上山下坡，都如履平地，后人称为"谢公屐"。李白在《梦游天姥吟留别》中写道，"脚著谢公屐，身登青云梯"，说明他非常仰慕谢灵运的做派。别以为谢灵运一味沉溺山水，其实他经常"招士讲学，使人知向学，民风为变"，这令东坡先生慨叹不已，"自言官长如灵运，能使江山似永嘉"。

江山有赖文人捧，如此文人千古传。不了解历史，不了解人文，仅仅满足于一山一水一草一木，无非皮相，断难与之心有灵犀。

美哉三清

大凡特别美的事物,总不大肯轻易让人遂意的。

久闻三清山景色绝美,两年前曾结伴前往。谁知大清早天气预报说强台风正朝西北方向前行,摧枯拉朽,势不可当。大家抱着侥幸心理,上了旅游大巴,一路虔诚祈祷,希望台风无非吓吓人、开开玩笑,半道上拐到别处闹腾去吧。然而,入得江西境内,狂风裹挟着暴雨,扯天扯地泼将下来。车外什么也看不清,白茫茫一片;每扇车窗玻璃上,一道道"瀑布"飞流直下,把游兴浇得凉凉的。绕了半天的盘山公路,同伴晕了车,脸色惨白,肚子难受,吐了一塑料袋秽腥,有气无力道:"吃了这番罪,说不定仍上不了山!"大家"呸呸呸"地唾沫"伺候",笑骂她"乌鸦嘴"。

终于来到景区入口,只见门前冷落,倍觉不妙。美女售票员无所事事,坐在柜台内托腮发呆。保安倒很热情,站在屋檐下喊:"上头来了通知,台风必经三清山,为保证安全,索道关闭了,不知什么时候重新开放。"我们不死心,问:"不坐索道行吗?"保安说:"爬也行,不过比较危险。"几个同事瞅着一级级向上延伸、消失在云雾中的台阶,跃跃欲试,一副革命加拼命的姿态。刚踏上几级,风一吹,好几把伞顿时成了朝天大荷花。我们浑身湿透,呼吸困难。我问:"多少时间才能登顶?"保安道:"大概三个小时吧。"谁也不敢冒如此长且艰的险,只好扫兴而归。然而梦想始终萦绕心中,不甘心哪!

前天,我们再次驱车数百公里,重访三清山。这次挺顺溜,安安稳稳来到山脚。

跨出缆车，抬头远眺，不由得心旷神怡。天蓝得透明澄澈，白云也自在飘逸，微风徐来，撩人衣角。山顶，几块巨大的岩石裸露着，像巨灵神的手掌，线条分明，在阳光下泛出淡淡的赭黄色，高矗在绿油油的森林上头。

拄着从山下商贩那儿买的木杖，一步一撑，走在陡峭的石级上，不久石级换作了水泥栈道。

我去过些地方，如凤阳山的"绝壁奇松"、南尖岩的"玻璃望台"、庐山的"三叠瀑"，但与这儿比较，明显小巫见大巫。三清山的栈道，坡度不大，依山而筑，蜿蜒曲折，堪堪将尽，突然一个转弯，又长长地向前伸展。这还不算什么，令人惊讶的是，它高悬半空：一边是鸟都无法立足的陡峭崖壁，一边是毫无凭借的虚空，无助和恐惧像一溜冰水，又像一条长蛇，从"百会"钻进，向下直达"涌泉"，使人渐渐呼吸急促，举步维艰。全真七子中的王处一敢金鸡独立于万丈悬崖边缘，功夫绝对了得，但若欠缺超级棒的心理素质也万万不能。不知这栈道是怎样修起来的。小时候看过纪录片《红旗渠》，林县人一根长绳、一根钢钎、一把铁锤，蜘蛛侠一样吊着，一凿凿，一锤锤，日复一日，年复一年，硬在太行山的崖壁上抠出一条条隧道，引入漳河水，其艰辛与勇毅真令人肃然起敬。

空气因大片大片森林的反复过滤而特别清新，悄无声息地漫过来。松树个儿不高，大多平顶。很多松树的枝丫统统向一侧生长，另一侧却精光赤溜，像砍了半边身子，倔强地立在岩缝中，任凭风摧雷击，始终从容、遒劲。它们树皮皲裂，苔痕斑驳，却静谧无声，昭示着历尽沧桑之后的淡定。这些松树，与其背后的岩面互为映衬，仿佛一幅幅古人的泼墨写意画，雄奇而不失秀丽。杜鹃也吸引人，品种繁多，猴头杜鹃、云锦杜鹃、鹿角杜鹃、红毛杜鹃等，从女神峰到玉台，从风门到玉京峰，从流霞台到西海岸，填满了大大小小的斜坡深谷。导游说，最奇特的当数杜鹃中的"十月怀胎"！每年五、六月开花，七、八月刚一凋零，就即刻冒出新的花蕾，到第二年五、六月重新绽放，其间恰好十来个月。人怀胎不也十来个月？我摸了摸栈道边的杜鹃，陡然生出无限的亲切感。导游又吊人胃口:"三清山的杜鹃还会变色呢,初开时红色,不久变为粉色,然后变为紫色,最后变作白色。"有人特意写了首诗:"五月三清花如海,红粉紫白次第开。游人举目杜鹃树,万种风情涌上来。"可惜我们做老师的只能趁暑假游览,早错过了花期,忍不住跺脚叹息。

一路迤逦,目不暇接,造化天工,惊喜叠涌,大家的手机"咔嚓咔嚓"响个不停。印象深刻的,先是"巨蟒出山":一根百多米高的瘦削岩柱冲天而立,顶端略为扁鼓,活脱脱一条巨大的眼镜王蛇,跟巨蟒倒不像。它仰首蓄势,摆出一副挑衅的姿态。走近了,几乎能听到它"咝咝"的吐信声,无人不毛骨悚然,唯恐避之不及!后是"司春女神":她,侧对游人,脑后青丝如瀑,披肩而下;清秀的眉毛、高挺的鼻子、圆润的下巴,似真非真,妩媚端庄,远比人工雕琢的佛像更富魅力。相传"司春女神"为王母娘娘第二十三个女儿,名瑶姬,主管春天,使人间鲜花常开,草木常绿。再是"生死恋":半山腰处,两棵矮松,一棵在上,枝绿叶碧,生机蓬勃;一棵在下,枯枝盘曲,瘦骨嶙峋。我相信,它们从洪荒时代起就这样相依相偎,纵使一生一死,海枯石烂,仍不离不弃,为无数痴情男女演绎着"天地合,乃敢与君绝"的凄美绝唱。还有"玉女开怀""观音送子""神龟迎客""仙人指路"等,无不惟妙惟肖,但只可意会,难以言传。不过,这些奇美的景物,完全能用古人刻在崖壁上的一副对联来概括,叫"江南第一仙峰,天下无双福地"。

三教九流中,道家是与自然走得最近的。老子说:"道大,天大,地大,人亦大。域中有四大,而人居其一焉。"我的理解不知然否:"道"之下,"天、地、人本同一元气",仅仅形式上"分为三体";它们"并力同心,共生万物",构筑了整个世界的和谐存在。庄子也说:"独与天地精神往来。"这种"天人合一"的文化观念与哲学倾向渗入了绝大多数中国人的血骨之中,一直影响着中国社会的历史进程和价值取向。因此,道家往往不遗余力,裂裳裹足,堪舆自然,寻一方绝佳山水以托寄心灵,逍遥世外。瞧这"仙"字,左一个人,右一座山,分明"人在山中便为仙"嘛。三清山理所当然成为道家首选。《玉山县志》记载:"三清山,因玉京、玉华、玉虚三峰峻拔,犹如道教所尊玉清、上清、太清三神列坐其巅,故名。"从古迄今,道家人物纷至沓来,留下诸多神秘遗迹,令后人邈思遐想。

说真的,人走在栈道上,心早已穿越到了东晋。

在那么一天,烈日炎炎,行色疲惫的葛洪来到此处,见三座巨峰拔地而起,草木荟郁,气象不凡,不禁精神一振,连声赞叹。恰好附近有一老人在忙活,便过去作揖问道:"老人家,这叫什么山?"老农答道:"三清山。"葛洪道:"何以见得?"老农道:"听老辈人说,这是三清列坐处,山顶曾现金光紫云哩!"葛洪想,既是三清列坐的仙山,来了便是缘,何不上去谒拜?他沿着崎岖小路攀缘而上,行不多久,只见兰芝玉树幢幢,彩禽瑞兽隐隐,恍若身入蓬壶仙岛,不禁心驰神往,直到太阳落入远处重山的轮廓线后,才发觉肚子饿得咕咕作响。他环顾四周,唉,哪来人家供自己打尖?彷徨之际,忽见前方密林中飘起一缕青烟,便惊喜万分,大步流星地赶去,果然发现一座茅屋。出来的是一中年男子,三绺长须,一方纶巾,端的仙风道骨,介绍后才知是户部李尚书。两人粗茶淡饭,促膝交谈,大有相见恨晚之叹。趁暮色尚未四合,李尚书大敞门牖,紧随葛洪,结伴而行。

他们费尽周折,终于登上峰顶,依稀发现三位银发长髯的老翁围坐在一块巨石上,两人对弈,一人旁观。葛洪他们喜出望外,这三位定是三清天尊!正欲匍匐而拜,一老翁的身后猛地蹿出一只吊睛白额大虫,发一声长啸,卷一阵腥风,径直朝他们扑来。葛洪反应快,迅捷闪身岩后;李尚书略一迟疑,"啊呀"一声瘫倒在地。待惊魂甫定,葛洪扶他起来时,那三位老翁已各自骑着四不像、梅花鹿和猛虎,朗笑着,飘然而去。

夜色渐浓,星斗璀璨,葛洪和李尚书朝天拜了八拜,不约而同地想道:"莫非上天昭示,要我俩在此修行,以成正果?"从此,他们在玉清峰结庐定居,朝露夕岚,吸日月之精华,采天地之灵气,终至羽化。他们为炼丹而挖掘的井,千百年来未曾干涸,且清冽味甘,无怪乎后人称之为"仙井"。

沿着栈道走了两个多小时,将近西部"阳光海岸",我几乎脱力,小腿肚子发胀、作痛,作机械式的来回摆动,遇下坡更需倒着走。我寻思道,旅游与修行绝对无法相提并论。旅游,匆匆几天,就觉苦不堪言,哪怕景区再怎么奇异,耽于享乐安逸的人想住一辈子,恐怕也没这个决心。无论做什么行当,若要成功,非得有信仰,持执着心,且一以贯之。

忽然,同行拉了我一下,示意我朝前看。刚刚一派晴光,眼下却是一股股白汽从山谷、山涧中汩汩地翻卷上来,片刻就汇成了茫无涯际的云海。山尖浮在海面上,如岛如屿,如梦如幻,山石、草木统统湿漉漉的,世界似乎重回混沌,倒也别具一番滋味。自己呢?脚踩云席,身披云衣,胸纳云息,俨然神仙做派。

山雨如影而随,很凉,发亮,急促,敲打得树叶草茎簌簌作响——这就是天籁吧。

打算快走,谁知前有游人堵,后有游人逐,左探不见底,右仰不见顶,只能傻傻地站着,一会儿全身就淋湿了。然而我想,如果有机会,我定将来第三次第四次第N次的。

夏日里,在重庆吃火锅

周日,我们到嘉凯城吃火锅。

本想去"钱小奴",谁知这店牛气,不接受预订。临近中午,人满为患,连走廊上都站着一长溜的男女老少。问伙计,伙计说,个把小时后才有可能轮到。我忍得,肚子却忍不得,当机立断,改去旁边一家。选定包厢,发现其格局不同于别的店家:一张大圆桌,没了当中那个大窟窿,也没了那口喷出一股股夹杂着浓烈底料味的白雾蒸腾的大锅,而是一人一口小巧玲珑的钢精锅,搁在电热板上,很精致,很优雅,然而总觉得少了些什么。

想起前几年出门旅游,在重庆吃火锅的经历来。

那,才叫火锅!那,才叫酣畅淋漓!

导游姓周,年纪很轻,走在大街上,后脑勺长长的马尾辫钟摆一样甩来甩去。嘴巴也挺厉害,介绍起火锅来,如数家珍,像开全了三峡大坝泄洪闸,水势浩荡,一泻千里,"青山遮不住,毕竟东流去",但难免颠三倒四,枝丫横生。不过,稍加梳理,大致能明白其中的子丑寅卯。

她说,以前船工跑船,居无定所,经常露宿江边滩头。船一停稳,火就升了起来。炊具简单,一只瓦罐,罐中盛着清汤——因为穷,买不起像样的菜蔬。恰好江边多屠宰坊,屠户贪图省事,老随手把猪、牛等牲畜的内脏扔进江里,船工便将新鲜、干净的捞起来,放入罐子里猛煮,如果添点海椒、花椒什么的,就再好不过。稍过一会儿,浮了,熟了,香气顺着江风山岚四处漫溢。大家围坐一圈，筷子上下挥舞，咂摸着嘴，既好好犒赏自己，又祛除身上的湿气、寒气。后来有个巡抚级别的大官赴任重庆，船至半途，又饥又渴。无助间，忽闻阵阵香气扑鼻而来，他便下了船，信步寻去，发现江边一伙船工正用瓦罐煮着一种又辣又麻的卤汁，且烫且吃，大快朵颐，便顾不得身份，也挤进去吃，一尝，不禁叹为无上美味，比龙肝凤髓都强！从此，这种饮食沿袭下来，传至重庆，扎根，开花，并逐渐丰富，成为具有重庆地方特色的风味小吃——火锅。

她又说，现在的重庆火锅虽保留了麻、辣、烫的特点，但随着年代更迭，少了粗犷，多了讲究。先用大量牛油翻炒，然后兑入久炖的牛肉高汤，撒上辣椒、花椒等，底料就透出浓烈的香辣气，并与各种上好食材一起，在沸腾中翻卷起一种呛辣而又醇厚的特殊味道。也有人觉得过于刺激，另外选择蒜泥、蚝油、香油等作为蘸料，以便清润去火。她特别怕辣，要用白开水涮几遍才敢吃。重庆人招待来客，最佳的方法就是大吃一顿火锅。

导游说得唾沫四溅，我们听得心痒难熬，恨不得一步赶到指定的火锅店。

重庆是座山城，天无三日晴，地无三尺平。大街小巷一会儿高，一会儿低，一会儿东，一会儿西，绕得人晕头转向，好像置身惊涛骇浪之中。路过一家火锅店，问："是不是这家？"导游笑嘻嘻地道："不是，就在前面。"又路过一家火锅店，问："这一家总是了吧？"导游一脸坏笑道："别急，就前面啦。"可一帮人早已迈不开步子。缥缈的香气仿佛是最神奇的女巫，倚门而立，抛着媚眼，春笋似的食指一勾一勾，把众人勾得筋酥骨软，差点瘫成一团团烂泥。

导游的这句话最具杀伤力："到北京不吃全聚德，等于没去北京；到西安不吃羊肉泡馍，等于没去西安；到沈家门不吃海鲜排档，等于没去沈家门；到了重庆，不吃水牛毛肚火锅，等于没来重庆……"

是可忍，孰不可忍。我们集体抗议："别说啦！再啰唆，把你直接放火锅里，吃个天翻地覆。"

在导游的"要得，要得"声中，我们好不容易到达目的地。

上二楼，过厅堂，进里间。两张方桌，十六个清一色男人，女同胞们被安排到隔壁。都是所谓的知识分子，加上空调早将室温调到最低，所以尽管挤得像罐中的沙丁鱼,却斯斯文文,正襟危坐,暗地里其实都在摩拳擦掌,跃跃欲试。忽听"滋"的一声,忙抬头寻去,只见一位同事正目不斜视,一本正经地拿着餐巾纸慢慢擦嘴。

火锅端来了,炉子点着了。锅子特别大,直径起码一尺半。锅内用一块S形铝板隔开,一边清澈见底,一边晃荡着赤褐色的稠汁。不知怎的,我的脑海中忽然闪出小时候母亲给猪喂饲料的那只大木桶。

生菜、猪血块、豆腐干、土豆片、凉粉丝、黑木耳……一碟碟,一样样,统统摆上桌。"山肴野蔌,杂然而前陈者",火锅宴也。嗯嗯,没山肴啊!

"毛肚,水牛毛肚哪?快拿来!快拿来,先弄五盘再说。"有人迫不及待地喊叫道。

"要得,要得。"女服务员是蝶穿花丛,莺舞柳间。

菜倒进水开了的锅里。

"砰,砰!……"啤酒瓶拧开了嘴,白沫腾地从瓶口冒出来,滑下指缝,滴到桌上。

渐渐的,室温开始上升。十六双眼睛齐刷刷地盯着大锅,看那些杂碎浮滚上来,沉潜下去。戴眼镜的几个同事凑近去准备探个究竟,水汽立刻使玻璃镜片白茫茫的云遮雾障。待杂碎一到导游叮嘱的"七上八下"状态时,十六双筷子争先恐后地猛扑进去,蜻蜓点水,蛟龙入海,神出鬼没,势不可当,其反应之灵敏、目标之精准、动作之迅捷、脸皮之老厚,真的是叹为观止,斯文扫地啊!

水牛毛肚自然最抢手。手脚稍慢的人,活脱脱似哪吒闹海,将锅子搅得沸反盈天,然而除了一滴滴水珠,筷子头上空荡荡的什么也没有。"咦,毛肚呢?毛肚呢?"

假如穿越时光隧道,来到大宋参加华山论剑,我们这十六个人至少分成四组"东邪、西毒、南帝、北丐",而黄药师、欧阳锋、段正淳、洪七公他们只能望尘莫及,望而却步,望风披靡,望洋兴叹。

毛肚一到嘴里,各种声响便不绝于耳。"咝——",毛肚碰到嘴唇,烫得人直抽冷气；"嘶嘶嘶——"，毛肚放上舌尖，熬不住烫，又不甘心吐出来，只好大口哈气；"哈哈哈——"，毛肚吞了下去，却禁不住热辣的反复攻击，在那揉着肚子，抻着脖子；"嘻嘻嘻——"，也有人指着别人的熊样在嗤笑。

"水牛毛肚，再来个五盘。"众人声嘶力竭地喊道。

"要得，要得。"女服务员笑得脸蛋像锅底的火苗，红红的，扑腾腾地跳。

由于筷子不断地在铝板两边进进出出，底料、佐料很快混在一起，吃辣的更加随心所欲，不能吃辣的则被逼上梁山。曾经听说重庆人吃火锅，腰间必系一条长毛巾，原先不理解派啥用场。现在，亲身经历就明白了。火锅的热、人身上的热，一起发酵，一起膨胀，而重庆处于四川盆地边缘，长江、嘉陵江的交汇处，湿气足，热气流不太容易消散，温度、湿度经常居高不下，历来享有长江流域三大火炉之一的"美称"，吃火锅，哪能不像蒸桑拿一样的汗水滚滚？但即使系了长毛巾，从腰到脚踝，裤子仍濡湿了一大片。男子汉大丈夫，怕什么？三下两下，脱了上衣，赤膊上阵：来来来，再斗个三百回合！不料，由于用电负荷太重，空调突然短路，包厢立刻变成一只高压锅，逼得人透不过气来，汗水"飞流直下三千尺，疑是银河落九天"。

总有好事者。他们边吃边掏出手机，咔嚓咔嚓，把一群"妖魔鬼怪"照得原形毕露，嗷嗷乱叫，唯恐天下不乱。

听得我们这儿响成一片，门口有人大笑着，喊道："快来看呀，不看白不看，免费欣赏大片——"

这一喊不打紧，立刻招来几位女同胞。年纪大的，堵在门口，指手画脚，哈哈大笑；年纪轻的，探头探脑，捂着嘴偷笑。

说真的，太缺少锻炼，现在很多男人不像男人。看人家影帝小李子，要颜值有颜值，要风度有风度，要肌肉照样有肌肉。我们呢？从上到下，整个身体呈纺锤形，稍微一动，胸脯、肚子上的肉就不停颤悠。不过，我们中的某几个更来了劲，嫌用杯子喝不过瘾，干脆举起酒瓶猛灌，脸红脖子粗的，成了"醉八仙"。

暮色四合，华灯初上。

抹着嘴唇,擦着汗水,大家走在回旅馆的路上,谁也不多说话,那颗心、那股劲,仍丢在火锅里,还没全捞出来呢。

是的,直到现在。

坐在嘉凯城火锅店的大圆桌前,我们慢条斯理,将生菜、豆腐皮、牛肉卷、羊肉卷、鱿鱼条、蛤蜊等,一样一样小心放进小锅,耐心地等着水沸、菜熟。其间有一搭没一搭地闲聊,或者看手机,或者舔冰激凌。头顶上,四叶吊扇无声无息地旋转着,将中央空调的冷气均匀地送达包厢的各个角落。饱意渐浓,身上却未见半滴汗水。

这叫吃火锅?切!

然而,我似乎回到了那个夏天的重庆,闻到了那种热辣的香味,看到了那帮额头、背脊、裤子都湿漉漉的同事……

衡山,与天地同寿

衡山,一个意义特殊的名词,很早,也很频繁地出现于古代典籍中,以其如飞的姿态,矗立在每个中国人的心头。

李白、杜甫、李益、韩愈、柳宗元、刘禹锡……我踩着前贤的足印,在初秋时节,也慕名而去,想分一杯大自然馈赠的羹。他们盛赞衡山的诗篇,脍炙人口,使衡山的每一块石、每一棵树、每一株花,都咕嘟嘟地向外冒着浓郁的人文气息。我最为佩服的,数范仲淹的《渔家傲·秋思》,"塞下秋来风景异,衡阳雁去无留意",一读,就氤氲了满纸的秋凉、满腹的悲壮。想当年,范仲淹出任陕西经略安抚副使,兼知延州,战功显赫,竟致当地流传"军中有一范,西贼闻之惊破胆"的民谣。战争的旷日持久,使范仲淹更加渴望和平,思念家乡,但作为镇守边关的朝廷大员,肩负保家卫国的神圣使命,"燕然未勒",就不该只顾个人得失。"归无计"的"无",不是"没有",而是"不能""不该"。于是,衡山,化作了"白发"将军夜半"不寐"时一个暖意融融的念想。这个念想,随群雁翩翩南飞,一起落脚回雁峰下,憩息,嬉戏,谈情说爱,生儿育女,安享天伦之乐。

大巴将我们送到南天门,剩下的山路,必须自己徒步。肩背沉重的行囊,我眺望前方,估算着能否凭我的脚力登顶。可是,苍翠的树林、山角遮住了视线,唯有纯蓝的苍穹高张在楚山楚水之上,一如既往。

不久,我来到一处空地,发现中央立着一块岩石,镌着"寿比南山"四个大字,草书飘逸,气韵生动,精灵似的,在飞扬,在舞蹈。

"福如东海长流水,寿比南山不老松",这副寿联在国内知名度一向很高,人们都喜欢把它贴在大门、中堂上。我纳了闷,衡山怎么会与"寿"建立联系?衡山,海拔一千三百米,从山麓往上爬,起码费大半天工夫,就算从南天门出发,不来个汗流浃背,气喘如牛,也是断断不行的。古代道路交通极不发达,遍游名山大川,想想都咋舌。现在爬这点路,又担心什么?况且这盘山公路修得如此漂亮。转念一想,比衡山高峻的海着去了,为什么它们没有"寿岳"的荣耀?

问一同登山的游客,他们也不太清楚,建议我用手机查查古代典籍。好容易找到一篇智犁和尚写的《重修广济寺记》,果然,文中声称:"南岳乃天下五岳之一,世称寿比南山者,即此岳也。"但仍没说明衡山与"寿"的因缘呀。

终于,手机屏幕上跳出来的"度应玑衡,铨德钧物"八个字,让我茅塞顿开。

古人历来推崇"天人合一"之说,凡重大事件、杰出人物,均与二十八宿中的某一宿存在着必然联系。不同星宿对应不同地域,叫分野。轸宿对应的是衡山以及荆湖大地,而轸宿中的长沙星,别看小,权力却大,主寿命,上管生老病死,下管荣枯盛衰。"玑衡",古代一种观测天体的仪器。"度应玑衡",是说衡山像一架精密仪器,考量事物,更考量人物品行,即"铨德钧物"。谁"德"高,谁必"寿"。孔子说得好,"大德必得其位,必得其禄,必得其名,必得其寿"。

一句话:仁者寿!

有时,三心二意也好处多多。像我,一边看手机,一边赶路,一边胡思乱想,真不觉得多少累,一抬眼,一幢古式建筑突兀于高台上了。

祝融殿!祭祀火神的祝融殿!

这幢用条石砌成的建筑,并不宏大,但位于衡山绝顶,需沿长长的台阶上去,四周又全是悬崖峭壁,加上世间绝无仅有的铁瓦,每块重三十多斤,使整个殿宇特别险峻,特别稳固,"罡风不能动摇,冰雪不可冻裂",大有傲视天下、唯我独尊的帝王气象。

祝融是配得上帝王礼遇的。

古人讲究五行，金木水火土，按序排班，各司其职，一旦造次，必生灾祸。南方属火，火神便顺理成章地主管南方。不知别人叨念"祝融"这个名词时，脑海中会浮现怎样一幕，我却清楚看到，一个体格健壮的男巫，脸上、胸背、手臂，涂画着斑斓而诡奇的花纹，正绕着一堆熊熊燃烧的篝火，手舞足蹈，念念有词。他的周围，匍匐着一大群楚人。他在作法，在祈祷，在与上天沟通，希望为楚人求来光明，求来温暖，求来勃勃生机。他用从羲和那辆日日轧过天穹的太阳车上引得的火种，教楚人烧烤烹煮，帮他们抵御瘴疠恶虫的侵扰，摆脱茹毛饮血的蒙昧状态。渐渐地，在众人惊讶而虔诚的目光中，男巫腾空而起，闪着金光，升向云端，飘向远处，融入了千山万壑。

忽然想起古希腊神话中的普罗米修斯。他也给人间取来火种，却被众神之王宙斯钉在高加索悬崖上，让恶鹰来啄他的肝脏，而肝脏又在很短时间内恢复原状。日复一日，年复一年，普罗米修斯承受着撕心裂肺的折磨。可惜，在我看来，这种不幸，一定程度上是他咎由自取。普罗米修斯的心海时刻翻滚着对宙斯的仇恨。他的所作所为，并不全出自对野蛮时代孱弱人类的怜悯，而是以基于自私的欺骗、偷盗，报复宙斯的压迫。祝融呢？他不一样。他熟悉南方，热爱南方的一山一水、一草一木，对朝夕相伴的芸芸众生，始终怀着"仁者之心"，真诚以待，恪尽职守，竭尽所能，做好每一件事。正因如此，人们尊敬他，爱戴他，纪念他，视他为至高无上的帝君，并把衡山七十二峰中最高的山峰命名为祝融峰。"他活着为了多数人更好地活着的人，群众把他抬举得很高，很高。"

事实上，在衡山，有着更多关于"仁者之心"的传说和史实。开天辟地的盘古大神，在即将告别人世的时候，毅然献出自己的整个身躯，化作五岳，其中的左臂成了衡山，左臂上的毫毛成了衡山的花草树木，继续为人类造福。神农氏炎帝踏衡山，尝百草，只求找到适宜人类的庄稼和药草，让人类有饭吃，有药医，健康生活，直到自己不幸中毒而崩。轩辕氏黄帝的妃子嫘祖发明了养蚕和纺织技术，使百姓不再衣不蔽体，冷暖无措。她去世后，被葬在衡山的嫘祖峰下。大禹，也曾在衡山杀白马，祭天地，获赐金简玉书，制伏了滔天洪水,保天下平安。到10世纪下叶,四大书院之一的岳麓书院在衡山余脉的岳麓山下被创建,给"仁者之心"注入了更多理性,并进一步发扬光大。张栻、朱熹等教育大家,以"传道济民"为宗旨,呕心沥血,培养了众多经天纬地的人才。无数先贤,用他们切实的行动,一而再,再而三,诠释和丰富着"仁者之心"的意蕴,为衡山,为南方,为中华文明的繁荣昌盛做出了伟大贡献。难能可贵的是,尽管战乱灾害频作,"仁者之心"却代代相传,未尝中道而废。它总让人在夜黑如漆时相信太阳仍会喷薄而出,在冰雪交加时相信春风仍会吹绿大地。全民抗战时期,宋哲元的"不教胡马度衡山"、武思光的"万方多难此登临"、高僧智园的"重见天日"等,无一不闪耀着"仁者之心"的璀璨光芒。我们不妨将眼光放得更广更远些,"惟楚有材"的湖南,老一辈无产阶级革命家,抛头颅,洒热血,创建新中国,就是对"仁者之心"最忠诚、最坚决、最卓越的践行。他们,构成了我们民族、我们国家的精神支柱。这支柱,拔起于广袤的神州大地,直抵云霄。

在赵朴初题写的"南岳衡山"巨石前留影时,背衬着祝融殿,以及殿后邈远的天空,我心中涌起一股强烈的自豪感。

午后的阳光照在山上、身上,亮亮的,暖暖的。

下山路上,我步履轻松,小声背诵着范文正公《岳阳楼记》中的警句:"嗟夫! 予尝求古仁人之心,或异二者之为,何哉? 不以物喜,不以己悲;居庙堂之高则忧其民,处江湖之远则忧其君。是进亦忧,退亦忧。然则何时而乐耶? 其必曰'先天下之忧而忧,后天下之乐而乐'乎⋯⋯"

富春之睛

风烟俱净，天山共色。从流飘荡，任意东西。自富阳至桐庐一百许里，奇山异水，天下独绝……

每当诵读吴均的《与朱元思书》，总感叹其妙笔生花，寥寥数语，将富春江描摹得形神毕肖，就油然而生对富春山水的无限仰慕。当把自己三十多年来创作的古典诗词汇编成集时，我不假思索地将黄公望的《富春山居图》作为封面背景。

去年初秋，因参加富阳区一项活动，我特地绕道鹳山游玩。

因缘何在？朋友曾得意万分地说：鹳山是富阳不可不去的地方，小而精致；若把富春江比作一条龙，鹳山则当之无愧是龙的眼睛，不但占尽山水之胜，而且蕴藏了丰富的人文内涵，严子陵、白居易、苏东坡等名人先后登临，留下诸多丽句名篇，而近代的郁达夫更生于斯长于斯，趣闻逸事不绝于途。

到达富阳时，已下午四点多钟，好容易将车停妥在狭窄的公园门口，就拔腿往里赶。

没走几步，拣一条小道拾级上山，穿过一片绿意葱茏的树林，眼前渐渐阔朗。一道江水从西南群山中迤逦而来，到富阳城边，似乎有些疲惫，稍稍舒展一下身段，就形成了一泓广阔的汊湾。

我不知道古往今来善吟的诗人站在江边，该是怎样一种心情？据说李白来过鹳山。我在现场找不到一点关于他的蛛丝马迹,但他的《古风(十二)》中分明有"身将客星隐,心与浮云闲。长揖万乘君,还归富春山"的咏唱。李白将富春山水当作了自己的精神家园。他决定与高洁的浮云结伴,辞了万乘之君,抛了荣华富贵,把整个"心"全寄托于此,与山水交融,自由自在,无拘无束。

仅仅因为富春山水绝佳吗?

又顺山路而下,来到江边,看到一块三面临水的石矶,我才明白,李白的这一追求并非空穴来风。石矶上,立着一块刻了"严子陵垂钓处"的石碑。这让我想起自己更早的经历来了。那年游览七里泷,下了船,沿埠头上去,绕过几处粉墙黛瓦,等爬上高处,见一块比较平整的岩石上建着一座亭,亭中也立了一块石碑:"严子陵钓台"。我小心翼翼地挪到悬崖边,探身俯瞰,啊,这么高,严子陵怎么能钓到鱼?古人编故事太不着调。如今看到鹳山的"严子陵垂钓处",以为这里应该是真的。

说起严子陵,真的是大名鼎鼎。《后汉书·严光传》载,"严光,字子陵,一名遵,会稽余姚人也。少有高名"。刘秀光复汉室,想起老同学非常贤能,多次派人寻访已经隐居起来的严光。按照一般人的做法,同学当了皇帝,那还能轻易放过?无不趋之若鹜,如蛆附骨。严光却故意避而不见。无奈,刘秀放下身段,亲自登门。严光照样躺着。刘秀摸着严光的肚皮说:"哎呀,你这个子陵,真的不肯替我治国?"严光假装睡觉,不予回答,很久才睁开一条眼缝,盯着刘秀说:"昔唐尧著德,巢父洗耳。士故有志,何至相迫乎!"终于拒绝,"乃耕于富春山,后人名其钓处为严陵濑焉"。从此,严子陵钓台成了中国传统文化中淡泊名利的象征符号,一直为后世景仰。所有颂辞中,数范仲淹的《严先生祠堂记》"云山苍苍,江水泱泱;先生之风,山高水长"最为著名。李白"身将客星隐"的"客星",用的是严光"足加帝腹"的典故,同样宣示了他"安能摧眉折腰事权贵,使我不得开心颜"的铮铮傲骨。

四处打量时,见矶的东侧还有一石,镌着"登云钓月"四字。旁人告诉我,这是苏东坡游鹳山时留下的真迹。

"苏东坡来过富阳?"

"来过。"那人说道。

北宋熙宁四年(1071年),苏东坡被贬出京师,来杭州担任通判。对于苏东坡来说,这是他生命中的大不幸。然而他天性豁达,"竹杖芒鞋轻胜马,谁怕,一蓑烟雨任平生"。鹳山这么一处形胜,离杭州不远,理所当然成为苏东坡的选择对象。或许"酒困路长惟欲睡,日高人渴漫思茶",苏东坡叩开吉祥寺大门,瞥见开门僧,起先一愣,继而拊掌大笑,原来这僧人叫文长老,不仅是苏东坡的眉州老乡,更是相交多年的好友。由于这次偶然邂逅,苏东坡成了鹳山的常客。然世事无常,等苏东坡第三次来鹳山,文长老却已圆寂。苏东坡悲恸万分,在壁上题了一首诗,道:"三过门间老病死,一弹指顷去来今。"他在鹳山脚下的江上泛舟,时时对月怀人。大概是思之过甚,眼前忽然出现了一个灵异的现象。朦胧中,他发现一只老龟浮出水面,大口吞食江上月影,似乎在说:"你不是感叹'人有悲欢离合,月有阴晴圆缺,此事古难全'吗?人已去,即成空;今生事,莫由衷;缘为何?江上风。"苏东坡恍然大悟,心中一时澄澈,当即上岸,朗笑而去。

无论李白的归隐,还是东坡的放浪,都源于对当时朝廷尔虞我诈的蔑视或逃避,这与所谓"危邦不入,乱邦不居"是同一道理。我惹不起,还躲得起。宋代梁楷《白居易拱谒·鸟窠指说》写了一个特有趣的故事。唐元和年间,时任杭州刺史的白居易听说鹳山鸟窠禅师的大名,有一天专程跑去问道。一个衣冠楚楚,端坐树下;一个不修边幅,高居树上。白居易诚恳劝道:"禅师住树上太危险,赶紧下来吧!"鸟窠禅师说:"施主啊,其实你的处境更加危险。"白居易不明所以,道:"我乃朝廷命官,位镇江山,何险之有?"鸟窠禅师意味深长地说:"薪火不停,识性交攻,安得不危?"白居易何等聪慧,立刻晓得鸟窠禅师的机锋:官场上,人人钩心斗角,处处都有危险。果不其然,没隔多少时间,白居易就亲眼看见了堂堂宰相武元衡当街被人刺杀。

伫立江畔,回望这座小小的鹳山,我想,古人遭逢挫折,便要"独善其身",也美其名曰"明哲保身",这固然是人面临险境时的一种本能,但怕连累自己,或爱惜羽毛，就无原则地回避，未免过于消极。所以，当一幢书有"春江第一楼"的建筑映入眼帘，我的精神陡然一振。能称为"第一楼"，总有出类拔萃之处吧。

"刚才怎么没注意？差点失之交臂啊！"我往回走，并一直埋怨自己。

这是一幢同治年间修建的两层别墅，是凭栏远眺富春江的绝佳所在。仔细端详，果真非同凡响，小小一座楼的前后左右，竟荟萃了民国时期众多名流的书画真迹：东侧的"松筠别墅"有大总统黎元洪题赠的"节比松筠"。近处的双烈亭有沈雁冰手书的"双松挺秀"；亭壁上嵌着两块石碑，分别镌了叶浅予绘制的郁曼陀、郁达夫线描半身像；柱联是俞平伯、赵朴初集郁氏兄弟的诗作而成："劫后湖山谁作主，俊豪子弟满江东""莫忘祖逖中流楫，同领山亭一钵茶"。再远些的"郁曼陀先生血衣冢"，则由于右任题额，而"血衣冢志铭"由郭沫若撰文，马叙伦手书："似先生之风烈，余不仅当铭之于文，且将铭之于心，瞻之在前，没齿不忘也。"

这"双烈"，这"双松"，指的都是郁曼陀、郁达夫兄弟二人。

兄长郁曼陀，一位极富正义感的法官。他用手中的法槌，重重敲打国民党反动政府，积极营救田汉、阳翰笙、廖承志等进步人士。上海沦陷后，他又利用租界法权这一工具，严惩民族败类。正因如此，日寇、汉奸对他恨之入骨，两次将装了子弹的恐吓信寄给他。好友劝他暂且外出避祸，他说："国家民族正在危急之际，怎能抛弃职守？我当做我应做的事，生死就不去计较了。"1939年11月23日，郁曼陀在寓所附近惨遭日伪特务暗杀，枪声中，殷红的鲜血溅满了他的衣衫。

胞弟郁达夫，一位个性鲜明的作家，《春风沉醉的晚上》《沉沦》《故都的秋》《钓台的春昼》等作品脍炙人口。他与郭沫若、成仿吾等一起，用自己的笔、自己的心，给神州大地"创造"了一抹"太阳"的晨曦。然而，在旧中国，郁达夫空负一身才华，却毫无施展的地方。他孤身登上鹳山，举目四望，不禁怅然若失，随口吟成一律《癸丑夏夜登东鹳山》：

夜发游山兴,扶筇涉翠微。

虫声摇绝壁,花影护禅扉。

远岸渔灯聚,危窠宿鸟稀。

更残万籁寂,踏月一僧归。

他更是热爱祖国的社会活动家。抗战爆发,国难当头,他毅然投身于汹涌澎湃的救亡运动,他所任的福州文化界救亡协会理事长、《救亡文艺》主编、新加坡文化界抗日联合会主席等职,无不真切告示他胸膛中永远跳动的是一颗炎黄子孙的炽热的心。他伏案疾书,鼓励青年"应该为抗战而牺牲",坚信"中国决不会亡,抗战到底,一定胜利",讴歌中国军民在台儿庄大捷中浴血奋战的大无畏牺牲精神,并振臂高呼,让海外华侨踊跃捐款捐物支持抗战。即使流亡苏门答腊期间,因日本宪兵得知他精通日语而被胁迫当了翻译的七个月里,他仍不顾自身安危,暗中救助了许多文化界难友、爱国侨领、当地居民。陈嘉庚曾对中共党员、国外统一战线负责人夏衍说:"那时郁达夫不仅掩护了我,还援救了许多被日本人逮捕的华侨。"一位马来西亚共产党负责人也说:"没有他的帮助,我们的组织会遭到不可补救的损失。"令人扼腕长叹的是,当中华民族举国欢庆胜利的时节,郁达夫却被日本宪兵秘密杀害于南洋的雨林深处,至今尸骨难寻。

这一天,是1945年9月17日。

这是日本宣布无条件投降后的第三十三天!然而,日本宪兵罔顾天道公理,对战胜国的抗日义士玩阴毒,伎俩之卑鄙、居心之叵测,令所有爱好和平的善良人们脊梁骨里生出一阵凉意。

"捐躯赴国难,视死忽如归。"我们欣喜地看到,每当中华民族"风雨如晦,鸡鸣不已"之际,定会涌现无数与郁氏兄弟一样的仁人志士。他们凭的绝不是动物的本能,而是更高境界的理性、道义、责任、担当。他们具备这种精神品质,面对任何险阻甚至死亡威胁,义无反顾,慷慨激昂。他们将自己投入熊熊燃烧的烈焰,让中华民族像凤凰一样浴火重生。这时,"既见君子,云胡不喜"!

郁达夫故居是非去瞻仰不可的，就在鹳山西侧不远处，一幢普通民宅，坐北朝南，属于江南典型的白墙黑瓦式庭院。门前一小广场，正中立着郁达夫的雕像，他似乎还在倾听儿时就熟稔的富春江的水声。几棵尚未茂盛的树环绕着宅院。很遗憾，那天故居没开放，我只能呆呆地坐在斜对面的红漆长廊上观望。我不知道里头除了众多名人亲朋的题词，还会陈列哪些关于郁达夫的遗物，大概是照片，也许是实物，但肯定很珍贵，因为不止有郁达夫本人的影像，也定然有他用过的物品，这些物品上甚至留有它们主人的指纹、气息。没直接看到更好吧，让我生出了无穷无尽的念想。

又来到富春江边。清风徐徐，金色的阳光与微黄的柳影交相辉映，使鹳山公园显得特别宁静安详。红漆长廊的条椅上，三三两两地坐着闲聊的老人；偶尔有几个市民匆匆路过小广场。所剩不多的孩子们站在幼儿园门口，踮着脚，伸着头，往外张望，一旦瞧见爸爸妈妈爷爷奶奶，就欢呼雀跃，拉着大人的手，边走边叽里喳啦地说着他一天里听来的消息。江水一如平日，不紧不慢，从容娴雅，好像感觉不到它在流淌。过了会儿，石矶、春江第一楼、郁达夫故居等，渐次模糊，隐入黛黑的鹳山间，隐入初上的华灯中，隐入悠长浩繁的历史卷帙里了。

我心头突然一动：鹳山是富春江的点睛之笔，那么，郁曼陀、郁达夫这"双烈""双松"当是鹳山的点睛之笔。

寻根耕乐堂

以前我仅知道父亲的老家在嘉兴凤桥，也叫凤喈桥。当年凤桥中学教师宿舍就租用了朱家老宅。20世纪70年代，由于年久失修，老宅摇摇欲颓，父亲和叔父多次商量，最终把能卖的都贱卖掉，其余的拆了个干净彻底。那天下午，父亲雇船装回来许多破烂的椽子、梁条、门窗等，塞在猪棚里，统统劈作柴火，烧没了。

前年春天，我们去梅花洲游赏。住嘉兴城里的文忠表叔，八十多岁了，照样精神矍铄，思维清晰，他一边慢慢走，一边不停指点：这里先前是我们马家的地界，那里先前是你们朱家的宅基；那几栋房子新建不久，但样式、规模与自己印象中的老屋没什么差别。来到三步两爿桥附近时，他停下脚步，指着对岸的一棵大树，告诉我们说："你们父亲小时候经常爬上去掏鸟窝摸鸟蛋呢。"

不知什么缘故，父亲生前很少跟我们聊起他的童年，直到也住嘉兴城里的文龙表叔说，你们朱家的先祖，能追溯到同里，那儿有幢老宅子，叫耕乐堂，保存很好，它的主人是明代的朱祥。我上网一查，发现这耕乐堂果真厉害，是江苏省重点文物保护单位，后又升级为国家级重点文物保护单位。于是，实地探访耕乐堂成了我的一个念想，而且随着时间的推移，这个念想越来越强烈。

上半年，我和二哥两家四个人，特地自驾同里，来一次寻根问祖。

路上,二哥聊起他的一段往事。他说:"父亲对朱家以及他自己的历史从没提过点滴。据我所知,他从未去过同里。自从第一次从文龙表叔口中听到这一情况,出差路过时,我特地有心去了一趟耕乐堂,拍了些照片带回来。将近九十岁的父亲因车祸已经躺床上三四年了,整天没多少交流。但是,我将耕乐堂的照片给他看的一瞬间,他一下子亢奋起来,好像看到什么稀世珍宝,抢过手机,一张一张翻看,并操一口凤桥方言,唠叨个不停:'让唔看,让唔看。耕乐堂,唔个老屋呀!'父亲对耕乐堂肯定有很多忆念。说不定是父亲的上一代才从同里迁居凤桥,他自己的童年就在同里度过的吧。"

同里,江南六大古镇之一,响当当的5A级景区。游客多将退思园作为首选,这也理所当然,一则离景区入口不远,二则名气似乎更大。我们却七拐八绕,赶往古镇西面的上元街陆家埭。大概走了半个小时,陡见前面人头攒动:一边是石埠,拢着几艘小船,游客正忙着上上下下;另一边是一扇并不阔大厚重的门,比较陈旧,不太惹眼,好像一般百姓人家,游客也挤进挤出,沸反盈天,让我联想到蜂箱出口的蜂群。门右侧的墙上有一方框,内嵌一牌,上书"耕乐堂"三个大字。我的心猛跳起来,有好奇,有激动,有敬畏,也有几分自豪:"这,就是我列祖列宗生活过的地方?"

呵呵,进自家祖宅还得掏钱买门票。

穿行于耕乐堂中,仿佛穿越到了遥远的明代。看了景区介绍,才清楚整个建筑占地六亩四分,初建时五进五十二间,后历代兴废,仍遗存三进四十一间,大致分前后两大部分:前宅的门厅、正厅、堂楼,后园的荷花池、三曲桥、三友亭、曲廊、鸳鸯厅、燕翼楼、古松轩、环秀阁和墨香阁。我最觉生趣的是池边的一棵白皮松。这松,枝叶疏朗,体形清癯,斜向水面,颇有点顾影自怜的范。与众不同的是它的表皮,别的松树皮往往皲裂不堪,像垂垂老者的手臂,它却挺溜光,还浮着一层银灰。白皮松生性喜旱,不太适应多水的江南。但它不仅活了下来,而且活得滋润,成了整个园子中最年长的寿星——四百多个春秋啊,真心不易!我猜想,这白皮松也许是朱祥手植的吧。

我和二哥研究起来:朱祥是怎样一个人物?为何修筑耕乐堂?

毕竟互联网发达，一部手机就能解决很多问题，往"百度"输入"耕乐堂""朱祥"几个关键词，立刻跳出许多页面。看时间尚早，我们便挑了一处回廊，倚着美人靠坐下，仔细阅读，认真分析，倒也弄出个眉目来。

譬如余秋雨在他的《文化苦旅·江南小镇》中这样叙述：

耕乐堂年岁较老，有宅有园，占地也较大，整体结构匠心独具，精巧宜人，最早的主人是明代的朱祥（耕乐），据说他曾协助巡抚修建了著名的苏州宝带桥，本应论功授官，但他坚辞不就，请求在同里镇造一处宅园过太平日子。看看耕乐堂，谁都会由衷地赞同朱祥的选择。但是，也不能因此判定像同里这样的江南小镇只是无条件的消极退避之所。你看，让朱祥督造宝带桥工程他不是欣然前往了吗？他要躲避的是做官，并不躲避国计民生方面的正常选择。

显然里面大有故事。

上有天堂，下有苏杭。苏南一向物阜民丰，舟楫繁忙。明朝正统年间，巡抚周文襄打算疏浚河港，修建纤道，号召乡绅积极响应，有力的出力，有钱的捐钱。朱祥听闻后，大力协助，修建了苏州城外与赵州桥、卢沟桥等并称中国十大名桥的宝带桥（也是国家级重点文物保护单位哦）。周文襄满心欢喜，上奏朝廷，准备授予朱祥一官半职。

在这人生关节处，朱祥必须做出抉择：入仕，还是退隐？

我无法完全感知朱祥当时的内心世界，但从当下看得见的结果反推，他最终是听从了自己内心的呼唤。

中国古人特讲究名、字、号，名是名，字是字，号是号，各显其用，不可越俎代庖。《礼记·檀弓上》说：幼名、冠字，周道也。意思很明确：名，出生之后由长辈定的；字，二十岁加冠后自己取的，这是普遍的社会准则。号，虽然也是由自己定夺，但必须具备一定的社会资历，不是阿猫阿狗胡乱使的，而且自由度相当高，往往用以彰显自己的郡望或者志趣，如：韩愈，名愈，字退之，号昌黎；

欧阳修,名修,字永叔,号醉翁,又号六一居士。

朱祥呢?字廷瑞,号耕乐。什么叫耕乐?躬耕乐道也。《三国志·魏书》记述过一个叫胡昭的人,说他"转居陆浑山中,躬耕乐道,以经籍自娱"。对古代读书人来说,躬耕只是一条途径,一种宣示;而乐道,即恪守人的本性,遵循天道人伦,并因此而身心愉悦,实现人生价值,才是终极愿景。由此推论,朱祥自号耕乐,又用于宅院名称,说明他生性淡泊名利,做个普普通通的田舍翁,足矣。朱祥出于主动的迎合、纯粹的投契。这与取同里这个地名的初衷一样,内敛而不事张扬。清嘉庆《同里志》载:"旧名富土,因其名太侈,乃拆田加土为同里。"他的身上,体现出古代文人对"潇然山水"的真诚向往。他怕自己"误落尘网中",他希望过一种返璞归真、自由自在的诗意生活。为此,时人十分敬重朱祥,称他为"处士"。要知道,"处士"在中国古代是个相当高品位的称谓,专指德才兼备却隐居不仕的人物。据我所知,最早出现"处士"一词的,是"史家之绝唱,无韵之离骚"的《史记》。太史公记述商朝史实时道:"伊尹处士,汤使人聘迎之,五反然后肯往从汤,言素王及九主之事。汤举任以国政。"称朱祥为"处士",可见人们对他所作所为的竭力褒扬。

由第一个抉择,自然牵出第二个问题:如何消解入世与出世的矛盾?

人是社会性的存在,绝对无法做到真正的与世隔绝,得吃,得穿,得住,得交往。如果入世、出世是横竖两条线,那么,能找到由这两条线架构起来的坐标中最佳的交叉点、平衡点,就再好不过了。朱祥显然找到了:在喧嚣的市井中筑一方清幽园林。他向周文襄提出了请求:在同里,叠一片山,理一片水。周文襄爽快答应下来。

我们徘徊在亭台轩榭、花草树木之间,这里摸一下,那里坐一坐,有时竟惹得其他游客奇哉怪也。园中景物,哪怕一角飞檐、一丛麦冬、一泓碧波,都洋溢着山山水水的真趣美韵,让我油然而生对朱祥的由衷钦佩。

朱祥饱读诗书,涵养了丰沛的精神和雍容的气度,当人的本我与自然客体产生对话,"心有灵犀一点通"的时候,这种精神和气度便顺理成章地投射出来,给万物熏染上了浓重的情感色彩,形成特殊的意境之美、艺术之美。所以，修筑园林的一个重要前提，就是设计师和建筑者必须"胸中有丘壑"！往大处而言，能深刻理解"天人合一"的哲学精髓，拥有极高的审美力、创造力，方使园林有格局，有境界，有灵魂，而不是简单地堆几块石头，挖几个水坑，种几株草木。往小处而言，如何虚实互补？如何俯仰生姿？什么地方起屋？什么地方引渠？什么地方砌石？匾额、楹联、书画等如何布置才相得益彰，尽善尽美？这种对大千世界典型化的缩微处理，终究离不开高超的技术，必须精打细算，反复斟酌。也许朱祥并非直接参与设计施工，但作为主人，他的园林建筑理念总会主宰一切，得到切实的执行。就这样，以耕乐堂为核心，以同里古镇为辐射，墙内的野趣与墙外的世俗被打通，相互交融，从而形成一个既对立又和谐的统一体。跨出大门，就是渺小卑微的俗世尘埃；迈进大门，又成了逍遥自在的方外之人。朱祥和他的家人、朋友，在耕乐堂内外随心所欲地切换角色，像翻转同一枚硬币的两个面，"晚岁益遗世，日与邻翁野叟徜徉山水间"。

要感谢朱祥，因为他，无数后人领略了耕乐堂"虽由人作，宛如天开"的风韵，也领悟了园林建筑中流露出来的"风行水上，自然成文"的智慧。

走出耕乐堂时，快下午两点钟了，同行的其他三个人都甩手揉腿，嘟囔着怎样的疲惫，怎样的饥饿。我却是愉快的、兴奋的，手机里装满了耕乐堂的照片，内心装满了寻根问祖的收获。这趟同里之行，不仅触到了先祖的遗存，更零距离地见识了先祖的遗风。

清代著名学者张澍在他的《姓氏寻源》中说："参天之木，必有其根。怀山之水，必有其源。"《中华姓氏通史·朱姓》的作者刘佑平也说："'寻根问祖'不在祈福于祖先，而在明白我们自身：我们与祖先血脉相连，祖先曾经的苦难与辉煌，一定会通过这血脉，流传到我们现在。"确实，中国人素有寻根问祖的传统，最典型的莫过于修族谱、建祠堂了。每逢特定日子，全族人等穿戴一新，举办各式各样的祭祖活动，请祖像，上香烛，供牺牲，诵祭文，场面一丝不苟，隆重肃穆，特有仪式的神圣感。在这个过程中，大家重温先祖的丰功、节操、恩德，还决心传承下去，发扬光大；还能达成某种心理认同、血缘认同、文化认同,形成强大的向心力和凝聚力(家庭如此,宗嗣如此,国家同样如此);更可以探究人生重大的哲学命题——我是谁? 我从哪里来? 我将去向何方?

当然,但凡寻根问祖,总得有几件具备象征意义的东西,如族徽、族谱乃至某一小配饰,而不至于对着虚空凭吊感泣吧。因此,妥善保护先祖的遗存尤为重要。从这个角度说,凤桥已逐渐失却了寻根问祖的承载价值,这很悲摧。然而,朱祥的耕乐堂,却依旧踏实地立在同里,立在江南广袤的大地上,化作精神的、文化的基因,注入子子孙孙的肌体,决定了我以及朱氏后人的人格要素和理想追求。

辑三

窗边私语

　　生命是简单的，又是神奇的。生命是由一枚枚看似寻常的小贝壳串成的斑斓项链，挂在胸前，让我们时时享受生活、感恩生活。这四个地方、四个季节，前后左右，像极其珍贵的礼品，把我的生命、你的生命、他的生命、任何一个人的生命都精心装扮，只留出脚下的大地以滋养，头顶的天空以生长，使生命魅力永恒。

听　雨

时近黄昏,掇一把椅子,捧一杯茶水,我端坐阳台。

外面下着小雨。连宇、长郊、远山,都笼罩在这无边烟雨中,湿漉漉的,好似一幅刚完成的水墨画。街上行人较少,一般都撑着雨伞在慢慢地走;偶然跑过几个小年轻,淋了满头的雨水。汽车驶过,溅起两股水花,让人惶惶而避之不及。晶亮的雨点轻敲着窗纱、玻璃,窸窸窣窣,颇有"大珠小珠落玉盘"的韵味。侧耳细听,空中似乎夹杂着些更为美妙的东西:雨点滴落在树枝头、草叶尖、花瓣上,犹如幽深冷郁的山涧中,刚刚醒来的蛟螭在舒展身子,喃喃地自言自语。这时,自己仿佛被这雨隔在了另外一个世界。

听雨,足以令人浮想联翩,也就是"寂然凝虑,思接千载;悄焉动容,视通万里"。吟着"夜来风雨声,花落知多少",内心无端生发一种莫名的担忧。斯人憔悴,斯人多情。那些娇嫩的花,也许受不住一夜风雨,凋零欲尽,铺成满地的红丝绸了吧?否则,这么多的鸟儿一大早在惊讶什么、议论什么呢?而"小楼一夜听春雨,深巷明朝卖杏花",清丽之至,美妙无比。赏读良久,真觉得自己披着蒙蒙细雨,走在静谧的小巷中:两旁青灰色的院墙已经斑驳,露着一小块一小块的断砖细缝,墙脚长满绿的厚苔;几步开外,一个小姑娘穿着印了杏花的淡蓝色单衫,提着竹篮,篮里斜放着几束花,红的红,黄的黄,粉的粉,白的白,鲜嫩的花瓣上还沾着一颗颗水珠。小姑娘边走边操一口江南特有的温润软语,一声声叫着"卖花,卖花喽——",那声音、那身影,比春雨还水灵,比鲜花还妩媚。

人不同,境遇不同,听雨的感触也不尽相同。慧能祖师说得简明扼要,既非风动,也非幡动,只因心动。王阳明同样以花喻理,说:"你未看此花时,此花与汝心同归于寂。你来看此花时,则此花颜色一时明白起来,便知此花不在你的心外。"所以,万物情愫,皆不过是内心的投射而已。"一叶叶,一声声,空阶滴到明",温庭筠笔下的怨妇,慵懒梳妆,斜倚锦床,任凭雨点滴穿石阶,滴碎心房,滴破晨曦,到最后却只剩一个"空",连片刻的春梦也没做成。而李清照毕竟亲身经历过丧夫之悲、流离之苦、亡国之痛,她的体悟自然不可与温庭筠相提并论,每"到黄昏",总是孤独地"守着窗儿",看那细雨"点点滴滴",穿梧桐,湿黄花,冷征雁,慨叹无穷,唯恨难以用言语表达一二,"这次第,怎一个愁字了得"。当然,听雨也有明艳的一面,"春水碧于天,画船听雨眠",请闭上眼,随着船儿,轻轻漾起一圈圈涟漪,在雨打水面的天籁中,似睡非睡,物我两忘,真的自在极了。

至于以听雨为题材,抒发人生百般况味的丽辞佳句则不胜枚举,如东坡先生"莫听穿林打叶声,何妨吟啸且徐行"的旷达,如放翁"夜阑卧听风吹雨,铁马冰河入梦来"的悲壮,如李后主"帘外雨潺潺,春意阑珊"的落寞,如贺梅子"空床卧听南窗雨,谁复挑灯夜补衣"的惆怅,但我以为个中翘楚,一定是蒋捷的《虞美人》。南宋灭亡后,蒋捷报国无力,遂浪迹江湖,"隐居著述",留下许多脍炙人口的诗篇。《虞美人》以"时"为经,以"雨"为脉,提取自己生平的三个典型场景,构筑起了一座精神祭台。第一个场景,"少年听雨歌楼上",有红烛,有罗帐,有笙歌,这时的雨声尽显温润风流;然一个"昏"字,却表现出对自己以往纸醉金迷生活的无尽追悔与深刻批判。第二个场景,"壮年听雨客舟中。江阔云低、断雁叫西风",沉雄悲怆,充满张力,浑然一幅风急浪高、云低雨骤的孤旅图。人到壮年,本该奋发作为,"了却君王天下事,赢得生前身后名",然而天下大势已定,独力难以补天,到头来成为一只离群"断雁",在险恶的江湖上,在凛冽的西风里,在萧瑟的秋雨中,孤独而凄厉地叫着——满天满地的颠沛流离,满天满地的愤懑不甘。第三个场景,"而今听雨僧庐下,鬓已星星也",面对青灯古佛,"一任阶前、点滴到天明",少年宴乐、壮岁志愁,早成了蹉跎岁月,被"雨打风吹去"。牵挂什么?能牵挂什么?牵挂了又能怎样?放下吧,统统放下吧!可是,滚滚红尘这么容易就参破了?"一任"两字反而展露了诗人的本来面目:纵然白发苍苍,也断难消除胸中块垒啊!确实,对常人来说,"悲欢离合总无情",但作为曾经澎湃着滚烫血液的赤子,就算身处僧庐,也终究无法超脱,做到六根清净。他非但不"无情",而且情深意切,绵绵不绝。整首词,气象峥嵘,举重若轻,将半个世纪的国家不幸与个人不幸进行了高度的融合、浓缩、提炼,因此,即使现代读者也备感其厚重而苍凉,精练而壮阔。

夜幕降临,雨声渐稀,我甚至能看见云缝中穿行的月亮。端起杯子,发现茶水早凉了。我的心慢慢平复起来,既不觉"木叶啼风雨",也不想"留得枯荷听雨声",只希望这雨声能在心中激起一片动听的回响,只希望这好雨"随风潜入夜,润物细无声",让万物广承滋养,给百姓带来好的收成,便心满意足了。

那四个地方

每个人的心底,哪怕最隐秘的角落,落满了经年的浮尘,间或飘拂几缕无根的蛛丝,都会掩藏一些感动自己的东西,只是限于各种因缘而无法表达、无法实现罢了。这些东西,有时竟这般稀松平常,几乎连自己都波澜不惊。然而,正是这些,却持之以恒地释放着能量,如地底下的涌泉,无声无息,缓缓而出,不可抵御。它们穿破坚硬的岩层,冲出地面,蔚为壮观。在它们面前,人的力量如此渺小,只能顺着流势,默默而毅然向前,向前。

我也不例外。假如要说出令自己感动的东西,我会说——

迎春花尚未全部凋零,细碎的小叶子渐渐泛出嫩绿,仿佛一团一团的绿雾弥漫在小径边、田埂上,却遮掩不住点点娇黄的最后一份烂漫。东风吹来,恰如恶作剧的小男孩,冷不丁地撩起衣襟的一角,往胳肢窝里吹几口气,凉凉的,爽爽的,让人微微战栗,一股快意也随之袭遍全身。天特别蓝,特别纯,与湖水相映,天是空中的湖,湖是地上的天。放一只五色的风筝,攥着长长丝线,看阳光透过风筝一闪一闪发亮,像无数的小精灵在轻快舞蹈。不远处,池塘边,柳烟中,桃云下,孩子不顾妈妈的提醒,漫无目的地疯跑,沾了一脚黑泥,还大声嚷嚷。春天,闪烁着鲜鲜亮亮的希望。

山林寂寂,飞鸟杳杳,只有永不知疲倦的蝉儿在树丛中嘶鸣。是呀,黑暗而漫长的地下生活,才换来一个夏季阳光雨露的享受,它怎能不尽情歌唱,尽情宣泄?人生亦然。别人须用悠悠七八十年才能发完的光芒,有人却仅用二三十年就全迸射出来，耀眼夺目，照亮宇宙，照亮今古，如项羽，如王勃。走在这蝉噪的山路上，低头，漫不经心地数数树丛筛下的一点点斑驳日影。抬头，望不到峰顶，却知道峰顶必在上面，虽然陡峻，但只要坚持，必能到达。忽然想起"虫二"两个字来，会心一笑，不由感叹汉字的奥妙无穷。这"虫二"，只有上了峰顶才能领略。于是，听着自己沉重的呼吸，加快脚步，一任汗流浃背！

几棵枫槲，被夕阳点染得叶如凝丹、枝如流火，清风徐来，飒飒作响，飘落一地金黄，洒洒脱脱，没有伤感，更无落寞，一切随遇而安，拂了一身还满。周围是一截矮墙，好几处已经剥蚀，砖缝里露出些褐色的泥土、灰绿的青苔，正诉说着岁月的沧桑，却又闲适从容。搬一把泛黄的竹椅，倚桌坐定；桌上一杯香茗，十数枚茶芽竖立水中，渐渐沉落，杯口浮着淡淡的、袅袅的水汽。没人叨扰。把书搁在腿上，翻着，或许卷着、斜着，心却不知何往。就这样，直至一觉醒来，已银辉皎皎、蛩音切切，恍若一下子超凡脱俗，与天地融为一体，不知何以为我，何以为物。秋天，积蕴着悠悠绵绵的神思。

晚来天欲雪，能饮一杯无？六出飘飘，从天纷落。若用"燕山雪花大如席，片片吹落轩辕台"来形容，似乎太过粗犷；若用"忽如一夜春风来，千树万树梨花开"来描摹，似乎过于瑰丽。那雪，只能称为雪珠、雪点，温润如玉。到底是南方，终究脱不掉江南女子入骨的柔媚。雪，散散落落，好半天了，才瓦缝初平、树尖点白，倒也明暗各异、凹凸有致。同道中人，两三个，四五个，没有小火炉可拥，却围坐空调下，脱了外套，聊些时而不着边际、时而知冷知热的话。女主人殷勤沏茶，偶尔插上几句，呵呵一笑。室温渐渐升高，窗玻璃越发氤氲。小孩早去画上了小猪、人头、大树、屋子，还自得其乐，俨然艺术大师，非叫妈妈来欣赏不可。冬天，流转着融融泄泄的情谊。

春如酥，夏如醇，秋如饴，冬如煲，都是我的最爱。生命是简单的，又是神奇的。生命是由一枚枚看似寻常的小贝壳串成的斑斓项链，挂在胸前，让我们时时享受生活、感恩生活。这四个地方、四个季节，前后左右，像极其珍贵的礼品，把我的生命、你的生命、他的生命、任何一个人的生命都精心装扮，只留出脚下的大地以滋养，头顶的天空以生长，使生命魅力永恒。

养花莳草非我所能

对我来说，养花莳草简直等于暴殄天物。

前年底，忽然心血来潮，从花鸟市场买回两盆绿色植物，一盆发财树，一盆凤尾竹，分放客厅墙角，葱茏茂盛，生机盎然。尤其是那凤尾竹，枝节挺拔，宛如一片竹林；侧耳静听，似乎听得到清风的萧瑟、鸟儿的啼哳。于是，自己恍若成了嵇康，独坐古亭，悠然抚琴，心驰八荒，神游宇宙。呵呵，我知道这不过是空想罢了。然而每天回家做得最多的，还是泡上一杯香醇的绿茶，傍着绿色，读读报纸，看看电视，享受片刻的布尔乔亚情调。偶尔也撮一些泥土，察看它的干或湿，干了，就洒点水。自来水不敢多用，里面含漂白粉、消毒剂，怕影响植物的正常生长；一般用矿泉水，瓶盖先用烫过火的缝衣针刺几圈小眼，以便下雨一样均匀地慢淋。

不料，冬天才过一半，发财树的叶子渐渐发黄、枯萎，今天掉几片，明天又掉几片。虽然心疼，却无可奈何，眼睁睁地看着它日益憔悴，总不能将掉下来的叶子涂上绿颜色，再粘回去吧。向行家请教，他们说，或许长久没接地气了。想想也对，大地乃万物之母，没有母亲乳汁的哺育，哪个孩子能健康成长？古希腊神话中的英雄安泰，每回战斗久了、累了，只要往地上一躺，立刻力大无比；然而一旦被敌人窥破奥秘，将他的身子高举空中，他就剩下束手就擒的份了。于是，我吭哧吭哧将发财树搬到楼下向阳的草坪上，希望它沐日月之精华，吸天地之灵气，脱胎换骨，起死回生。过了一两天，在凛冽的寒风中,发财树很不情愿地飘下最后一片叶子,光剩两截树干戳在冰冷的盆里。"病树前头万木春",写得极好,颇有哲理,然是针对"万木"欣欣向荣而言的,相比之下,反更衬出"病树"的悲怆与绝望。

凤尾竹也好不到哪去。有一天,叶子边缘竟露出一丝令人心颤的焦痕。我恳乞上苍赐予它神奇的力量,把这焦痕消灭在萌芽状态,使凤尾竹依旧青翠欲滴、摇曳生姿。可惜情况非但没有好转,焦痕反而向中间缓慢而顽强地延展开去。天不遂人愿,只好自己上阵。我用剪刀小心翼翼地修下那些焦痕,以为妙手回春,岂知不过是鸵鸟政策,自欺欺人。纯粹的绿色才维持一两天,反而换来变本加厉的焦黑。到第二年的3月底,张张叶子、丛丛茎秆,终于通体乌黑,惨不忍睹,好像小行星撞击地球,无边烈火横过原野,万物沦于浩劫,世界到了末日。特别是那股霉味,冲冲的,令鼻子极不舒服。为避免扩散污染,同时眼不见为净,垃圾箱就成了它永久的归宿。

从此,好长一段时间,我不再伺候花呀草的。

去年12月,我到金华玩,朋友送我两盆佛手,并且郑重说明这是黄大仙祖宫养的,仙风道骨,非同一般。果然,六只佛手垂挂在翠枝绿叶之间,黄澄澄,香喷喷,都与成人的拳头差不多大小。才一见,我就着实喜欢上了,费尽九牛二虎之力,颠簸一路,总算把它们请回了家。恰巧,曾替我装修过新居的公司送来一盆水仙,刚露花骨朵,冰肌玉骨,超凡脱俗,甚至有些孤傲。与佛手并列一处,青的,幽静典雅,黄的,热烈奔放,倒也相映成趣。往玻璃茶几上一放,满室生辉,神清气爽哪。

前两天,妻提醒我说,好久没给花浇水了。这才记起来,呀,日子真如白驹过隙,昨天还嚷嚷着闹新年,一转眼,河边的柳条已冒出芽尖,远远看去,像笼着一层鹅黄淡烟。再低头瞧瞧佛手、水仙,一刹那,惊讶、怜惜、内疚、伤感,各种情感油然而生。佛手的"指尖"非复肥嫩鲜泽,已干瘪得像嶙峋不堪的鸡爪子了。数来数去,发现有两只不翼而飞,只剩两段白森森的茬。难道佛手怨恨我的喜新厌旧,与我恩断义绝,自我超度,回须弥山去了?水仙呢,花骨朵大多绽开,然而叶片长得更快,滋溜溜一个劲地往上蹿,把那些可怜兮兮的嫩白淡黄遮掩得难见踪影。妻说："拿到窗台上去晒晒太阳。照不到阳光，叶子当然疯长。"我不太愿意，磨蹭半天，水仙仍赖在茶几上。我说："丢人现眼的，算了吧。知道的，说我养花；不知道的，说我种了一大把蒜苗，太没品位。"看着叶子东倒西歪，不成样子，我找来一根红带子，将它们扎成直立的一束，算对它们也是对自己的救赎。

真没想到这些花草枉带"佛""仙"之名，光景如此惨淡！

赏花草与养花草不一样啊。赏花草，哪用得着专业知识？有兴趣，溜达过去，随便看，觉着好，背衬鲜花绿卉，摆几个造型，拍几张照片，过把瘾就打道回府。如我，雅兴一起，心痒难耐，"小园香径独徘徊"，吟几首五言七言，抒情达意，颇为自得，往往如此。"春风得意马蹄疾，一日看尽长安花"，孟郊的心思并非在花，而在借花抒发他登科后的极度喜悦。养花草，需要专业知识：什么时候播种，怎样松土施肥，如何修枝剪叶，讲究极了，否则任谁都养不好。养花草，更需要性情，一天到晚在滚滚红尘中追名逐利，身心俱疲，哪有心思"拈花惹草"？如果碰上些泼皮故意来糟蹋花草，更是莫大的悲剧。有了好的心情，纵然养不好花草也没关系，花草自有灵性，善解人意，定会努力让人享受这养花莳草带来的无穷趣味。"种豆南山下，草盛豆苗稀。晨兴理荒秽，带月荷锄归。"说的是种豆，但性质与养花莳草如出一辙——出世之人必有出世之举！

说到底，我乃彻头彻尾的凡夫俗子，没这个本事，也没这个性情，洗洗睡吧，别再越俎代庖，劳神费力，种什么花草。真的爱花草，不如放过它们，让它们待在该它们扎根生长的地方，什么时候萌芽开花，什么时候枯萎凋谢，全由它们自己做主。"花开堪折直须折，莫待无花空折枝"，这是用来比喻古时年轻女子莫负青春韶华的，千万别以此为借口而去虐待花草。

赏花观草，才是我能做和乐意做的。

蝶　恋

别问我从哪里来,我的前身是什么。

我,是一只小小的蝴蝶。

草地上,小溪边,花丛中,我舞一双翅膀,忽上忽下,盘旋,栖息。风轻悄悄的,太阳暖洋洋的。

我相信,世上没有谁比得上我对大地的爱。士为知己者死,女为悦己者容。然而女人的装扮不过是描唇勾眼、点额涂眉,我却是在用我的一切。纤细的触角、优雅的身材、斑斓的翅膀,连着我的肌肤,融着我的血脉。失掉了这些,便意味着失掉了我的生命。没什么大惊小怪的!我爱这个世界,爱得毫无杂念。

我吮着花的蜜,草的露;我沐着日的辉,月的光。

既然大地赐我以生命,赐我以生命成长的时空,我就必须全力以赴,活出生命的鲜亮。这是最好的报答。纵然身体孱弱,无法承受风霜雪雨的轮番袭扰,即使生命短暂,无法领略春夏秋冬的独特韵味,我也从不回避、从不消沉,哪怕与残红一起狼藉满地,深陷沟渠。

当历经撕心裂肺的痛苦,从皮鞘中挣探出来的那一霎起,我就抱定这样的心态:自由、从容、恬淡。翅膀的扇动多么轻盈,枝头的栖止多么曼妙。我,深山幽谷涵养的处子,脱俗,高贵;我,诗词歌赋熏陶的淑女,端庄,矜持。

我轻轻地飞,告诉每一朵花、每一片叶,你也爱这世界吗?爱,就敞开你的怀,绽放你的笑,让世界因你而更加绚丽!

我喜欢在斜阳的微曛里,在和风的惬意中,在眸子的羡慕下,无声无息,翩翩跹跹,光影迷离,从焦尾桐的丝弦上,从小提琴的指尖上,漫溢出悠悠情思,像缥缈的晴岚,像璀璨的流霞,逐渐弥散,融入春秋千古的梦寐。

我,是一只古老而年轻的蝴蝶。

古老让我智性,年轻让我多情。我是智性与多情的合一。

两千三百多年前,在一个寂静的午日,闲卧的庄子披一身漆园的树荫,睡意蒙眬间,发现自己竟变成了翩翩蝴蝶,忽然惊醒,一只蝴蝶又恰好从他眼前姗姗飞过,不禁神交天地,浑然两忘。这个生动而充满哲理的故事至今无人能解。

一千六百多年前,姚江边的九龙墟,被迫出嫁的祝英台悲恸万分,涕泪如泻。苍天见怜,在她纵身一跃扑向墓中的刹那,将她与梁山伯一起化作蝴蝶,朝朝暮暮,比翼双飞。美丽,凄婉,让我销魂,让我憔悴,直到永远。

岁月蹉跎,我心依旧。当旭日染红露珠,清风拂过湖面,绿苔爬满石阶,闲鸟啼醒鲜花,我照例飞进小园,立在窗前。

那里,小花静开,馨香幽递。

——还有一双痴迷的眼!

红　叶

红叶,漫山遍野的红叶,让我怎么称呼?让我怎么形容?

像彤雾弥漫,像赤霞绚烂,向低处倾泻,向远处汹涌,向空中蒸腾,没有什么力量能够阻挡。它们齐心协力,每一片叶子所迸发出来的热能,聚成一团,化作冲天火焰,在广袤的原野上燃烧,嚯嚯有声。风狂躁起来,战栗起来,呐喊起来。

柔媚的江南也有红叶,但缺乏雄阔的气势。

小桥卧波,老屋枕水;埠砧捣衣,岸舸传筝。一株两株的,暗红,浅红,深红,掩映于青舍灰壁、绿竹纤柳之间。或桃,过于秾艳;或槭,过于精巧;或梧,过于衰颓。几只黄莺的啼呖,几把绸伞的彷徨,就让它们不胜惆怅,在斜风细雨中喟叹、零落。

江南的红叶属于蛾眉粉黛,属于婉约词人。

君不见,宫墙深深,渠流淙淙。"一入深宫里,年年不见春。聊题一片叶,寄与有情人。"一首怨诗,顺水漂来,不能自己,无法把控。题诗的是江南女子吧?丝雨柔风,从小就把她的冰肌玉骨滋润得水一样清,水一样灵,水一样招人怜,要不然,何以写出这么悱恻的诗来?捡了红叶的,也必是江南来的才子,两人虽未曾谋面,却灵犀相通。"愁见莺啼柳絮飞,上阳宫女断肠时。君恩不闭东流水,叶上题诗寄与谁。"于是,一段佳话,和着泪,伴着梦,萦绕在痴男怨女的枕边、心底、笔尖,千年不绝。

而北方,只有北方,才会生长出如此豪放不羁的红叶。

红叶,是树的精魂,是秋的宣言。

天幕湛蓝,纤云不染,玻璃般透亮,却没有玻璃般冷硬。它是包容的,是深邃的。你摸不着,却体会得到。你听不见它的呼吸,却总控制不住要随它一起吐纳,把自己投进去,融进去。站在高远的天幕下,谁的胸襟不立刻舒畅了,敞亮了,大气了? 况且,你的身侧,你的身后,你的周围,是红叶筑成的火的屏,红叶汇成的火的海!

春时的孕育,夏时的蓬勃,就为了这秋时的张扬。

看,每一片叶子里,都翻卷着殷红的血。这血,从大地深处慢慢吸入,沿着龟裂的皮、虬屈的干,倔强上行,毫不动摇,一直抵达枝的尖、叶的尖,遍布大大小小每条经脉,在太阳的朗照里,在秋风的劲吹中,酝酿,浓缩。一天天过去,充盈着旺盛生命力的血越来越红,越来越鲜,咕嘟嘟地往外膨胀。有一天,终于按捺不住,呼啦啦爆裂,一下子红遍整个世界,让人浑身战栗!

北方的红叶,是盛唐的诗人,是粗犷的壮士,是太阳的儿子!

捧起大碗的酒。这酒是红的,也是烈的。当双颊滚烫几乎渗出血来的时候,敞开衣衫,露出宽厚的胸脯,跨上红鬃烈马,仰天长啸,在险峻的山岗上,在蜿蜒的长河边,甩一声长鞭,起一股白烟。

前方,森林无边,有火一样燃烧的红叶。

念想番薯香

经常看到街头卖烤番薯的。这些小贩，满面风尘，推着平板车满大街游走，或者随意找个人多的地方待着。车上放一只油桶改装的炉子，炉膛炭火通红。炉口摆一圈番薯，个儿差不多大小，熟的，灰皮，黄肉，酥软，散发出混着土味的香气，很能勾起行人的食欲。车上还有一只竹筐，放着许多生番薯。

想起自己小时候的情景来。那时，人们三天两头处于一种半饥不饱的状态，伸着鼻子，到处寻找能用来犒赏嘴巴的东西。哪像现在，肯德基、麦当劳、薯片、冰激凌……不怕买不到，只怕吃不掉。董家弄步行街南端的"正新"小店，一串串鱿鱼、鸭肠在铁板上烤得外黄里白，滋滋作响，把过往行人的眼光揪紧了不放。近来，"1点点""叶子与茶""沪上阿姨""黑泷堂""古茗"等时尚饮品纷纷登陆勤俭路。傍晚出去散步，总能望见那些店门口乌压压地聚了一大帮人，其中以小青年居多，或闲聊，或玩手机，或坐着站着发呆，原来都在耐心等待店里挨个儿调配饮料。有这么好喝吗？由于管不住嘴，很多人虚火上升，身宽体胖，青春期提前。

唉，没有比较，就没有伤害！

好容易熬到初秋，眼睛便顺理成章地盯上了番薯。

放学回家，扛着铁耙，握着镰刀，挎着篮子，我全副武装赶往自留地。地里拱着五六道矮土脊，这是种了番薯的特殊地貌。叶子茂盛，需要连续不断翻过来，才能清理出一小块地。碧绿的蚱蜢、灰黑的蟋蟀，都受了惊吓，四处乱窜。这些我不太感兴趣：蚱蜢不好玩；蟋蟀又多是三根尾刺的雌蟋蟀（那时候并不知道中间那根其实是它的产卵器），体形大，却很蠢，不会斗，捉了也没用。

先挖番薯吧。

铁耙用力往下一掘，随着"剥剥"的根茎断裂声，露出了一小块番薯。抓住最粗的根茎小心向上扯，几个亲密无间的番薯兄弟终于不情不愿地"大白"于天下。我坐在田埂上，扒掉番薯上的湿土，往裤脚管上使劲擦，自以为干净了，就拿镰刀削皮，削一段，啃一段，又甜又脆，比红富士好吃多啦。吃到后来，嘴唇边往往留下一圈白痕。

时间充足的话，还可以把番薯精加工。我家自留地北边有一条东西向的灌溉渠，渠底有一团清水。将番薯洗了洗，排在一边。找个背风的斜坡，挖个坑，放进捡来的枯枝败叶，架空，点火，鼓起腮帮把火吹旺，然后依次将番薯整个儿埋入，便上一边了。大约割半篮子草的工夫，折回来，拨开冒着淡烟的灰，见番薯已半焦，便捧在手心里滚几下，剥皮，掰开，哇，一股热气腾地从黄肉中蹿出，直扑鼻孔，渗进五脏六腑。我迫不及待地将番薯塞到嘴里，大口大口地哈气。那个过瘾！那个满头大汗哪！

收工前，特地挑了几个模样好的大番薯，叠罗汉似的，用草绳扎成串，拎回去准备挂在向南的屋檐下。这个活富有技术含量，一般人扎不好呢。为啥选向南的屋檐？那里通风、干燥，阳光却照不到。过些日子，番薯中的水分渐渐蒸发，皮皱了点，个小了点。经一两次霜后，番薯特别甜，切成小片，装在衣袋里，一路吃着上学去。

冬天到了，闲来无事，更加花样百出地伺候番薯。

仔细刷洗干净番薯，用大锅煮熟，去皮，盛入脸盆，撒上芝麻，搅成糊状，黄的嫩黄，黑的细黑。最难找的是饼干桶盖，那时候穷，人们哪舍得花钱买铁桶饼干吃？但做番薯饼，饼干桶盖断不能缺。一是铁不怕火烤，而搪瓷用品一经火，便会爆裂。二是大小适宜，中间还有个扁平凹面，能护住番薯糊，既圆整，又不至于弄开来。为这事，我留心了好多天，楼上楼下扫雷一般地来回几次,甚至连屋后的垃圾堆都翻过,只差挖地三尺。

好歹万事俱备。

一大早起来,见父母都上了班,便把灶间的木窗、木门统统关严,燃起了煤炉。不久,屋子暖和了,又很安静。天井里飘着小雨,水顺着瓦槽淌下来,积成晶亮的珠,增大,落下,滴在石阶上,清响悠然。我搬个小凳,坐在炉边,把垫了一层纱布的饼干桶盖搁在火上,均匀地抹上一勺番薯糊,看热气慢慢散出。稍过一会儿,糊干硬起来,颜色由灰黄变作深黄,直至透出焦香味,才将饼干桶盖往旁边的小匾里轻轻一磕,揭起纱布,圆圆的番薯片就掉了下来。趁烤第二片时,把上一片用剪刀剪成细条。常常一边烤,一边忍不住吃,快近中午了,小匾里也没见增加多少番薯片。

烤番薯片的事是不能让父母知道的,否则将面临一顿教训,说糟蹋粮食。所以,估计父母中午要下班了,就瞒天过海,收拾好"作案工具",把"赃物"装入纸盒,藏到猪圈顶棚上,那里没人注意。等到天晴,把番薯片拿到阳光下曝晒,晒至爽脆了,能偷偷吃上好几天。然而,有时老天捉弄人,连续几个雨雪天,我心急火燎的,生怕番薯片变质。悲摧的是,取出来一看,毛倒没长,只是缺了好多,剩下的还支离破碎,不成样子:老鼠干的好事!只好无奈地"毁尸灭迹"。能拿老鼠怎么办?抓到了,对它们动之以情,晓之以理,导之以行?它们可不把我当顶头上司看待,更没有起码的思想觉悟。

曾经好奇地买过小贩烤的番薯吃,却品不出一星半点当初的味道。

朱元璋也有过这种体悟。他做了皇帝,吃腻了山珍海味,忽然想起化缘时在一位老婆婆家喝过的"白玉翡翠汤"美味无比,便唤御厨煮来端上。御厨绞尽脑汁,使尽浑身解数,试过各种佐料,仍没法真切还原朱皇帝当年的那种感觉。很简单,朱元璋以前只是一个风餐露宿、浪迹江湖的穷和尚,经常饿得肚皮贴牢脊梁骨。在那种境地,豆腐青菜熬成的汤,也绝对是龙肝凤髓了。

此一时,彼一时,感觉自有天壤之别。

其实啊,我一直念想的,不是番薯本身,而是那段青葱岁月,尽管随着生活品质的提高,番薯被做成了精包装的休闲保健食品,也登上了高档酒店的餐桌。这是一种很纯粹的情结,然无非由于现实与自己一贯的价值取向互不切适,便企图从厚重的历史积埃中找回曾经熟悉的生活状态,并让这种生活状态渐次凸显、扩大,甚至替换当下,却全然忘了时间是一部过滤器,留下的仅仅是自己潜意识中认可的东西。因此,努力终究归于徒劳,反而增添了怀旧的程度,陷入循环往复的虚无轮回而无法自拔,只好喟然长叹。

蝉　鸣

周而复始，又到了蝉鸣的季节。

夏天，就数蝉任性。每日里，从晨曦初现，到繁星满天，它们一个个铆足劲地叫。奇怪的是，天越热，叫得越欢，真怀疑它们哪来这么大的能量。不说响遏行云，也够得上声振林木，有穿透力。枝繁叶茂，即使阳光被肢解得支离破碎，声响照样透过来，如水银泻地，无孔不入。一般情况下，这声响不会引人烦躁。掇一把躺椅，捧一本闲书，坐着，歪着，躺着，随便翻上几页。在这絮絮蝉鸣中，清风如扇，睡意如烟。

以蝉为题的古典诗词中，唐代淳安人方干的"蝉曳残声过别枝"最别出心裁。其他诗人光摹其声，方干却赋予十足的动感。一个"曳"字，扣住受了惊吓的蝉在飞逃过程中的独特状态，与"残"一起，营造出一种孤凄、冷清的意境，寄寓了诗人对浪迹江湖、怀才不遇的身世之叹。还有一句诗名气也挺大，"蝉噪林逾静，鸟鸣山更幽"，出自南朝诗人王籍的《入若耶溪》。人们一般都推崇其以动衬静的手法为"文外独绝"。我以为，这样解读过于肤浅。王国维说，"一切景语皆情语"。诗人并非只做客观描述，而是融入了自己深刻的主观感受。结合上下文语境，我们不难觉察到诗人的心理活动轨迹："我"将归隐林泉，以坚守内心的孤独；"蝉噪"也罢，"鸟鸣"也罢，无非是官场上那些狗苟蝇营、争权夺利的小人的聒噪，反显出"我"人格的高洁，"我"只在乎"静"，在乎"幽"。西哲但丁说："走自己的路，让别人去说吧。"理同，意趣不同，王籍的含蓄隽永,但丁的直白犀利。

我对蝉的喜欢,是打小时候就开始的。

六月初,如果察看仔细,便会发现河边、屋后的榆柳根部经常露着几个手指大小的洞,洞壁比较光滑。顺势寻去,对应的枝干上往往攀附着一只两只黄中带绿、绿中夹青的虫,这便是刚从地下爬出来的蝉,还沾着些未曾干透的泥。它正竭力挣出壳来,露一半时为青黑,全部钻出后便为纯黑,而且发亮。这需要一段时间,而这时的蝉毫无抵抗力,一旦遇上天敌,只能束手就擒,呜呼哀哉。我呢,毫不客气地将蝉捉来,玩上个大半天。蝉弃下的壳,透明,玲珑,无论头眼身足,都纤毫毕现,简直是一件用金箔打成的精美绝伦的工艺品。它还可以入药。李时珍《本草纲目》记载:"蝉乃土木余气所化,饮风吸露,其气清虚。故其主疗,皆一切风热之证。古人用身,后人用蜕。大抵治脏腑经络,当用蝉身;治皮肤疮疡风热,当用蝉蜕,各从其类也。又主哑病、夜啼者,取其昼鸣而夜息也。"几天后,蝉蜕积得多了,便拿去中药铺换些小钱,以解三日之馋。

再过些日子,蝉就彻底自由,尽情唱歌了,想抓也不容易。

但仍有办法应对。人类千万年积蓄起来的智慧,与蝉,能谈论什么性价比?找一段二三十厘米长的铁丝,弯作圈,绑在细长竹竿的顶端,再在圈上扎个塑料袋,便约上几个伙伴,"雄赳赳,气昂昂,跨过鸭绿江……",蹑手蹑脚地来到楝树、柳树底下,屏息,循声,瞅准,把竹竿悄悄伸往停在高枝上的蝉的身下,轻轻一磕,蝉立马掉进袋中,爆出一阵绝望的窸窸窣窣,任它十八般武艺再强,也逃不出"如来佛"的手掌心。伙伴告诉我,铁圈上缠了蛛丝也能捉到。我没试,怕不牢靠。蛛丝太轻飘,哪禁得起蝉的死命扑腾?

捕蝉是技术活,心理素质不过硬,或动作不稳当,往往马失前蹄。蝉凄厉一叫,一泡尿洒了下来,在你惊诧、尴尬地擦拭之际,早掠过树梢,杳无影踪了。在这方面,楚国的承蜩老人算得上个中翘楚。《庄子》中讲了这么一个故事。孔子前往楚国,路过一片树林,发现有个驼背老人正在捕蝉,动作之熟练,简直是探囊取物。孔子好奇地问老人是否掌握了高超的技艺。老人说:

"吾处身也,若厥株拘;吾执臂也,若槁木之枝;虽天地之大,万物之多,而唯蜩翼之知。吾不反不侧,不以万物易蜩之翼,何为而不得?"孔子深受启发,并告诉他的弟子们,要成为行家里手,必须做到"用志不分,乃凝于神"。

捕蝉也是苦活。烈日下,赤着膊,光着脚,还得眼观四路、耳听八方,雷达一般在树影间来回扫描。没几天,浑身上下黑里透紫,与北京烤鸭有得一拼;肩上、背上的皮肤一小片一小片地打卷,又白又薄,能揭下来。如果做不到全身心投入,就断然体悟不到其中的快乐。在旁人眼里,老头老太麻将搓得昏天黑地,废寝忘食,苦!然而,他们"清一色,和啦!""海底捞月!"乐此不疲。我们也一样,三五成群,像老练的游击队员出没于莽莽原始丛林,还时不时地小声吵闹着谁捉得多谁捉得少。人不知而不愠,不亦君子乎?

别看蝉这么穷叫唤,等到秋风起、白露生,就精神不起来了,所以有了"噤若寒蝉"这个成语。事实上,蝉的生命历程长着呢。蝉生来擅长搞"无间道",一从卵里出来,即刻钻入土中,坚决执行"潜伏"这一重大使命,通常要经历三年五载。北美有一种蝉,地下工作时间更长,非要过十七个春天才肯抛头露面。这叫十七年蝉。终于到了那么一天,自以为道行圆满,于是脱胎换骨,飞上最高枝,"知了——知了——",一个劲地显摆:上下五千年,纵横九万里,哪有不知了的事?

去年到丽水莲都,游罢古堰画乡,恰值华灯初上。朋友盛情招待,山肴野蔌,杂然而前陈者也。大家谈兴正浓,服务员又端上来一盘菜,黑咕隆咚的。

朋友笑道:"放心吃。这可是这儿最有名的特色菜,两百多块钱一份哪。"说着,夹起一块放入口中,嚼得津津有味。

我小心翼翼地挑上一块,凑近了仔细打量:"这不是知了吗?怎么做成菜啦?"

"是啊,油爆知了,蛋白质含量多。"朋友大快朵颐,继续聊道,"这儿专门有人到乡下收购,需求量大的时候,每斤要两百多块钱呢。没办法,丽水人好这一口,听见知了叫就馋得不行。怎么做?简单,掐掉头和尾,油炸、椒盐、红烧,花样挺多,就看厨师本事。"

　　回家上网一查,方知将知了做成美味并非丽水人的专利。汉代大儒郑玄注释《礼记》时说:蜩,蝉;范,蜂,"皆人君燕食所加庶羞也"。蜩,即蝉,知了。北魏《齐民要术》介绍更详细:"蝉脯菹法:搥之,火炙令熟,细擘,下酢。又云:蒸之,细切香菜,置上。又云:下沸汤中,即出,擘如上。香菜蓼法。"中国人讲究吃,有"民以食为天"的古训,而且食不厌精,脍不厌细。"一言九鼎""问鼎中原"中的"鼎"特指国之重器,代表江山社稷、国家命运,可谁晓得它最初不过是用来煮东西吃的青铜炊具。如此看来,丽水人将知了大快朵颐自在情理之中,我则少见多怪。

　　蝉,生在这个讲究吃的国度,算是它命中注定的不幸。

　　然而,还有比蝉更加不幸的人物。

　　骆宾王,义乌人,唐代诗人,与王勃、杨炯、卢照邻并称初唐四杰。他出身寒微,却早慧,七岁时就创作出后来妇孺皆知的《咏鹅》诗。武则天当政时,天生一副侠骨的骆宾王多次上书讽谏,终被势利小人捏造罪名,打入大牢。诗人的不幸换来文学的大幸,《在狱咏蝉》从此诞生:"西陆蝉声唱,南冠客思深。不堪玄鬓影,来对白头吟。露重飞难进,风多响易沉。无人信高洁,谁为表予心?"同类诗中,论技巧,这未必胜过方干、王籍;论思想,则当之无愧地独占鳌头。骆宾王借蝉的"声以动容,德以象贤"来自喻"洁其身也",但是,"露重飞难进,风多响易沉",在波诡云谲的朝堂上,人微言轻,更"无人信高洁",只得茕茕孑立,形影相吊。古人常把蝉比作美好的事物,如蝉鬓、蝉联、君子等。郭璞有《蝉赞》:"虫之清洁,可贵惟蝉。潜蜕弃秽,饮露恒鲜。"陆云《寒蝉赋》也认为:"至于寒蝉,才齐其美,独未之思,而莫斯述。夫头上有緌,则其文也。含气饮露,则其清也。黍稷不享,则其廉也。处不巢居,则其俭也。应候守常,则其信也。加以冠冕,取其容也。君子则其操,可以事君,可以立身。岂非至德之虫哉?"在狱中的骆宾王看来,蝉就是自己,自己就是蝉,两者际遇类似,灵魂尤为契合。这诗全然达到了物我一体的境界。

　　我不吃油爆知了,并非胃口不好,实在是出于对命运多舛的蝉的情感投射。蝉,渺小得不值一提的生命,已存在于这个星球漫漫不知几百万年。在这"物竞天择,适者生存"的残酷世界,它们付出的是人类无法想象的代价。一截树枝,一片清凉,就成了它们心满意足的家园。它们吮着树的汁,吸着叶的露,获得一丁点的恩惠就心满意足,却要时时处处警惕各种包括人类在内的天敌明的、暗的威胁。令人欣慰的是,它们始终那么开朗,不以物喜,不以己悲,从不理会什么是忧愁,什么是烦恼。一到暑气蒸腾的季节,它们就用响亮的歌声,竭尽全力地宣示着自己的精彩生命以及生命的全部意义。

当微风在树叶上悠悠地荡着秋千,当黄昏悄无声息地从西边地平线上齐步走来,当一弯新月在浮云浅处若隐若现,我,独自一人,走在马路边,走在田埂上,听着远远近近的蝉纵情鸣叫,声音时高时低,时断时续,此起彼伏,清纯自然。我相信,无论谁,都会觉得那是真正的天籁,并油然而生一种与大自然浑然一体的美妙感觉。

长处的背后是短处

　　一般来说，谁都希望自己长处越多越好，短处越少越好。但是，如果以长处为恃，由自豪渐而自负、自狂，目中无人，就极可能遭受挫折。《战国策》中有个"南辕北辙"的故事，说有个人"马良""用多""御者善"，即马匹好、盘缠多、车夫技术高，出行不可谓不占尽优势，然而"方北面而持其驾"，则"此数者愈善，而离楚愈远"。长处与短处，这一对矛盾体并非永远不变，它们在一定条件下总会向着各自的相反方向转化。"尺有所短，寸有所长"的确是金玉良言。

　　即使同一事物，不同的人看来，也有长短之异。庄子与惠子喜欢抬杠，一见面就逗口舌之能。惠子说："吾有大树，人谓之樗。其大本拥肿而不中绳墨，其小枝卷曲而不中规矩，立之涂，匠者不顾。"庄子回答："何不树之于无何有之乡，广莫之野，彷徨乎无为其侧，逍遥乎寝卧其下。不夭斤斧，物无害者，无所可用，安所困苦哉！"惠子仅从主干"拥肿"、小枝"卷曲"的外观而断定高大的樗树毫无用处，被匠人弃之一边；庄子却认为樗树正因如此，生长在广漠的原野上，既不会被砍伐，又不会被伤害，自己更能够优游安闲地行卧于树下，一点也不感到困苦。

　　历史上，因"长处"而受累无穷的悲剧不胜枚举。

　　项羽好勇，与刘邦相比，简直是老虎舔蚂蚱。项梁责备他学书不成，学剑又不成。项羽却认为"书""剑"乃雕虫小技，不值得学习，立志要"学万人敌"，后来果然"长八尺余，力能扛鼎"，令吴中弟子惧惮万分。可惜这只是匹夫之勇,在"宁斗智"的刘邦面前却处处吃瘪,以致困于垓下,四面楚歌,徒向美人嗟叹"力拔山兮气盖世,时不利兮骓不逝。骓不逝兮可奈何,虞兮虞兮奈若何",最后自刎于乌江,临死还怅怨自己"身七十余战,所当者破,所击者服,未尝败北,遂霸有天下。然今卒困于此,此天之亡我,非战之罪也"。

袁绍好谋,这是连一代枭雄曹操都不得不承认的事实。他手下如审配、逢纪、许攸等都是一等一的谋士,其人才数量不说包举宇内,囊括天下,至少也占当世的十之六七吧。然而,袁绍深以为傲的"好谋"一而再,再而三地过了头,终于沦为优柔寡断。郭图说绍"迎天子都邺",沮授谏绍"(颜)良性促狭,虽骁勇不可独任",田丰劝绍"曹公善用兵,变化无方,众虽少,未可轻也,不如以久持之",袁绍一概"不许""不听""不从",甚至因最宠爱的小儿子生病而贻误大好战机。结果,虽虎踞冀州、拥兵百万、猛将如云,官渡一战却被曹操以少胜多,落得个兵败如山倒,一蹶不振,彻底退出政治舞台。

李煜好词,在词的发展史上留有浓重一笔。王国维在《人间词话》里评论道:"词至李后主而眼界始大,感慨遂深,遂变伶工之词为士大夫之词。"然而李煜的失国、丧身全是自己一手造成。他置国家的内忧外患于不顾,经常与小周后恣意调情,并且还要写出来,"画堂南畔见,一晌偎人颤。奴为出来难,教君恣意怜"。他被俘至大宋东京以后,终日以泪洗面,一句"故国不堪回首月明中",让太宗赵光义起了杀心,赐下牵机药。这药的毒性绝对猛烈,李煜服下后,腹中剧痛,全身抽搐,最后竟像虾米似的蜷曲成一个圈,死状惨不忍睹。

有时候,一个人有了长处,即使处处隐忍退让,仍旧会被人算计,丢了性命。历史上,因功高震主而招致杀身之祸的惨剧不计其数。韩信何等英雄,出井陉,战霸王,置之死地而后生,然一旦天下安定,吕后和萧何就设下圈套,诱骗他至长乐宫的钟室,以谋反罪杀之。徐达何等睿智,统率大军北上,横扫敌军如卷席;大明江山一建立,他又马上急流勇退,以为这样做就能够安享晚年。相传朱元璋偏偏趁徐达背上发疽,命人送上蒸鹅一只。徐达知道,发疽之人最忌吃蒸鹅,食者必死,但"君要臣死,臣不得不死",只好含泪吞下,当夜暴卒。俗话说,"朝里宰相比不上棚里猪羊",就因为臣子长处太"长",比帝王还"长",这还了得？于是，"人无伤虎意，虎有伤人心"，为保千秋万代国祚永续，哪个帝王容你一直"长"下去？"飞鸟尽，良弓藏；狡兔死，走狗烹"，没有重重跌过跟头的智者绝对发不出这等激烈的感慨！

曾在《读者》上读到一则故事。"二战"期间，盟军俘虏了一名德军学者，想从他嘴里掏出点有用的资料，却使尽各种办法均不见效。后来，盟军打听到这位学者办事特别认真，容不得别人出半点瑕疵，如有发现，便毫不留情地加以指正。盟军计上心来，提审他时，故意让他经过一间教室。教室里，一位老师在上课，讲的就是德军学者不肯坦白的技术，当然，错误百出肯定是情理之中的了。第一天，德军学者听到了，眉头紧锁，忍住了；第二天，他听到了，伸头往教室里打量，看谁在胡扯，却欲言又止；第三天，他听到了，实在忍无可忍，终于不顾一切地冲进教室，推开老师，大吼道："应该是这样的……"故事很有趣，盟军打破思维定式，不像对付普通敌人那样，利用他的短处来瓦解他的意志，而是抓住他完美主义者的特点，一击中的，取得了意想不到的效果。这位德军学者做梦也没想到，他的长处会成为他意志力的溃堤之穴。

智慧的人往往善于韬光养晦，即《孙子兵法》所讲的"能而示之不能"，把长处严密遮掩起来。这方面，做得最决绝也最成功的首推勾践。想当年，吴越争霸，勾践战败后，多次派大臣文种入吴，膝行顿首，告知吴王，"勾践请为臣，妻为妾"，希望"赦勾践之罪"。赵晔《吴越春秋》还记载："吴王病，勾践用范蠡计，入宫问疾，尝吴王粪以诊病情。"能屈能伸到这个份上，可不是所有男子汉大丈夫都做得到的。当然，韬光养晦的目的并非一直将孙子装扮到底，而是示之以短，图之以长，先把拳头缩回来，好再用力打出去，给敌人致命一击。勾践不动声色，通过十年生聚，瞅准时机，灭掉吴国，终报大仇。

所以说，一个人有了长处，真不必担心锦衣夜行，要拿出来卖弄。利用不当，长处也就变作短处。好像一片树林，那些长得高大茂盛的，最容易罹受斧斤之祸；又像骄傲的孔雀，当翘起五彩斑斓的尾巴炫耀时，不经意间也把丑陋的屁股给"大白于天下"。

简单的价值

简单问题复杂化，搞得玄而又玄，让人不明就里，这是空谈家的看家本领。复杂问题简单化，三言两语便切中要害，使人一目了然，则是实干家的拿手好戏。

国外一家企业生产的圆珠笔销路不好，时间一长，钢珠磨损严重，油墨都渗了出来，大大影响书写效果。为此，企业投入重金，请来许多专家集体攻关，假设、验证、修正，步步严格把控，进展却仍不理想，让人一筹莫展。然而，一位普通员工只用一个极简单的方法，就彻底解决了这个难题——做短一截笔芯，以保证钢珠磨损到一定程度时刚好用完油墨。凭此，企业不但走出困境，而且拓展了市场。

还有一家国外企业，生产牙膏的。董事长召开员工大会，商讨摆脱企业困境、扩大营业额度的措施。就在众人激烈争论的时候，有位员工对董事长说："我有个建议，可以使销量立即大幅增长，不过，你得先付我七万美元报酬。"董事长考虑再三，签下了支票。员工说："我的建议是，将牙膏口子放大一毫米！"别人不服气，说，这么简单，哪里值七万美金？董事长解释说："这么简单的方法，你们想不出，他想得出，这就是他的高明。这报酬，值！"

更早些年代，哥伦布跟人家打赌——把鸡蛋竖起来，也是以简单战胜复杂的佳例。想当年新大陆一发现，哥伦布立刻成了西班牙的国家英雄，然而有些贵族讥笑他纯属侥幸，瞎猫逮着死老鼠，那块大陆本来就在那儿，谁去都能遇到。哥伦布拿出一个鸡蛋,问道:"谁能把鸡蛋竖起来?"大家绞尽脑汁,可无论怎样努力尝试,鸡蛋始终卧在桌面上。哥伦布不动声色,将鸡蛋的一头往桌上轻轻一磕,就稳稳地站直了,然后说道:"我能想到你们想不到的,这就是我胜过你们的地方。"再口若悬河的雄辩,也比不上这个竖鸡蛋游戏内涵的分量,可谓四两拨千斤。我们往往把困难想得过于复杂,怕挂一漏万,造成无谓的损失;对简单的应对方法,反而将信将疑,进退狼狈,结果,非但没解决问题,反而使情况更加糟糕。

其实,由简入繁容易,由繁入简不易。老子的《道德经》说:"万物之始,大道至简,衍化至繁。"大千世界纷繁复杂,很难参悟,关键在于我们"看山是山,看水是水",光停留于事物表面,无法深入其中,准确把握本质属性和必然规律。不妨倒推着来看,六十四爻生于八卦,八卦生于四象,四象生于两仪,两仪生于太极,追根溯源,万事万物无非尽源于一条简简单单的阴阳鱼。智者阐述深邃哲理的时候,并不高谈阔论,而是巧妙借用一些常见的故事、寓言等,让人醍醐灌顶、茅塞顿开。庄子、孟子、荀子、韩非子都是这方面的行家里手。一个水分子,由一个氧原子和两个氢原子构成,它可以是液体,可以是气体,可以是固体,空中、地面、地下到处可见。为什么我们常说"一滴水也能折射出太阳的光辉",就因为看似简单的物象之中蕴藏了天地至理。

什么叫简单?就是以最便捷的方法,创造出更多更优的效益。从这个意义上说,简单不等同于敷衍,也不等同于粗暴。敷衍容易塞责,粗暴易招来祸患。而简单则近乎"道",包括"天道",即客观规律,包括"世道",即社会常态,也包括"人道",即人的本性。想真正进入"大道至简""大音稀声""大象无形"的境界,肯定得有大智慧、大魄力。

弘忍法师打算传人衣钵,便命众弟子作偈,以备查考。大弟子神秀苦思冥想,凑成这么四句:"身是菩提树,心如明镜台。时时勤拂拭,莫使惹尘埃。"弘忍觉得神秀念想太多,什么菩提树,什么明镜台,什么尘埃,还得时不时地打扫,哪里契合佛家的"四大皆空""六根清净"?烧火和尚慧能大字不识一个,也吟了四句请人抄在墙上:"菩提本无树,明镜亦非台。本来无一物,何处惹尘埃?"看,这便是大智慧,这才真正触及了佛的法门、禅的核心:一切皆由心生,只需敬,只需诚,只需安静思考,不受外界诱惑,便可顿悟,便可成佛,又何必磨砖成镜,受制于繁文缛节?

《北齐书》记载了这样一个故事:"高祖尝试观诸子意识,各使治乱丝,帝独抽刀斩之,曰:'乱者须斩!'"说的是南北朝时,北齐高祖高欢有好几个儿子,不知谁最聪明、最有才能,于是命人取出几团乱麻,分给每个儿子各自理顺一团,看谁理得最快、最好。高洋年纪最小,却并不急于动手,而是拔出刀来,喝道:"乱者须斩!"干脆利落地剁碎了乱麻。看,这便是大魄力,在决定自己政治命运(多半连带人的生命)的关键时刻,高洋不按套路出牌,把"乱"字的意思从"杂乱"转换成"叛乱",当机立断,选择一种最直接、最彻底的方法来解决。高欢因此特别赏识这个儿子,认为他处理复杂问题简明、果敢,是可造之才。后来,高洋果真建立北齐,励精图治,世人称之为"英雄天子"。

人的精力总是有限的,物质欲望多了,复杂了,对自我的修行必然弱化、异化。反之则不然。清人彭端淑讲过一个发生在四川边远地区的有趣故事。富和尚计划朝圣普陀,但想得太多,这要准备,那要准备,行装必然成捆成堆,需"买舟而下",结果过了数年仍未出发。穷和尚则简简单单,"一瓶一钵足矣",第二年便从普陀回来了。孔子之所以盛赞颜渊"贤哉",就因为"一箪食,一瓢饮,在陋巷,人不堪其忧,回也不改其乐"。所以,对简单的追求,其实体现了人们对返璞归真的一种姿态,一种践行,一种格局。如果忘了做人的初衷,贪图享乐,必定导致腐化堕落,比如执政后期日益昏聩残暴的高洋。

社会进步与追求简单也有紧密联系。错综复杂的关系总导致社会资源的平白浪费,社会成本的无谓提高。比如信息技术高速发展,给社会的方方面面带来巨大变革:出门,滴滴打车;消费,微信、支付宝一刷即可;查找资料,随时上网搜索。以前行政审批,需要申请者辗转各个相关部门,有时差点跑断了腿,事情还没办成。现在,政府倡导"最多跑一次",大幅度削减过多的、不必要的管理环节,既方便群众,又让工作人员备感轻松,实现双赢。这些无不证明,社会的持续进步某种意义上该归功于"简单"。

　　哲学家梭罗说得好："当你简化你的生活，宇宙的法律将更加简便；孤独不会孤独，贫穷不会贫穷，也不虚弱无力。"简单是人最好的修行，也是一种高尚的生活方式。若要成就一番事业，我们不能老想着怎样做大，怎样产生轰动效应，而是要抛弃杂念、澄滤心灵，老老实实地从简单做起。

消除心魔

昨晚睡得正香,手机短信提示音突然响了,摸过手机来看,是徒弟发的。他说:"头昏,老睡不着,乱得很!"再看时间,0点50分!这么晚了,什么事啊?我回了短信:"不急的话,明天谈,行吗?"徒弟回复说:"不急,明天吧。打扰了。"

一早就去他办公室,他不在。有人告诉我:"你徒弟这几天心情不好。"

趁中午有空,我约他出来。

他一脸憔悴,双眉之间隐约有掐出来的红印痕。他低声叹道:"工作压力太大。总想把事情做好,做圆满,却总做不好;一做不好,就心急,恨自己想不出更好的办法。这几天一直昏昏沉沉。很简单的东西,平时随便一想就能想出来,随便一说就能说清楚,现在脑子一片空白,快成豆腐渣了。"

我沉吟半晌,安慰道:"心急,日子这样过;不心急,日子也这样过。心急有什么用?反而扰乱心智,碍手碍脚。想做好事,说明你肯上进,有担当;可一旦过了头,背上了包袱,就容易变成坏事。你是个完美主义者,而完美主义者特别苛求自己,不许产生一丝一毫的差错,因而瞻前顾后,患得患失,很在乎别人的评价,活在别人的舌头上。遇上不称心的,就一味责怪自己,结果造成心理阴影,工作越加不顺利。我们要做理想主义者,有一个明确的前进目标,并朝着目标坚持走下去,义无反顾。他跟完美主义者的区别在于:他会主动调整心态,努力去适应环境,改变环境,即使失败,也能及时总结教训,找出最适合的对策。一句话,就是面对现实时态度的不同!"

他没吭声,仍低着头。

"也许这样的言论太空洞了。"我想。于是换了个话头,"来,咱们轻松一下,讲个小故事吧。有个女人,太追求十全十美,眼里容不得沙子,现实又无法令她如愿以偿,因此非常苦恼。情况越来越严重,她只好去找心理医生求助。接待她的是一位老医生,须发斑白,医术精湛,德高望重。他让女人坐下,耐心听她絮叨,但始终没搭腔,等女人不再说下去时,才伸手给她搭脉。咨询室里非常安静,简直听得见彼此的心跳。忽然,女人听到了一种声音,一种非常不雅的声音——老医生放了一个屁!女人惊讶地望了老医生一眼,却见老医生神情自如,好像什么事都没发生过。女人站了起来,笑着说:'谢谢医生,我明白了!'转身走了出去。她明白了什么?人非圣贤,孰能无过?这么个老医生都有'不雅',何况普普通通的自己。她豁然了,也坦然了!"

徒弟说:"可我很想做好工作呀。"

我劝说道:"刚参加工作,经验不足,成绩上不去,很正常。谁不从一穷二白开始?跟你一样,我起初也什么都不懂,盲子摸索在稻田里,结果学生考出来的成绩把我吓了一大跳!我告诉自己,无论如何必须每天问自己:第一,你努力了吗?第二,你进步了吗?我不跟别人比,只与自己比。通过努力,能在原有基础上有了提高,即使一小步,也好好吃饭,好好娱乐,好好睡觉!再说,与其一天到晚眼里心里填满'工作'二字,纠结自己如何不好,倒不如上街逛逛,看看名牌服装,尝尝可口零食,或者找几个伴聊聊天,或者到郊外玩玩,上公园转转,自得其乐。你呀,木匠带枷,自作自受。这副枷,你看不见,但感受得到,而且很沉,一时半会还拿不下来。"

徒弟点点头,说:"师父,我有救吗?我不想再这样下去。"

"人生刚开始,说什么'有救''没救'?不想这样过下去,就换种方式。看,外面阳光多好!"我说。

教育是一项阳光工程,教师需要一种阳光心态。如果教师自己也敏感、抑郁、偏执,死钻牛角尖,解脱不得,就是有了心魔,这将带给学生多大的负面影响？别以为学生察觉不到，他们其实非常敏感，能从蛛丝马迹中窥探出你煞费苦心遮掩起来的真相。当然，这样的教师往往责任心强，但由于各种因素干扰，又控制不住局面，极易生出强烈的挫折感、失败感。开头可能才一点点，然而没及时调整，及时宣泄，日积月累，情况自然越来越严重，弄到最后心力交瘁，苦不堪言。

徒弟说："给我一段时间，我试试看。"

"行！"我说。

看着他年轻而略显伛偻的身影，我有些心疼。人真的很脆弱，像风中的芦苇。每个人无一例外地渴望成功，但真正成功的又有多少？即使成功，也必定要经历一个漫长的过程。

仰望宇宙，宇宙如此辽阔，以致我们生出许多莫名的迷离与恐惧。宇宙中，有肉眼看得见的普通物质，也有肉眼看不见的暗物质，更有精密仪器也很难观测到的反物质。物质与反物质是等量存在的。如果把成功比作"物质"，那么，失败就是"反物质"，两者相遇，轰然一声巨响，便立刻释放出巨大的能量。同样，人的情绪积蓄到了一定程度，总要猛烈爆发出来。因此，人要认清自己，善待自己：一方面，巧妙制造"物质"与"反物质"相遇的机会，争取从失败走向胜利；另一方面，看淡一些，学会合理宣泄。我们都是吃五谷杂粮长大的人，何必苛求完美无缺？每当不经意间回过头来，总会发现，这个世界多么阳光灿烂，而所谓的阴霾不过是一段段狭长的影子罢了。

人生不可能一马平川、步步生莲。崎岖坎坷，令我们不时摔跌；宛转屈曲，又让我们丛生迷惘。明明鲜花盛开、姹紫嫣红，想过去摘一朵，却发现小路尽头还隔着一片莽莽荆棘；明明橙黄橘绿、香气四溢，想过去摘一只，却发现横亘着的大河上根本没有一叶悠悠扁舟。可我们知道，这一切，都是在考验和砥砺我们的意志。我们要做的，只是静下心来，不断反省，不断选择。一味萎靡不振，必将导致机会的丧失！天上是不可能掉馅饼的，然而万一掉呢？毫无准备的话，唯有两个结果：一是馅饼被人抢走，二是被馅饼砸死。如果怀一份美丽的希望，决不因漫天风雪而堕落，那么，春的温馨、夏的蓬勃、秋的绚烂终将次第而来。所以,黑夜降临的时候,我们枕戈待旦;即将出发的时候,我们秣马厉兵;困惑不解的时候,我们程门立雪;遭遇挫折的时候,我们卧薪尝胆。唯有如此,才能创造世间精彩,享受幸福人生。基督山伯爵告诉我们:"我心爱的孩子们,你们要快乐幸福地生活下去,而且永远不要忘记,在上苍为我们揭示未来之前,人类的所有智慧就包含在这两个词里——等待与希望。"

真的希望这位教师能尽快消除心魔,重新开朗、快乐起来。

回归自然本色

我以为，人与大自然的理想关系，是"天人合一"。作为大自然的一分子，人本就与大自然一体，无分彼此。面对浩瀚无垠、博大精深的大自然，人小如芥籽，简直不值一提，却总摆出一副臭架子，好像一只蚂蚁，费尽九牛二虎之力爬到大象背上，挥舞着它那细胳膊细腿，趾高气扬地嚷嚷："我征服了全世界！"并开始斧斤相加，东挖个洞，西挖条沟，东砍棵树，西抓条鱼，害得大自然伤痕累累。

"行到水穷处，坐看云起时"，这是何等境界！无一分刻意雕琢，无一分矫揉造作，只用洗尽铅华的言语，表现一种返璞归真的禅趣。淡淡日光下，沿着山溪，信步前行，但见白云潺潺，岩上轻逐，水声潺潺，涧中漫流，内心的杂念即刻荡然无存。困了，累了，随地坐下，"我欲醉眠芳草"。

这便是人的本色，深契大自然的真谛。

狼果，原产于墨西哥、秘鲁等地，浑身上下散发着一股难闻的气味，连印第安人都望而却步，以为与蘑菇一样，越漂亮，越有毒，只有狼才敢吃。直到17世纪，一位法国画家实在抵御不住狼果的艳丽诱惑，冒着生命危险尝了一个，然后静静地躺在床上等死。一天过去了，他发现自己竟然没死，反而觉得狼果的味道特别好！于是，狼果无毒的事实迅速传遍全世界，狼果成为人们非常熟悉的一种蔬菜——西红柿。这说明，我们不能凭自己的好恶和想当然来考量万物，必须顺应天道，回归自然本色。

但要做到这一点,心态是一个绕不开的关键。无论谁,不会永远事事顺利、处处得意。当你面朝阳光,发出"生活多么美好"的感慨时,身后总拖着一条阴影;尽管不易觉察,但它客观存在着,抹也抹不掉。所以,我们应该时刻保持良好的心态,得也怡然,失也坦然,成也欣然,败也释然。毛泽东曾打趣道:"牢骚太盛防肠断,风物长宜放眼量。"美国总统罗斯福家里遭窃,朋友去信安慰,劝他不必在意。罗斯福回信道:"亲爱的朋友,谢谢你来信安慰我,我现在很平安。感谢上帝,因为:第一,贼偷去的是我的东西,而没有伤害我的生命;第二,贼只偷去我部分东西,而不是全部;第三,最值得庆幸的是,做贼的是他,而不是我。"如此一想,心态便波澜不惊了。

心态调整不好,就无法面对纷繁复杂的世道。东坡先生任职瓜州,写了一首小诗,以表达自己官场失意了,心态却依旧平和:"稽首天中天,毫光照大千。八风吹不动,端坐紫金莲。"然后让书童把诗送给江对岸金山寺的好友佛印。佛印看后,批了一个"屁"字,送还东坡先生。东坡先生很生气,过江来找佛印理论。佛印道:"你不是'八风吹不动'吗?怎么一个'屁'字就轻易把你吹过江了?"好在东坡先生很洒脱,一笑了之。他一生坎坷,却始终未改高远淡雅的心态。被贬蛮荒之地岭南,他不似韩昌黎那样绝望,"知汝远来应有意,好收吾骨瘴江边",也不似柳子厚那样浩叹,"城上高楼接大荒,海天愁思正茫茫",而是颇感因祸得福,"日啖荔枝三百颗,不辞长作岭南人"。他随时调整心态,"回首向来萧瑟处,归去,也无风雨也无晴",不也旷达?不也超迈?

保持良好的心态,还得看自己抱持哪种人生态度。安徽桐城有条六尺巷,里面建有清代大学士张英的宅第。他家人与邻居争墙界,相持不下,写信给张英告状。张英回了一首诗:"千里修书只为墙,让他三尺又何妨。长城万里今犹在,不见当年秦始皇。"于是,他家人把墙界后撤三尺。邻居深感其义,亦谦让三尺。双方各退一步,成就了一段邻里佳话。因此,心存芥蒂,必瞻前顾后,患得患失;胸无私念,则坦荡磊落,海阔天空。

曾读到一个故事,很好地诠释了什么叫回归自然本色。寺院后边有块闲地,秋日来临,老和尚叫徒弟去打扫一下。不一会儿,徒弟满头大汗地回来,说已打扫干净。老和尚便去察看，果然，地面纤尘不染，光如明镜。徒弟以为老和尚会好好表扬自己几句，却见老和尚眉头紧皱，一脸怅惘。过了一会，老和尚走到一棵树前，轻轻摇了摇，树叶纷纷落下，掉了一地。老和尚对徒弟说："这才是打扫！"

我时常路过梅园桥，看到护城河西畔一片绿色，既欣慰，又担忧。这是普通的水杉林，蓊蓊郁郁，随地而生，随时而长。树林间杂生着一些叫不出名来的野草，你承你的雨露，我受我的阳光，和睦相处，平安无事。还有几棵树歪向河面，根须大半裸露地表。藤蔓乱爬，有时竟缠上水杉，似乎想与水杉比个高低，也不管水杉愿不愿意。水杉呢，自始至终从从容容，一声不吭，挺直了身子抬头向天。这里，生命在自由成长，并呈现多样化的态势。桥的东面呢？清一色的石岸，没半点野趣，还虎视眈眈地盯着这闹市中最后一抹自然本色。由于四周建筑的挤迫，这片绿色越发羸弱，越发憔悴，像汪洋中的一座孤岛，像风雨中的一朵浮云。我真害怕有一天从桥上走过时，会见到这么一幅景象：水杉林只剩下断枝残叶，狼藉满地，而无数钢筋在龇牙咧嘴，无数水泥在横冲直撞。

在追求现代化带来的种种便利时，我们不应被物欲诱惑，做物欲的奴隶，而要克制自己，留一份本色，创育一种本色之美。

端午的粽子

确实比不上现在这帮小孩的福气大,吃的喝的一应俱全,张口即来。我们小时候没啥好吃的,虽还没达到饥肠辘辘的程度,也仅能骗骗嘴皮、肚皮;真想解馋,只能指望逢年过节跟大人出去做客。这反而使缺吃的印象刻骨铭心。

有人开玩笑说,古代诗人中,屈原最好,最伟大。这并不在于他文学水平多高,《离骚》《九章》《天问》等,晦涩深奥,一听老师要求背诵全文,脑袋立刻"嗡"的一声,一个变作两个大,而在于与他相关的端午一到,就可以吃,可以"白相"。

按我们这里的风俗习惯,端午一般吃"五黄":黄泥蛋、黄瓜、黄酒、黄鳝、黄鱼。黄泥蛋是自己腌的,敞开供应。黄瓜,自留地上随便采,不稀罕。黄酒,也叫老酒,几分钱一瓶。黄鳝也很便宜。有些孩子能干,放了学,几个人一起来到田间地头,掏沟挖洞,运气好的话能捉到十多条,够吃一顿了。黄鱼,分大黄鱼、小黄鱼。这儿靠海,天宁寺西边的鱼行里不要太多哦,买几条吃吃算不得奢侈。

于是,到了端午的中午,熏过艾草,挂了菖蒲,一家人围坐桌前,开开心心,大吃大喝起来。

至于粽子,自己动手,丰衣足食。

粽叶不能选毛竹叶、土竹叶,必须用上等的箬竹叶,很宽,很长,光鲜,香味清爽。买来后，放清水里浸泡一段时间，再洗干净，一张张叠在窗口风干。糯米淘了几箩，白白净净，煞是好看。往往拿赤豆、绿豆、豆板作馅料。经济条件好的家庭会放猪肉，猪肉被切成一寸左右的条状，最好带点肥的。

裹粽子是女人擅长的活计。母亲约了一帮女人，拌料的拌料，裹叶的裹叶。五彩细线在她们手指间绕来绕去，我那时以为这是世上最好看的舞蹈了。不一会，篮里，匾里，粽子便满满当当了。有时她们用线的颜色标明粽子的类别，比如红色表示肉粽，黑色表示豆沙粽，黄色表示豆板粽，绝不搞乱。这份利索，不由人不佩服。她们一边干活，一边嗑闲话，或相互逗乐，经常发出一阵阵笑声。

眼看辰光差不多，母亲将四角分明、鼓鼓囊囊的粽子放入大锅，倒入水，一般以没过粽子又不漫上锅沿为宜，再盖上锅盖，一声令下，由我烧火。稻草虽多，但火力小，容易积灰，需随时往外掏，常常一不小心弄熄了，还得拿吹火竹筒吹，麻烦。棉花秆、油菜秆、蚕豆梗火力旺，但不耐烧。桑树条最好，油性足。木片、竹子也行，但不太找得到。等到灶膛发烫，火轰轰地响，我的脸扑扑地红。

孩子们总是迫不及待，屋里屋外，窜进窜出，叽里喳啦，像一群猴子。他们不时到灶边来听一听，闻一闻，而且不厌其烦地问大人，也问我："粽子熟了没有？"我喜欢做火头军，一给人以勤快的印象，二乃醉翁之意不在酒，近水楼台先得月。烧火过程中，我透过灶头上的小洞，密切关注锅子里冒出来的热气，慢慢地从一丝丝到一缕缕，从一缕缕到一股股。等母亲揭开盖子，用筷子戳了戳面上的几只，如果说"继续烧"，我便往灶膛再塞几根柴；如果说"好了，不用烧了"，我肯定立马跳起来，第一个从锅子里抢出粽子，急忙剥开来，美滋滋地享受一番，尤其当着迟来的小孩的面。母亲见了，假装很生气，提醒道："馋鬼，来煞勿及哩，当心烫！"我很惊讶于那时的胃口怎么这么好，能一口气消灭掉三四只粽子；整个下午都在揉着鼓胀的肚子，即使开了晚饭，面对满桌的菜，也懒得动筷子。

一般灶上两只大锅同时开工。随着劳作进入高潮，雾气也浮满小小厨房,像缭绕的云。我站在中间,仿佛成了天上的神仙,无比快活。

母亲把刚出锅的粽子一一分给帮忙的女人们,也一一分给孩子们,最后才轮到自己,捶着腰坐下来,剥开一只,细细品尝:"嗯,味道不错。"

傍晚,母亲带着我,用篮子装了粽子,给陆续下班的左邻右舍送去。每逢他们感谢、夸奖,母亲总是大大方方地说:"一点小心意。好吃的话,家里还有。"

以后的几天里,无论上学还是"白相",我的口袋里,粽子是断不会缺的,想吃了,摸出来咬上一口。不过,糯米很糯,加上冷,吃多了,容易消化不良。那时,小孩们经常唱着儿歌,取笑那些吃坏肚子的同伴:"吃只冷粽子,屙了一裤子,蹲在毛豆田里换裤子……"

现在大了,老了,没了小时候的那种经历,自然也没了那种心境。况且我对店里(即使是五芳斋)出售的粽子不太感兴趣,横竖一个饭团,米也不糯,馅也好不到哪里去,全是工业化流水线生产出来的东西,只能用来充饥,仅此而已。这不,端午又到了,我未能免俗,买了一盒粽子,早餐吃了一个,便搁在厨房里,再未问津。

脸面的挣与给

人最讲究一张脸。其他身体部位诸如"头脑""手足""眉目""肝胆""脚跟"等也非常重要，缺一不可，还经常拿来打比方，赋予它们重要的意义，但与"脸"相比，就等而下之了。因着这张脸，纵然天塌下来，地陷进去，也得挺直了腰杆！倒不是脸必须长得如何好看，女的沉鱼落雁闭月羞花，男的颜如宋玉貌似潘安，关键是脸代表了人格，代表了尊严。所以有了"人活一张脸，树活一张皮"之说。

问题来了。这脸，究竟是"挣"的，还是"给"的？

有人总寄希望于别人给自己"脸"。存这种心态的人，多半已拱手相让人生的主动权，自己退步在旁，卑躬屈膝，满脸堆笑。韩愈没发迹之前，同样想着让别人来抬举他，然而他毕竟恪守做人的底线。他在《应科目时与人书》中，巧妙地把自己比作"非常鳞凡介之品"，只苦于"穷涸，不能自致乎水"，无法施展才华，还被下三烂之流耻笑，最好有哪个位高权重者能"哀其穷而运转之"，又偏不愿"俯首帖耳，摇尾而乞怜"，这就显出他的不卑不亢，且分寸感极强。

再说，别人是否真的给"脸"，得看给的方式。

《礼记·檀弓下》讲了一个故事。有一年，齐国遭遇大饥荒。黔敖在路边摆了个施粥摊，对一个衣衫褴褛的穷人吆喝道："喂，过来，给你吃的！"那个穷人抬眼说："我就因为不吃嗟来之食，才落到这个地步。"从表面上看，黔敖救穷人的命,不就是赏了穷人最大的"脸"？然而穷人听出了他言辞背后的蔑视与侮辱,宁死不肯出卖自己的人格。

听过一个相反的故事。有位商人路过广场,见一个穷困潦倒的年轻人在卖袜子,顿生恻隐之心,往年轻人摆在地上的帽子里扔下几个硬币。才走出几步,商人忽然回来,弯腰从年轻人的袜子中拿了两双,说:"抱歉,我忘了拿袜子。你是商人,我也是商人,付钱拿物,天经地义！"过了几年,在一次商业宴会上,有个衣冠楚楚的年轻商人找到商人,十分感激地说:"你记得吗？我是清楚记得的,先生,你是当年唯一一个把我当作商人的人。你的话让我觉得,我能像你一样,成为一个成功人士！"这位商人才是真正给别人"脸",给人尊重,大大激发了年轻人奋斗下去的决心。

说到这里,也许换种角度表达会更合适:"脸",不是别人给的,而是自己挣的。

清代诗人郑板桥临终时,非要吃儿子亲手做的包子。儿子流着泪去做了,等到热气腾腾的包子端到郑板桥床前,郑板桥已气绝多时,手中捏着一张纸条,写道:"流自己的汗,吃自己的饭,自己的事自己干,靠天靠地靠祖宗,不算是好汉！"读罢故事,深感郑板桥作为父亲教育儿子的良苦用心。我们应当拿它来作为每个人行为处事的不二法则,只有这样,我们才拥有专属于自己的"脸"。

法国的维克多·格林尼亚出生时一跤跌进百万富翁的家庭,从小娇生惯养,挥金如土,盛气凌人。有一次参加宴会,格林尼亚对一位年轻貌美的姑娘一见钟情,上前搭讪,没想到姑娘冷冰冰地斥责道:"请站远一点,我最讨厌被花花公子挡住视线。"这一下,格林尼亚的"脸"被当众剥尽。好在他经此棒喝,痛改前非。他留下一封信:"请不要探询我的下落,容我刻苦努力学习,我相信自己将来会创造出一些成绩来的。"八年之后,他终于成为著名的化学家。据说他获得诺贝尔奖后收到过一封信,信中只有一句话:"我永远敬爱你！"写信人正是那位曾羞辱他的姑娘。格林尼亚的所作所为,正应了中国的一句古话:"知耻而后勇。"他用与自己的努力程度相匹配的成就,赢得了别人的尊重,给自己长了"脸"。

昨天路过长征桥,发现一个女孩坐在人行道边,头深埋在胸前,好像羞于见人,但看得出来,她十八九岁模样,戴了一副玳瑁色眼镜,像高中生。她用粉笔在地面上写了一行字:"给六元钱吃饭乘车!"我想,这种人,健健康康的,干吗这么营生?体体面面找份活干,苦些累些没关系,完全可以大路朝天,走得风风光光!居然将脸遮住,这就护"脸"啦?行人匆匆而过,很少有人打量一下这个女孩,说明他们的想法与我八九不离十。

人类所有的品格中,最重要的是自尊,最离谱的是狂妄。它们其实是"脸"的不同表征,也是对自己人生的价值判定。自尊源于对自我的清醒认识,它以实力为支撑;狂妄源于对自我的极度膨胀,它以无知为本原。网上近来曝光的保时捷女司机、劳斯莱斯女司机等,之所以怒怼交警、挑战舆情,就是因为她们觉得大庭广众之下丢不起这张"脸",虚张声势,胡言乱语,结果反而颜面无存,被人齿冷三天,成为茶余饭后的笑料。

请财神

　　天色还漆黑一团,"噼里啪啦……""乒——乓——",鞭炮声突然大响,此起彼伏,不绝于耳,仿佛爆炒豆子、油煎盐粒,还不时闪过一道道刺眼的亮光,惹得小区里的汽车报警器拼命叫唤。摸过手机来看,乖乖,北京时间零时整!哦,这新的一天是农历正月初五,财神生日,大家忙着请财神呢,怪不得鞭炮比除夕夜的还响亮,还密集,还长久。人之常情,可以理解。

　　财神应是最受百姓喜欢的神祇了,胖嘟嘟的一脸福相,虽高踞神龛,正襟危坐,却未脱尽人间烟火味,亲和力特别强。

　　据传说,财神分两类,一文一武,文财神比干、范蠡,武财神赵公明、关羽。

　　家喻户晓的,当数赵公明赵元帅。他,头戴铁冠,豹眼环睁,黑脸上胡子密如剑戟,双手各执一支钢鞭、一块元宝,胯下一头威风凛凛的黑虎,与猛张飞、莽李逵属同一类型。《封神演义》描叙道,赵公明原在峨眉山罗浮洞修炼,后下山助商纣王攻打周武王,战殁于沙场,一灵不灭,径往封神台而去,被姜太公封为"金龙如意正一龙虎玄坛真君",统领"招宝天尊""纳珍天尊""招财使者""利市仙官"四大部下,主管人间钱财。按道教说法,赵公明为终南山人,秦代起就隐居深山,精修至道,功德圆满后,被玉皇大帝封作"正一玄坛元帅",简称"赵玄坛"。旧时财神庙和各家供的财神,大多是这位赵公元帅,专门替人除瘟剪疟,驱病禳灾,主持公道,使之获利。

　　关圣帝君关羽关云长能成财神,似乎不可思议。一名武艺高强的战将,冲锋陷阵,遇敌杀敌,遇鬼杀鬼,与钱财有什么干系?书看得多了,才渐渐明白,关公成为财神,大致有三个理由。其一,关公擅长算数,曾发明了日清簿,也就是现在财务上常用的日记账,算是对财务管理做出过贡献。其二,关公的"关",六画,"公",四画,合并起来,就是《易》的第四十卦解卦,也叫雷水卦,而"解"有"化育万物""解困脱危"之意,加上关公原籍解州,真乃命中注定,不信都没天理了。其三,关公讲信用,重义气,这两点历来为做人之根本,也是商家之根本,切合中国传统的道德准则。子曰:"不义而富且贵,于我如浮云。"孔子并不反对发家致富,只是强调一个"义"字,那些违背道义、不择手段攫取的富贵,才会被他老人家视为过眼云烟。后来那些没出息的读书人硬生生"阉割"掉了前半句,只念叨"富贵于我如浮云",并把它作为自视清高的挡箭牌。

说到请财神,礼数是很多的。一般来说,正月初四,刚过三更就得燃放爆竹。祭祀用的牺牲有猪、羊、鸡、鹅、鲤五种。猪、羊多以截取头尾替代,号称"全副猪羊"。鸡、鹅、鲤必须成双成对,讨个好口彩。酒杯要摆五只,叫作"五路财神"。整套流程做下来,基本上分六步:第一步,人和,选定适合自己的一尊财神;第二步,地利,选定安放财神的最佳位置,以顺风水;第三步,天时,选定良辰吉时,以应天道;第四步,开光,一般由功行深厚的法师持印诵咒,以示恭敬;第五步,装藏,仍由功行深厚的法师往神龛内放些专用的法物,使供奉对象具备神力;第六步,安神,将财神请到神龛内坐定,算是正式上岗。如此这般,期待新的一年里能得到财神保佑,日进斗金了。

人民希望过上幸福美满的日子本无可非议,谁会跟钱财过不去?然而,一须心诚,心诚则灵;二须心正,心正则旺。财神爷为何叫"赵公明"?这是有道理的。据考证,祭祀财神源于宋代,原因有三。一是财神业绩优异。宋代商贸业空前发达,财神进入寻常百姓家,享受高级礼遇自然顺理成章。二是与北宋官家同宗同姓。赵公明姓赵,官家也姓赵;赵公明武将出身,官家也武将出身,相似率高,说不定五千年前是一家。三是其名"公明",正蕴含了"公正明达"之旨,做生意,必须讲究货真价实,童叟无欺。这是最重要的一点。其他两个文财神,比干剖心,范蠡献计,哪个不以"忠义"而誉传四海、流芳百世？

　　春秋战国之际，各诸侯国的币制各自为政，刀形、铲形、圆形，花样百出，很大程度上限制了各自经济的持续健康发展。秦始皇一统天下，废除六国钱币，只留下外圆内方的一种，即著名的"秦半两"，携带保管都很方便，更寄寓了深刻的哲理：上承天圆地方之义，下启处世为人之则，凡事要做到外表圆通，和气生财，内心方正，恪守原则。新中国成立初期，民主人士黄炎培送给他儿子的座右铭，就拿铜钱做比喻："事闲勿荒，事繁勿慌，有言必信，无欲则刚。和若春风，肃若秋霜，取象于钱，外圆内方。"

　　有个故事出自明代刘元卿的《贤奕编·警喻》。猩猩特别喜欢喝酒，有人便在山下大路边故意放了大大小小盛满甜酒的杯子，还放了许多双串联一体的草鞋。猩猩聪明，知道这是陷阱。可是，猩猩禁不住诱惑，试着喝了一小杯，发现并没什么异样，干脆换成大杯，一边骂，一边喝，终于酩酊大醉，忘乎所以，相互挤眉弄眼，嬉笑玩耍，还把草鞋拿来穿上。这时，那人跳出来抓捕它们。猩猩吓坏了，赶紧逃跑，谁知被串在一起的草鞋绊住了脚，无一幸免。明眼人都了然，刘元卿明面上写猩猩，暗地里写猩猩似的人：明知贪婪会种下恶果，却心怀侥幸，以为小打小闹不会怎样，结果一步错，步步错，终于滑向犯罪的深渊，等到银铛入狱，才噬脐莫及。

　　眼下，假货、山寨、宰客、坑蒙拐骗屡禁不止。很多人把钱财的多少作为成功与否的唯一标准，这都是"利"在作祟。但凡心怀奸诈之辈，其狗苟蝇营，与财神的服务宗旨根本背道而驰，纵使烧尽高香、磕破脑袋，也无法得到财神的庇护，只能竹篮打水一场空。贵州安顺财神庙的对联写得好，"只有几文钱你也求他也求给谁是好，不做半点事朝来拜夕来拜教我为难"，将那些贪婪之徒好好幽默了一把。请记住国学大师俞樾的至理名言吧："生财有大道，则拳拳服膺，仁是也，义是也，富哉言乎至足矣；君子无所争，故源源而来，孰与之，天与之，神之格思如此夫。"

　　想想也确实，你放完了爆竹，扬长而去，让环卫工替你打扫这满地的碎屑，算哪门子"忠义"？财神见了，肯定气破肚皮。

冬天的早晨

难得一清早开车跑在乡村公路上。

打开车窗，深呼吸，我要好好享受一番田野的空气，虽冷，但足以提神醒脑。入冬以来，整天窝在屋里，虽未曾沦落到"环堵萧然"的地步，毕竟有空调吹，有热茶喝，但还是感到局促，连心也无法完全舒展开来，更别提与刘禹锡"斯是陋室，惟吾德馨"的暗自标榜建立某种意义联系——我没那种格调，也不想拥有那种格调。

好歹老天爷终于发善心，放了一次晴爽。

一路驶去，发现景物与往日大不相同。往日，"悲哉，秋之为气也，萧瑟兮草木摇落而变衰"，一副宋玉笔下惯常的苦腔调。不是吗？路边水杉、河畔杨柳、田埂上的狗尾巴草，在凛冽的北风中，枯萎的枯萎，凋零的凋零，惨淡一片。偶尔出现的小块油菜地、青菜地，也基本成不了气候，反而平添不少凄清，仿佛在告诉人们，大地正在这寒冷的冬日里苟延残喘着。然而现在，白霜，满地白霜，越往远，白得越发纯粹。我几乎怀疑昨晚是否下过一场小雪，急忙抬头看天。天是透明的蓝，静静地高张着，没一丝杂质。

汽车开得很慢，为的是欣赏。

过了于城，转道翁金村方向。路与田野贴得更近，看得便更清楚了些。紧挨路边的，有坑洼，有沟渠，有鱼塘，积着水，无一例外地闪着白光，像镶嵌了一层玻璃，却又没有玻璃那般的光亮。哦，是冻结了的冰。"十万个为什么"

忽然涌了上来：冰该多少厚？捞得起来吗？踩上去不会碎吧？于是,我将汽车停稳在路边,走下去,找了块砖头,用力一扔,"砰",砖头在冰面上磕出个小白点,就"滋溜"滑向了对面。冰,应该比较厚的。

情不自禁地想起自己小时候干过的一件糗事。

那天,下午三四点钟光景,气温特别低,屋上的瓦楞口都垂着一根根冰凌,排成一溜,参差不齐,长的大约超过一尺,短的也两三寸,粗如玉做的春笋,在冬日下一闪一闪,尖尖头还在滴水。掰下来含嘴里,一边幻想着自己享受"正宗"冰棍滋味的场景。

走着走着,发现邻居的露天水缸中结满了冰,便沿缸壁小心翼翼地敲,直到冰块囫囵个地松脱下来,捞出,平放地上。然后,跑进厨房,将火钳搁煤炉上烧红,再迅速拿出去,对准冰块靠边的一侧,"吱"地烫下去。不能太用力,怕稀碎,那样会前功尽弃。这过程需重复两三次,才能弄出一个小圆洞。找根草绳穿上,一手拎着,一手用根细棍子敲,装模作样地学着电影《平原游击队》里的更夫,扯开嗓子喊:"平安无事喽——咣咣,平安无事喽——咣——"

还没走过唐家桥(董家弄底的一座石板桥),身后冒出好几个小孩,笑着,追着。有个小孩特冲动,缠着我要将冰块给他玩。我不肯,并埋怨自己:"唉,瞎叫唤什么,招来这么一帮讨厌鬼。"那小孩脖子一扭,威吓道:"再不给,我就哭啦!"我最怕这小孩哭,他一哭,他母亲立刻变戏法似的凭空出现在眼前,跑得比曹操还快,并且神经质地大呼小叫。我吃过好几次亏,被这女人拖到母亲那儿,一把鼻涕一把眼泪,说我欺负他儿子。我母亲又往往不分青红皂白,顺手操起家伙,先揍我一顿再说。

好汉不吃眼前亏。纵使千万个不愿意,我仍把冰块递给了他,嘱咐道:"小心点,别真敲哦!"

那小孩喜不自胜,抢过冰块,然而"知道——"的"道"字还没全蹦出他的嘴,"啪!"冰块掉地,粉身碎骨,壮烈牺牲,光剩那草绳还在他手中拎着。

"平安无事?哼,倒了八辈子的大霉!"我那个恨啊,牙齿咬得几乎出血!

没办法,"安全巡逻"这一神圣使命尚未完成,万一"有事"怎么办?我满天满地找露天水缸,看有没有结冰。可不是这家没缸,就是那家缸中插了一根木棍(据说能防止冰冻后胀裂了缸壁),做不成冰锣。

不知怎么的,三转两转,我来到盐平塘的河埠头。一看,乐了,河的两侧结满了冰,要多少有多少,敞开了免费供应,但又生出新的愁来。愁什么?岸边都砌着石块,垒成一个个坡度较大的斜面。母亲曾反复关照不许去走去爬,掉水里可不是闹着玩的。每年黄梅季节,总有大人小孩因走这石头斜坡而出人命,我目睹过的。然而,非捞上冰块来不可的强烈冲动魔鬼似的攫住了我的心,我什么也没想,什么也没顾,就一步一步往下挪,费力地弯下腰,伸长胳膊。眼看快要够着了,不料脚下一滑,"扑通",整个人滑进了河里。幸亏棉袄浮力大,一时半会沉不下去。我吓得昏头昏脑,也不知道自己到底怎样爬上岸来的,反正那副样子肯定狼狈不堪,不然的话,唐家桥头的土狗为什么一直追我追到家门口还叫得起劲?教训是:绝不能再说"倒霉"之类的话!

一阵冷风,把我从遥远的追忆中拉回了现实。

公路上,人与车渐渐多了,喇叭声、招呼声、铃声,此起彼伏。大人赶着进城上班,小孩则坐着爷爷奶奶的三轮篷车,也赶着上学。他们从头到脚裹得臃肿不堪,像个球,顶多露出两只眼睛。往远处看,是收割净了的稻田,白的是浓霜,暗黄的是露出地面的稻蔀头。仅仅白色,过于肃杀;仅仅暗黄,又很落寞。白色与黄色一经交融,变成了米黄,恰好使这冬天的早晨微微有了点暖意。这时候,旭日爬上了农舍顶,爬上了枯枝间,更给万物染上大片鲜红,一切变得温情脉脉。又像绝世美人,"著粉则太白,施朱则太赤;眉如翠羽,肌如白雪;腰如束素,齿如含贝;嫣然一笑,惑阳城,迷下蔡",真正"妙处难与君说"。

看,这上下左右,到处白的霜、黄的草树、红的太阳!生活如此绚烂,周而复始,无穷无尽。冬天到了,别以为草木会从此一蹶不振,其实它们一直"平安无事"。我相信,在它们枯萎的外表下,正孕育着、潜藏着新的极强的生命力;只待春风吹来,必定又会为这世界献上迷人的姹紫嫣红、鸟语花香!

我大口大口呼吸着冷而爽的空气,启动汽车,继续朝沈荡开去。

雪的断想

　　周六没上班，一直赖到将近中午才勉强起床。打开窗帘，眼前陡然一亮，原来外面正下着大雪，纷纷扬扬，却无声无息。"燕山雪花大如席，片片吹落轩辕台"，慷慨，豪气，像一支兴奋剂，极能够让人兴奋，要斟一杯热酒，与天言欢。可惜，这场景唯朔方才可一见，这里是温润柔媚的江南，人们无福消受。所以，尽管屋顶、草地、丫枝、车篷等都覆了一层厚雪，却照样湿淋淋的，晶莹剔透，宛如美女眸子里明艳的光，教人顿生怜爱。而不幸落在路上的雪，被行人毫不怜香惜玉地踩来踩去，污浊不堪，痛心！

　　归纳起来，人们对雪的态度大致分成两类。

　　一类是雅。这有无数的经典诗词可以印证。

　　面对皑皑白雪，诗人们的想象力一下子井喷，个个天马驰空，风行水上。岑参的"忽如一夜春风来，千树万树梨花开"最为瑰丽。雪与梨花，颜色接近，且"千树万树"显示了境界的阔大无比，更借"梨花"这一意象，透出一种春意盎然的活力。它与雪莱的"冬天到了，春天还会远吗"异曲同工，但更形象生动，画面感十足。张元的"战罢玉龙三百万，败鳞残甲满天飞"最为神奇，充满魔幻主义色彩。这漫天大雪，像与天兵天将酣战一番后，从无数条白龙身上掉下来的破鳞碎甲。毛泽东非常欣赏这两句，把它巧妙化用进了自己的《念奴娇·昆仑》，变作"飞起玉龙三百万，搅得周天寒彻"。谢道韫的"未若柳絮因风起"则最为清秀，不但准确模拟出了雪花轻盈的姿态、飞舞的神韵，又在暗递着春天即将光临的消息,字里行间闪烁着女性特有的灵动。

讲到雪,一定绕不开"雪夜访戴"这个典故。东晋时,王子猷隐居山阴,一天,大雪弥漫,他深更半夜睡不着觉,爬起来朝外一看,发现雪光将周遭映得如同白昼,干脆命酌酒,咏左思《招隐》诗,又忽然生出拜访剡溪名士戴逵的念头。心动不如行动,他随即坐了一艘小船,连夜赶往剡溪。天色欲晓,已能远远望见戴逵家的屋墙,王子猷却吩咐船夫返航。随从大惑不解,问道:"大老远地赶来,怎么没见着戴先生就要回去?"王子猷说:"吾本乘兴而行,兴尽而返,何必见戴!"这个王子猷,完全以个人意志为行动指南,以构筑自我精神世界为行动宗旨,想怎样就怎样,根本不在乎别人的看法。这般魏晋名士,果真高风雅操。这份真情真性,后人即使仰慕,也不过邯郸学步。

另一类是俗。这种逸闻野史也常见于前人的描述。

最俗不可耐的首推黑旋风李逵。打下盖州,又近立春,梁山头领个个喜不自胜。恰好昨日"降下一天大雪",入目皆银装玉砌。萧让觉得喉咙痒,卖弄道:"一片的是蜂儿,二片的是鹅毛,三片的是攒三,四片的是聚四,五片唤作梅花,六片唤作六出……今日虽已立春,尚在冬春之交,那雪片却是或五或六。"乐和用"皂衣袖儿"接了朵雪花,研究一番,连叹"果然,果然"。当众人兴致勃勃"拥上来看"时,"却被李逵鼻中冲出一阵热气,把那雪花儿冲灭了",惹大家讪笑不止。萧让,地文星,圣手书生;乐和,地乐星,歌唱家,都是货真价实的文化人。李逵,这么个"炭屑凑成皮肉"的莽汉,只管提两把板斧砍杀,或者傻愣愣地挤在人群中看官府通缉自己的布告,学什么人家的斯文?赶哪门子热闹?

不过也有俗世奇人。唐代有个姓张的打油小哥,一日外出,遇上下雪,不禁诗兴大发,"江山一笼统,井上黑窟窿。黄狗身上白,白狗身上肿",很幽默,尤其这个"肿",可谓惟妙惟肖,境界全出,竟无其他词语可以替代。官老爷不信张小哥会作诗,当场以"雪"为题考他,谁知张小哥随口即来:"六出飘飘降九霄,街前街后尽琼瑶。有朝一日天晴了,使扫帚的使扫帚,使锹的使锹。"诗的开头还正儿八经,可越到后面,俗气越浓,让人忍不住"扑哧"笑出声来。什么阶级说什么话，信哉此言。从此，中华诗坛上多了一种怪体——打油诗，张小哥自然做了这种诗体的开山鼻祖，人称"张打油"。

大概当老师的缘故吧，我很钦佩"立雪程门"的杨时。一个冬日，大雪纷飞，年届不惑的杨时与同窗游酢照例去见老师程颐，谁知老师刚好午休，他俩就恭恭敬敬地站门外等候，直到老师一觉醒来，积雪已深达一尺。一尺？什么概念？与成人膝盖差不多高吧。杨时、游酢这两位后生，一动不动地拱手而立，即使没冻僵，至少也成了两个雪人。这份铁石坚心，确实让人赞叹。因此，他俩作为"尊师重道"的典范，名垂史册。我想，老师做到这个份上，才不枉此生！然而程颐毕竟是理学大师，倍有资望令后生立雪，我自己是绝无任何可比性的。要想博得学生尊敬，必先全身心地投入教育事业中，为学生的成长殚精竭虑。

同样是教化别人，神光的血溅白雪却相当惨烈。梁武帝时期，神光前往少林，打算投拜达摩为师。达摩曾在南京雨花台见过神光，觉得他心存傲气，于是没即刻允诺。神光咬定青山不放松，与达摩形影不离：达摩入洞面壁坐禅，神光就双手合十，侍立其外。一晃九年过去了。这天晚上，鹅毛般的大雪不期而至，铺天盖地，几乎把神光全遮掩了起来。第二天一早，达摩来到洞口，见神光仍旧站在雪地里，便问："你站雪地里干什么？"神光道："向佛祖求法。"达摩沉思片刻，说："要我传法于你，除非天降红雪。"雪本来就白，哪来的红？但是，神光清楚地意识到，这是达摩在指点他悟道的法门，便毫不犹豫地抽出随身携带的戒刀，砍向自己的左臂，鲜血四下飞溅，染红了身边的积雪。难以置信的是，神光放下戒刀，居然忍住巨大的疼痛，拾起断臂，将淋漓的鲜血洒向更广的区域。积雪红了一大片。达摩看在眼里，真切感受到了神光内心的虔诚，知道他原先的傲气已冰消雪化，便正式收他为徒，取法号为慧可。慧可也不负众望，精修佛法，终成禅宗二祖。

在"坚忍不拔"这点上，苏武真不比慧可逊色。班固《汉书·苏武传》记载，"单于愈益欲降之，乃幽武置大窖中，绝不饮食。天雨雪，武卧啮雪与旃毛并咽之，数日不死，匈奴以为神"。短短几十个字，却饱含着常人难以想象的艰苦卓绝。苏武越拒绝投降,单于越胁迫他归顺,双方较上了劲,谁都不服软。单于把苏武关入一口大窖,一连几天不给饭吃。一个"卧"字,让我们依稀看见苏武奄奄一息的样子。他只能躺着,吃一口雪,咬一口毡毛,硬是直着脖子吞进肚里。他不想死,他还要完成汉武帝交付的使命,重新回到生他养他的故土呢。匈奴人本以为苏武熬不了多长时间,谁知情节并没按他们策划好的剧本推演,打开地窖,见他仍紧握着那根开始掉毛的节杖,吓得以为苏武是天神下凡。苏武的所作所为,不是为了个人,而是为了维护国家和民族的尊严。所以,十九年后,满头白发的苏武回到长安,理所当然受到了高规格的欢迎,"奉一太牢谒武帝园庙,拜为典属国,秩中二千石,赐钱二百万,公田二顷,宅一区",流芳千古。

世上的事情往往并不非此即彼,泾渭分明,即使对同一事物,意见也会不同。诗人爱雪,农民就不一定:他们喜欢冬雪。《诗经·信南山》用"既优既渥,既沾既足"这样的叠唱,真诚而热烈地赞美冬日"雨雪雰雰""生我百谷",使庄稼蓬勃生长,保障了黎民的生息繁衍、万世永昌。至于春雪,农民是不喜欢的,因为它带来的低温总会冻坏幼苗,影响收成,甚至造成饥荒。清朝诗人申涵光写过一首乐府《春雪歌》,开篇"雪片朝飞大如掌",极写春雪来势凶狠,从而渲染自己"拥衾对雪空长叹"的忡忡忧心。接着,他想到了天灾的接踵而至,想到了时世的黑暗腐朽,不禁百感交集,愁绪万千,终于在篇末发出了"歌声入夜华灯暖,不信人间有饿夫"的呐喊。诗人传承了杜甫一样的"苍生"情怀,用诗歌替贫苦农民代言,昭告了他们对春雪的无奈,对社会的绝望。

即使同一场雪,人们立场不同,认识也大相径庭。《资治通鉴》记叙了著名的蔡州之战。大军开拔的时候,恰好遇上一场暴风雪。士兵顾虑的是自身安危,以为冒雪出征将必死无疑,无非惧怕李愬,不敢抗命而已。作为赫赫中兴名将,李愬站位高远,他思考的是战役的成败、大唐的兴衰,深谙"出其不意,攻其不备"的兵法精髓,有效利用了暴风雪这一千载难逢的良机。淮西节度使吴元济割据蔡州,犯上作乱,已经先输了一半,又墨守成规,自我感觉良好,一而再,再而三地误判形势。原文中"尚寝"这一细节,精准刻画出了他的骄纵、自负和颟顸,也顺理成章地预示了他束手就擒的必然下场!

　　行文到此,心中陡然生出些忐忑来,急忙翻开日历,发现离立春尚有个把星期,方才松了口气,那么,眼前这场雪应该算冬雪了。它将为这茫茫大地铺上一张白纸,为的就是让人们描绘更加多姿多彩的春天吧。

风

"风从虎,云从龙"。风,是大自然中最神奇的存在。

人们能真切感知风,却无法看到,想伸手去抓,它却一拧身子,从指缝间,从脸颊边,灵巧地躲开了。它,无形无状,无色无嗅,无迹无踪。它,飘然而至,轻轻掀起你的衣角,撩弄你的鬓发,亲吻你的脸颊。它拂过草地,草儿、花儿一齐舒展开来,盈盈起舞;它掠过水面,水面即刻荡起涟漪,争先恐后地与风追逐;它钻进丛林,在树叶上悠闲地荡起秋千,还让阳光一闪一闪地为它打聚光灯,像一出童话剧的主角。它称得上是最高明的画家,春天染黄了油菜,夏天染绿了稻田,秋天染红了枫叶,冬天染白了雪原。它又是最神奇的雕塑家,把坚硬的岩石雕琢成巨大的城堡、凶悍的狮子、精致的蘑菇等,可谓千姿百态,鬼斧神工,甚至最终把它们统统打磨成细砂,吹成一片片荒凉的沙漠。

然而,谁也捉摸不清风的性格。

它独来独往,又喜欢拉帮结派。它的第一个死党是云,每当天空飘来了云,风便忙着去逗弄,一会儿将云揉成一团团的棉絮,一会儿扯成丝丝缕缕,像羽毛,像绸缎,像瀑布,又一会儿将云赶得四处逃散,好像草原上的羊群。它的另一个死党是雨。它总不怀好意地怂恿江河湖海,蒸发掉它们的水汽,让水汽散逸到高空,跟早已飘浮在那儿的云结成同盟,不断策划阴谋,等觉得势力强大到可以肆无忌惮的时候,便擂起鼙鼓,举起银剑,呼啦啦地冲泻下来。风,兴奋极了,呼叫着,奔跑着,指引着没心没肺的雨横扫地面,自己也一边晃大树，一边卷巨浪。它的彪悍，它的莽撞，它的暴虐，令人目瞪口呆却又束手无策……

正因为风太常见，自然引起睿智的人的莫大兴趣，对它绞尽脑汁，苦思冥想，非要弄出个所以然来。果真应验了"功夫不负有心人"这句老话，到底让他们搞出些名堂。亚里士多德认为，土、风、水、火是世界上最基本的四种元素，它们永恒存在，而万物都由这些元素依据不同比例组合而成。我们大多知道，佛教主张"四大皆空"，但千万别以为就是"酒、色、财、气"。佛教讲的"四大"，是指"地、水、火、风"。之所以称"大"，是因为它们普遍、固有地存在于任何物体之中，一切物体也都由"四大"的调和而形成。当然，这些对世界本原的认知还停留于"人类的童话"阶段，相当初级，却相当朴素，是一种非常可贵的探索，发挥了铺路石、垫脚石的作用，使后人在持续的质疑与批判中向着真理不断前行。

我们中国人往往偏爱直觉，偏爱形象思维，即使论道、释理、谈玄，都喜欢借意象、用寓言、说故事，而风一向与人们息息相关，自然成为政治、思想、人伦、艺术、生活各个领域的宠儿。

庄子是写风的顶级高手，无人能出其右。《齐物论》有段文字十分精彩，其铺张敷衍，几欲为汉赋之滥觞："夫大块噫气，其名为风。是唯无作，作则万窍怒呺。而独不闻之翏翏乎？山林之畏佳，大木百围之窍穴，似鼻，似口，似耳，似枅，似圈，似臼，似洼者，似污者。激者，謞者，叱者，吸者，叫者，譹者，宎者，咬者。前者唱于而随者唱喁，泠风则小和，飘风则大和，厉风济则众窍为虚。"庄子借南郭子綦、颜成子游师徒二人的对话，用一连串排比，称赞风乃天地之间最为美妙的声响，是"天籁"！要想真切体悟"天籁"的意蕴，必须做到"丧我"，即彻底破除以自我为中心的桎梏，将整个身心全部交给天地，交给万物，进入"物我交融""物我俱化"的境界。

宋玉对风的认识别出机杼，他不但赋予风以生命力，居然还将风分为雌、雄两类。那天，估计晴空万里，楚襄王坐在兰台上吹风，感到爽快无比，便突发奇想，要与百姓共享此风。宋玉却声称这风唯大王之独有，并演绎出一番异常华丽的说辞:大王的风是雄风,一开始就"起于青蘋之末",经历又非同一般,处处高贵,处处雍容,"缘泰山之阿,舞于松柏之下","乘凌高城,入于深宫,抵华叶而振气。徘徊于桂椒之间,翱翔于激水之上","徜徉中庭,北上玉堂,跻于罗帷,经于洞房",且"飘忽溯滂,激飏熛怒""回穴冲陵,萧条众芳",能"清清泠泠,愈病析酲,发明耳目,宁体便人"。百姓的风则截然不同,是雌风,出身卑微低贱,"塕然起于穷巷之间",其貌不扬,其行不淑,"堀堁扬尘,勃郁烦冤",只能"动沙堁,吹死灰,骇溷浊,扬腐余",并导致人们"憞溷郁邑,驱温致湿,中心惨怛,生病造热",乃至半死不活。表面上看,宋玉巧舌如簧,竭尽阿谀奉承之能事,实际上在含蓄讽劝君王不要不顾百姓的穷愁潦倒而只顾自己骄奢淫逸。单论《风赋》的表现手法,宋玉不愧是屈原的得意弟子,综合调动视觉、听觉、触觉、嗅觉,准确而生动地把握了雄风和雌风迥然不同的缘起、路线、过程、特征、功能,使读者如临其境,感同身受,好好过了一回风的瘾。大概对宋玉将风分作雌雄颇觉新奇,后人往往附会衍义,最常见的是拿"雄风"来比作"威风""精神"等,譬如"雄风不减当年""重整雄风",诸如此类,不一而足。

说到风,人们很容易地想到"借东风"的故事。

《三国演义》中写道:"欲破曹公,宜用火攻;万事俱备,只欠东风。"就是说,一切都已准备妥当,只差没刮东风。那年,曹操破吕布,灭袁绍,挥师南下,意欲一统天下。由于力量悬殊,周瑜煞费苦心,反间计、诈降计、苦肉计,虚虚实实,花样百出,可他上山眺望江北,以为稳操胜券时,一阵风吹过,军旗旗角扫在脸上,才突然想起:这大冬天的,哪来东风?立刻口吐鲜血,不省人事。"智多而近妖"的诸葛亮款款出场,令筑"七星坛",选一吉辰,"沐浴斋戒,身披道衣,跣足散发",作法借来东风,火烧曹营,才算大功告成。翻遍《三国志》,发现确有火烧之事,然跟诸葛亮没什么关系。

倒是历史上另有一人出征惨败,风是其中一个重要原因,那人叫苻坚,记事的是《晋书》《资治通鉴》等。东晋太元八年(383年),前秦苻坚率八十万大军列阵淝水,准备与东晋决战。东晋拿得出手的才区区八千兵士,两相比较,几乎是鸡蛋碰石头。可惜苻坚外强中干，军心不稳。当他打算"引兵少却，使之半渡，我以铁骑蹴而杀之"时，身在曹营心在汉的部将朱序故意大喊："秦兵败啦！"秦兵信以为真，一发不可收拾，阵脚大乱，一溃千里。偏偏风又来惹事，裹挟尘土，漫天大作，声势骇人。秦兵以为是晋军追杀上来的征迹，一个个"昼夜不敢息，草行露宿，重以饥冻，死者什七八"。从此，后人多了一个"风声鹤唳"的成语，形容人疑惧惊慌，一有风吹草动，就神经高度紧张。

说到底，无论"风萧萧兮易水寒，壮士一去兮不复还"的慷慨悲壮、"大风起兮云飞扬，威加海内兮归故乡"的睥睨豪阔，还是"秋风萧瑟，洪波涌起"的踌躇满志、"林花谢了春红，太匆匆，无奈朝来寒雨晚来风"的落寞绝望，都非"风动"，而是一个人内心世界的折射与投映。想真正做到"四大皆空""丧我""无我"，需要一个异常艰难的过程，而且大多数人再怎么努力也无法完全超然物外，心如古井，自我解脱。

作为凡人的我们，还有什么放不下的？东坡先生说得好，"惟江上之清风，与山间之明月，耳得之而为声，目遇之而成色，取之无禁，用之不竭，是造物者之无尽藏也"，那么，且让我们腾空心房，沐浴风中，且听风吟……

辑四

纸上咏叹

　　人品与文品只是两个相关概念,有时正相关,有时负相关,这要求读者秉承客观、全面、公正的精神,把文章和作者放在特定条件下来审视。不管怎么样,真正伟大的作家,他的人品与他的文品是高度契合的。

长风破浪会有时

在中国古典文学史上,李白绝对是数一不可能数二的顶尖人物。韩愈说的"李杜文章在,光焰万丈长",李即李白,杜即杜甫。我觉得,人家之于诗,是"作",呕心沥血,搜肠刮肚;李白之于诗,是"写",清水出芙蓉,天然去雕饰。

李白,字太白,祖籍陇西成纪(今甘肃天水附近)。他的先祖于隋朝末年因获罪而被贬往中亚的碎叶城(今吉尔吉斯共和国托克马克附近)。唐长安元年(701年),李白诞生于此。神龙元年(705年),李白五岁,随父亲迁居四川彰明县(即今江油市)青莲乡,故后来自号"青莲居士"。

蜀中山川,钟灵毓秀,自古以来孕育了众多风流人物,不但有司马相如、扬雄、苏轼等本土诗人,也包括王勃、岑参、高适、杜甫、元稹、刘禹锡、贾岛、李商隐、陆游等大批外地诗人。似乎沾上点蜀地的清风细雨,诗人马上会文思泉涌,妙笔生花。"天下诗人皆入蜀"之说确实不是毫无根据的夸张虚饰。

李白的父亲李客不求仕进,有侠气,终年经商,家境比较富裕,虽然身体中潜藏着高贵的皇家基因,却已不再是拥有特殊社会地位的门阀豪族,因而对子女教育比较宽松。在这种家庭环境中,李白从小自由生长,聪颖过人,却也蛮调皮的。有一次,李白逃学,来到小河边独自玩耍,看到一个老婆婆正在石头上吃力地磨着铁杵,就好奇地上前询问。老婆婆告诉他,她要把铁杵磨成细细的缝衣针,只要肯下功夫,持之以恒,天下没办不到的事。李白受到强烈震撼,从此发奋学习,进步非常大。《新唐书》称李白"十岁通诗书"。益州长史苏颋初见李白，非常惊异，也夸李白"天才英特，少益以学，可比相如"。

李白青年时期，蜀中有位奇人对他影响很大，就是赵蕤。赵蕤与李白交往密切，又擅长纵横术（图王称霸的权术）。他在著作《长短经》中提出的"三代不同礼，五霸不同法"等主张，促使李白形成了建功立业的远大理想。李白自视甚高，常自比历史上著名的政治家、军事家管仲、乐毅、张良、诸葛亮、谢安等，如《读诸葛武侯传书怀赠长安崔少府叔封昆季》的"赤伏起颓运，卧龙得孔明……余亦草间人，颇怀拯物情。晚途值子玉，华发同衰荣。托意在经济，结交为弟兄。毋令管与鲍，千载独知名"等，希望能像他们一样辅佐帝王，干一番轰轰烈烈的大事，使国家强盛，社会安定。

李白爱好剑术，"击剑，为任侠，轻财重施"。名篇《侠客行》中的"银鞍照白马，飒沓如流星。十步杀一人，千里不留行"或许真是他自己的据实描述，因为坊间传说李白曾经路见不平而"手刃数人"。史料记载，郭子仪刚从军时只做了一名普通士兵。李白恰好游历并州，在太尉哥舒翰处见到他，大为惊叹，说"此壮士目光如火照人，不十年当拥节旄"。两人英雄相惜，结为生死之交。据说李白还给郭子仪写过一首《从军行》："百战沙场碎铁衣，城南已合数重围。突营射杀呼延将，独领残兵千骑归。"后来，郭子仪犯法当斩，是李白仗义解救，助郭子仪摆脱了困境。

在李白的成长阶段，蜀川道教盛行，天下闻名。李白耳濡目染，二十多岁时慕名造访峨眉、青城等名山，希望自己也做个超凡仙人。这在他的《登峨眉山》"倘逢骑羊子，携手凌白日"等诗句中可以窥见一斑。除儒家经典之外，他广泛涉猎百家之说，正像他自己写的那样，"十五观奇书"，"十五游神仙"。同时他与孔巢夫、韩准、裴政、张叔明、陶沔等隐居徂徕山，每日纵酒畅饮，被时人称作"竹溪六逸"。这一切促使李白养成了丰富多彩的情趣与才能，也使其思想错综复杂：一方面要做君王的辅弼，另一方面又求仙访道，造成了贯穿他一生的"入世"与"出世"之间的矛盾。怎样解决？李白想出了办法——功成身退，像战国时鲁仲连那样，"苟无济代心，独善亦何益"，先建不世功业，然后抛弃名利，飘然退隐。积极入世，建功立业，是李白思想的主流，左右着他的一生,也决定了他诗歌的进步内容。

开元十四年(726年),二十六岁的李白为实现政治理想,"仗剑去国,辞亲远游",开始一段漫游的崭新经历。他寓安陆,浮洞庭,历襄汉,上庐山,至金陵,游洛阳,访龙门,登泰山,涉浙江,游踪所至,几乎遍及大半个中国,留下许多脍炙人口的佳篇巨作,如《渡荆门送别》《横江词》《黄鹤楼送孟浩然之广陵》《游泰山》《金陵酒肆留别》等。李白的漫游,既有纵情山水的一面,也有自身政治目的。"脚著谢公屐,身登青云梯"两句诗就是对他自己最好的写照。他向来不屑于众人趋之若鹜的科举考试,因为这与他"不屈己,不干人"的性格以及"不飞则已,一飞冲天"的宏愿不相符合。漫游中,李白有时采取类似游说的方式,希望凭文章得到知名人士推荐,如向韩朝宗等人上书;有时又沿袭已成风气的"终南捷径",和元丹丘、吴筠等隐居嵩山、徂徕山和剡中,通过隐居、学道,树立声誉,以图直上青云。

天宝元年(742年),四十二岁的李白终于迎来人生道路上的重大机遇。受吴筠推荐,唐玄宗下诏征李白赴京。李白喜出望外,踌躇满志,高吟"仰天大笑出门去,我辈岂是蓬蒿人",意气风发地去了长安。

那天,李白住进旅店。天色渐暗,他闲来无事,就挨着灯火翻阅前辈文集。店家匆匆敲门进屋,递上一张名帖,说太子宾客贺知章光临。来长安前,李白多次听说贺知章礼贤下士、奖掖后进的事迹,现在他竟然屈尊纡贵,来探访自己,既高兴,又惭愧,赶紧迎出门外。两人携手入室坐定,纵谈古今,一见如故。李白双手奉上近作《蜀道难》,恳请老诗人指教。"噫吁嚱,危乎高哉!蜀道之难,难于上青天!"老诗人才念了开头几句,就被李白神奇的想象、瑰丽的语言、雄奇的气势深深折服,不禁惊呼:"子,谪仙人也!"你,是天上贬到人间的仙人啊!来来来,喝上一杯!老诗人真的高兴,却发现身上没带钱,急忙解下腰间标明官职的金龟,吩咐店家置办酒席,与李白痛饮起来。

第二日早朝,贺知章上奏唐玄宗,竭力陈说李白的惊世才能。唐玄宗动了心,特地在金銮殿召见李白,以时事为题,令李白当场写一篇奏颂。李白怎肯轻易放过这个大好机会,抖擞精神,下笔如行云流水,瞬息即成。"好,果然不同凡响!"唐玄宗喜不自胜,破例"赐食",还亲手替李白"调羹",当即任命李白供奉翰林。李白感激贺知章的知遇之恩、说项之诚,许多年后仍念念不忘,在纪念贺知章的诗中写道:"四明有狂客,风流贺季真(季真是贺知章的字)。长安一相见,呼我谪仙人。昔好杯中物,翻为松下尘。金龟换酒处,却忆泪沾巾。"

岂料唐玄宗仅仅把李白当作一个粉饰太平、装点门面的御用文人来使唤。现实无情地打碎了李白"兼济天下"的雄心,而且他那天生蔑视权贵的傲骨,更招来权贵的排挤打击。一次,李白拜访当朝宰相,循例递进一张帖子,署名"海上钓鳌客李白"。宰相觉得这口气太大,有心刁难一下,便问李白:"先生临沧海,钓巨鳌,以何物为钓线?"李白说:"以风浪逸其情,乾坤纵其志,以虹霓为丝,明月为钩。"宰相又问:"何物为饵?"李白傲然答道:"以天下无意气丈夫为饵!"这话说得宰相面红耳赤,胆战心惊。

空怀抱负,让李白内心异常痛苦,却又无处排遣,便与贺知章、李适之、苏晋、张旭等人结为"酒中八仙",日日以酒浇愁,放浪形骸。杜甫的"李白斗酒诗百篇,长安市上酒家眠。天子呼来不上船,自称臣是酒中仙",真实反映了李白此时此刻的生活状况和心理状态。

李白对朋友肝胆相照,以诚相待。不用说与王昌龄的友情,"我寄愁心与明月,随君直到夜郎西";不用说与孟浩然的合契,"孤帆远影碧空尽,惟见长江天际流";也不用说与晁衡的相知,误闻晁衡身溺大海时,叹道"明月不归沉碧海,白云愁色满苍梧"。单说给一个普通老婆婆写诗,就足见李白的谦恭真诚,实为性情中人。有一年,李白路过安徽铜陵的五松山,天色已晚,加上又饥又渴,便在一户荀姓老婆婆家住下。荀婆婆十分贫寒,却把家中仅存的"雕胡米"全拿出来做饭,用干净的盘子盛着,再三让李白多吃一点。李白非常感动,写了一首《宿五松山下荀媪家》,后面四句是"跪进雕胡饭,月光明素盘。令人惭漂母,三谢不能餐",赞颂老婆婆像汉代"漂母"一样善良。

还有一个故事也很有趣。汪伦久仰李白,唯恨不能一睹风采,便修书一封,称这里有十里桃花、万家酒店,请李白前来游玩。李白欣然而至,却发现

"十里桃花""万家酒店"并非实景,不过是两个地名而已,觉得上了汪伦的当,颇为不满。然而,汪伦一连几天的热情款待,终于使李白理解了汪伦的良苦用心,尽释前嫌,握手言欢。李白走的时候,汪伦带领乡亲敲锣打鼓,载歌载舞,一路相送。李白感动之余,写下《赠汪伦》这首言语平实而情感充盈的七绝:"李白乘舟将欲行,忽闻岸上踏歌声。桃花潭水深千尺,不及汪伦送我情。"

天宝二年(743年),一天晌午,唐玄宗与杨玉环在兴庆宫沉香亭畔观赏牡丹,见花儿争相吐艳,忽然心血来潮,派小太监去找李白。恰巧李白在长安酒肆与几个朋友喝酒谈心,议论朝政。听说皇上又要召他帮闲,很不痛快,猛地站起身子,连饮了三大杯酒,直到酩酊大醉。好容易把李白弄到沉香亭畔,李白是推金山,倒玉柱,烂醉如泥。小太监只得舀来冷水泼在李白脸上,让他清醒过来。唐玄宗吩咐左右备下纸墨笔砚,让李白填几首曲子助兴。李白无法推辞,就提出两个条件:高力士替他脱靴,杨玉环替他磨墨。高力士,大内总管;杨玉环,玄宗宠妃。他们怎甘心低声下气,奴仆一样地侍候李白?可是,皇命不可违,不得不走上前,脱靴的脱靴,磨墨的磨墨,并装出一副喜笑颜开的模样。李白乜眼看着,待他们准备完毕,拿起笔,略加思索,一挥而就,写下三首《清平调》,其中第二首是:"一枝红艳露凝香,云雨巫山枉断肠。借问汉宫谁得似,可怜飞燕倚新妆。"随即,宫廷歌手李龟年击节扬声,梨园弟子丝竹齐鸣,歌声悠扬婉转,悦耳动听。

后来,唐玄宗借口李白志趣高洁,无意仕途,搞了个"赐金放还"的把戏,在暮春三月、草长莺飞的季节,把李白赶出长安。

三年的京城生活,使天真的诗人李白耳闻目睹了统治阶层的腐朽和现实社会的黑暗。"停杯投箸不能食,拔剑四顾心茫然",可见他心情沉重,百感交集。他转而关注社会,关注人生,写出了一些抒发愤懑、抨击时政的诗篇,如《古风》《宣州谢朓楼饯别校书叔云》等。这是历史的大幸,文学的大幸,因为中国少了一个平庸的臣僚,多了一个伟大的诗人。

从此,李白游山访仙,痛饮狂歌,以排遣怀才不遇的忧愤。在洛阳,李白遇见了杜甫;在汴州,他又遇见了高适。这三位大诗人同心相契,一起畅游梁园。特别是杜甫,更是与李白结下了深厚的友谊,以至于"醉眠秋共被,携手日同行",成为李白的铁杆粉丝,称赞李白"笔落惊风雨,诗成泣鬼神"。

第二年秋,李白和杜甫道别,南游江浙,北涉燕赵,往来齐鲁。这一时期,李白的生活是窘困的,心情是悲怆的,然而他始终没有放弃建立伟业的理想,始终没有丧失乐观、豁达和自信。他相信自己"才力犹可倚,不惭世上雄",有朝一日,定能重新得到朝廷任用。随着天宝年间政治的日益腐朽,他针砭时弊的作品愈来愈多,锋芒也愈来愈尖锐,"安能摧眉折腰事权贵,使我不得开心颜"!

天宝十四年(755年),渔阳鼙鼓动地来,"安史之乱"爆发。第二年,永王李璘以抗敌平乱为号,由江陵率师东下,经庐山时,坚请隐居其地的李白参与幕府。李白以为济世救民的时机又一次来到,义无反顾,投入这平叛的洪流中去,咏出了"但用东山谢安石,为君谈笑静胡沙"的豪迈心声。

同是大诗人,与杜甫相比,李白的政治洞察力过于迟钝。杜甫非常清楚谁是正朔,谁有资格继承大统,拼死拼活,跟随唐玄宗一路西狩。李白呢?头脑一热,哪顾得上分辨青红皂白?李璘是个包藏野心的人,对皇位垂涎三尺,便与刚继位的唐肃宗发生激烈内讧,只是他师出无名,螳臂当车,仅几个回合,就被打得呜呼哀哉。李白自然脱不了干系,被关入浔阳大狱,定为死罪。在这紧急关头,昔日的生死之交、如今的中兴名将郭子仪得到消息,全力解救李白,甚至放话说:"再不依,俺就不做这鸟官了!"这怎么行?"安史之乱"还得仰仗咱郭子仪郭大人平定呢。唐肃宗只得网开一面,但死罪可免,活罪难逃,将李白流放到西南边陲夜郎。这年,李白五十八岁,白发皤然。在"世人皆欲杀"的残酷境遇中,经常爽朗大笑的诗人也只能无声垂泣,"平生不下泪,于此泣无穷"。

乾元二年(759年),李白赴夜郎途中,西行至巫峡,遇上朝廷大赦,得以放还,心情又开朗起来,写下了"我心飞扬"的《早发白帝城》:"朝辞白帝彩云间,千里江陵一日还。两岸猿声啼不住,轻舟已过万重山。"

上元二年(761年),李白步入花甲之年,仍"老骥伏枥,志在千里",听说大将李光弼率大军征讨叛军史朝义,即刻从当涂北上,请缨杀敌。可惜走到金陵时,老天不佑,李白居然生起病来,只能无可奈何地打道回家,发出"天夺壮士心,长吁别吴京"的绝望浩叹。

762年,李白,一代诗歌巨匠,怀抱着他的梦想与无奈,永远离去。

如台湾诗人余光中所说,李白留给后人的遗产,不仅仅是诗——

酒入豪肠,七分酿成了月光

余下的三分啸成剑气

绣口一吐就半个盛唐

李白是我国伟大的浪漫主义诗人,即便是他的去世,也被抹上了一层传奇色彩,让后人无限遐想。传说,那个夜晚,李白孤身一人,泛舟于长江采石矶下,一边尽情喝酒,一边对月愁思。夜,深了;人,醉了;歌,终了;泪,尽了;自己的生命也到最后一刻了。醉眼蒙眬间,清风徐来,水波不兴,皎洁的圆月倒映江中,好像一只他小时候常误称的白玉盘,多么美丽!多么诱人!似乎在向李白微笑……

醉倚船舷的李白,放下酒杯,伸出双手,向这团银辉探过去,探过去……

船夫恍惚看见,刚才还邀他喝酒三杯的先生,现正跨在一条鲸鱼背上,随着江流,去了,远了,模糊了,消逝了……

的确,多少年来,人们宁愿相信这位才华横溢、命运多舛的大诗人,历尽人间的风风雨雨,尝尽世情的冷冷暖暖之后,重新回到了他那个神仙世界:"洞天石扉,訇然中开。青冥浩荡不见底,日月照耀金银台。霓为衣兮风为马,云之君兮纷纷而来下。虎鼓瑟兮鸾回车,仙之人兮列如麻……"

李白初葬采石矶,后人遵其遗志,改葬于当涂西南的青山。

李白存世诗作九百多首,在中国乃至世界浪漫主义诗歌史上享有崇高的地位,对后世影响巨大。我以为,明代徐增《而庵诗话》中对李白的评价最为贴切："诗总不离乎才也,有天才,有地才,有人才。吾于天才得李太白,于地才得杜子美,于人才得王摩诘。太白以气韵胜,子美以格律胜,摩诘以理趣胜。太白千秋逸调,子美一代规模,摩诘精大雄氏之学,篇章字句,皆合圣教。"李白的诗,洋溢着浓郁的盛唐气象,蔑视权贵,追求自由,批判黑暗,讴歌正义,充满理想主义色彩;其丰富奇特的想象、热情大胆的夸张、清新自然的语言、雄健磅礴的气势、豪放飘逸的风格,筑成了一座仰之弥高的丰碑,为后人追慕、钦佩。

读诗不妨逆流而上

品读诗词时，我们经常发现自己的理解与诗人所表达的意思总存在或多或少的差异，因为无论怎样品读，都离不开两个重要转化：诗人把自己对自然、社会、人生种种复杂的体悟转化成诗词特有的精妙文字，此其一；读者将这些精妙文字转化成与自身知识、经验、阅历共振互鸣的思想情感，此其二。加上年代、环境等因素，势必导致诗人所表达的意思与读者的理解难以同步，从而产生意义的扩张、转折甚至篡改，不同程度地影响读者对诗词的准确把握。

刘禹锡《酬乐天扬州初逢席上见赠》中的"沉舟侧畔千帆过，病树前头万木春"，大多读者理解为新生事物无比美好，社会总是不断向前发展的。其实吴小如、袁行霈等学者早就撰文指出，王叔文改革失败，弟子刘禹锡受尽牵连，被贬和州，直到宝历二年（826年）才应召回京，途经扬州时，与同样被贬的白居易不期而遇。酒酣耳热之际，面对老友的赠诗，联想到自己的老病交加，不禁牢骚满腹，怅恨自己已成"沉舟""病树"，非但无所作为，而且岌岌可危，而对手却像"千帆过""万木春"，正春风得意，飞黄腾达。

那么，什么是诗词的本义？一首诗、一阕词中，每个字、每个词语、每个句子，诗人都寄托了自己的初衷，一旦确定，就基本固化下来，不会轻易改变。这一初衷，在读者客观、正确地理解后，便构成诗词的本义。美国著名解释学家赫施认为，"一切的理解按本质来说必归于稳定长在的性质，一切的解释必是匆匆过客"。一千个读者就有一千个哈姆雷特,"一千个"意味着读者对《哈姆雷特》的多元理解,"哈姆雷特"则是《哈姆雷特》特有而永恒的本质属性。读者的主观感受永远无法改变其稳定的客观存在。但是,读者恰恰有时无视诗词的本义,做出许多误解、曲解和反解,干扰了品读的真实性和流畅性。所以,我们有必要了解诗词的本义派生现象及规律,逆流而上,还原诗词本义,提高品读质量。

一般说来,本义的派生大致有四种形态。

第一种叫作谐音派生。只因为读音相似或相同,就李代桃僵。《国风·周南·桃夭》中的"桃之夭夭",本来形容桃花盛开,又多又漂亮,然而"桃"与"逃"读音一样,后人就新解为"逃之夭夭",即"逃得飞快,无影无踪",倒也十分幽默。

第二种叫作比喻派生。读者抓住诗词中某个物象或某一场境的相似性,赋予其特殊的思想情感,生成自我的而非诗人的意象(或意境),达成具象与概念之间的意义替代。"黑云压城城欲摧,甲光向日金鳞开"出自李贺的《雁门太守行》。诗人原本用夸张手法,渲染凝重而残酷的战场氛围,以突出全军将士的高昂士气和爱国激情。"压城"的"黑云"来势汹汹,简直让人窒息,也令高大坚固的城墙差点崩颓,从而反衬我方将士的临危不惧,视死如归。这种坚韧与勇敢,使他们穿的盔甲也似乎受到感染,"金鳞"一样地在斜阳下熠熠生辉。由于乌云"黑""压"的特征,触发了读者头脑中的思维连锁反应,后人便拿来比喻邪恶势力一时嚣张而造成的紧张局面。

第三种叫作类推派生。读者依据诗词所描述的景物的属性,按一定的逻辑关系,推测与它类似的事物也应具备这种属性,并生成哲理丰沛的含义。景、物、事之间的共性越多,类推的准确性就越大。读者往往运用概念位移,而不必像比喻衍生一样地借助形象思维。"不识庐山真面目,只缘身在此山中"是苏轼《题西林壁》中的末两句。诗人为什么有这种感触?就因为横看庐山,是一道绵长的山岭;侧看庐山,又是一座俊秀的山峰;再从远、近、高、低等不同角度观察,更能发现庐山的千变万化,美不胜收。于是产生疑惑:什么才是庐山的本来面目？仔细一想，无非人在山中，被四周山峰遮挡视线，无法全面、系统地认知事物，把握全局。这样，由景及事，由事及理，推断出一个深刻道理：当局者迷，旁观者清；要认清事物，必须跳出这狭小圈子，或换位思考，才能获得独特的体悟。

第四种叫作转折派生。品读诗词时，读者没按套路出牌，而是故意跑偏，将思路转移到另一条轨道上，从而创造性地建立新的概念。转折属于求异思维，要求读者"反其道而思之"，克服思维定式和经验惯性，另辟蹊径，重新诠释诗词的意义。"春蚕到死丝方尽，蜡炬成灰泪始干"出自李商隐的《无题》。作者通过比喻，来表达自己不可遏止的思念，如春蚕吐丝，至死方休，如蜡炬垂泪，成灰方止，流露出无比炽热的追求与坚贞。正是春蚕、蜡炬这种天然的美好特性，激活了读者丰富的联想与想象，进而生成新的象征，使之超越单纯、狭隘的"爱情"范畴，拓展为执着人生的永恒意义和无限忠诚的奉献精神，并用以赞美那些具有同样品质的人。

自古以来，在诗词的滚滚长河中，选择逆流而上，需要勇气，也需要技巧。

有些诗人以题目、小序、注记等，用时间、地点、写作缘由等给予暗示。如朱熹的《观书有感》，题目就明确诗的本义，并非赞美一池方塘的美丽，而是借以形象地说明书中有着丰富的知识，像"天光云影"，在诗人心中久久"徘徊"，荡漾起愉悦的阅读满足，同时以"为有源头活水来"，强调书本知识源于生活，并不断涵养诗人的灵性。又如《近试上张水部》，朱庆馀并不是真的刻画新婚夫妇的甜蜜恩爱，一个"近试"透露了他的真实目的。他去京都长安应试，想请著名诗人、主考官张籍赐教，好几天了却没一点回音，便写了这首诗送进张府，以闺意作比，投石问路。张籍当然心领神会，用同样的笔法回赠了一首《酬朱庆馀》，传为诗坛佳话。任何一首诗词，必然隐含了诗人由实际生活而触发的思想情感倾向，正如白居易在《与元九书》中说的那样，"诗者，根情，苗言，华声，实义"。唯有把诗词忠实地还原于诗人所处的那个特定时代背景，知人论世，才能无限接近诗人所要表达的本义。我们有必要"在自己的内心对作者的'逻辑'、他的态度、他的文化素养，总而言之，他的世界进行再造"，以核实诗词的本义。

　　从另外一个角度讲，一首诗、一阕词，总是以整体而出现，一个词语、一个意象、一个句子，不可能不受上下文影响而彼此割裂。因而，借助语境，探寻本义，多半有"踏破铁鞋无觅处，得来全不费工夫"的惊喜。《朝天子·咏喇叭》，表面上看是一般的咏物诗，刻画喇叭"曲儿小腔儿大"的特点，然而，上下文很多信息都在暗示这支喇叭的非同寻常："官船"，说明它并非民间乐器，而是官府用来"抬声价"的，由此可以推断，诗人批判的矛头明指喇叭，实指贪官污吏。"军愁""民怕""吹翻了这家""吹翻了那家""只吹的水尽鹅飞罢"，也不是突出喇叭的特异功能，而是嘲讽贪官污吏仗势欺人，强取豪夺，搜刮民脂民膏，以致民不聊生，生灵涂炭。又如《江南逢李龟年》，粗看，作者老生常谈与故友的久别重逢；细看，觉得前两句"岐王宅里寻常见，崔九堂前几度闻"的铺垫，揭示一切繁华都随着"安史之乱"的爆发而成了过眼云烟，从而与当下充满伤感的"落花时节"形成强烈反差。平常的言语背后，时世之凋敝丧乱与人生之凄凉飘零昭然若揭，不禁让人潸然泪下。显然，瞻前顾后，左顾右盼，尽量捕捉语境中的信息，以及色彩、句法、结构所潜藏的要素，方可直抵诗人真实的内心世界。

　　学过文学理论的大抵知道，诗词的意义是确定性与非确定性的统一。如果确定性是意义的核心解读，非确定性就是意义的多元解读。确定性具有天然的在先性与根植性，决定了非确定性的方向、外延与层级。为了穿越纷繁复杂的非确定性，读者需要适当转换角色，把自己当作"那一个"，沉浸其中，真切体会特定境遇中诗人潜滋暗长的思想情感。如《江城子·密州出猎》中的"会挽雕弓如满月，西北望，射天狼"，评论家一向认为它塑造了苏轼保家卫国、杀敌立功的英雄形象。其实不然。这首词写于熙宁八年（1075 年），当时，苏东坡由杭州通判迁为密州太守，尽管尚未发生"乌台诗案"，然因卷入党争而备受排挤，远离了政治中心。身处逆境，他会"锦帽貂裘""千骑驰骋""酒酣胸胆"？他，是在用略显夸张的豪言壮语，装饰一张虚无的布幔，遮掩一颗因无法施展抱负而痛苦挣扎的心。眼看"孙郎"已逝，"冯唐"易老，自己只能"老夫聊发少年狂",寻求乌托邦式的自我安慰。由于难以克服的时空隔阂,读者很难实现角色的完全转换与重叠,但至少通过其他材料佐证,可以进行相对意义上的复现。

逆流而上的最大贡献在于,能有效避免诗词"成为一只软柿子,想怎么捏就怎么捏,想捏成什么样子就捏成什么样子",使品读沦为无根基、无原则、无底线、无方向的泛解。如果把品读比作一棵大树,本义就是树根,各种派生出来的意义就是枝条、叶子。不倒过来想一想这"根"在哪里,是什么,就很难判定"枝条""叶子"是否旁逸斜出,是否混入其他,是否因不堪重负而危及树本身的健康生长。赫施还认为:"阐释不能穷尽所有的含义,在这种意义上,每种阐释都是不完全的。然而这种不完全的阐释也还是能包含一个完全正确的强调系统和对整体意义的准确把握。"忽视或抛弃对本义的探索,所有的品读就成了无本之木、无源之水。况且历经千百年来无数人的附会穿凿,不少诗词逐渐远离了本义而日益面目全非。《关雎》是描写普通青年男女爱情的民歌,还是依《毛诗序》观点,"乐得淑女以配君子",属于吟咏"后妃之德"的颂辞? 答案不辩自明。

色彩的妙用

京口瓜州一水间，钟山只隔数重山。

春风又绿江南岸，明月何时照我还。

王安石这首《泊船瓜洲》历来脍炙人口。洪迈在《容斋随笔》中讲了一个细节：诗初为"到"，继而改作"过"，再改为"入""满"等，最后才定"绿"。论音韵，"绿"字响亮，朗朗上口；论技巧，"绿"作动词，化静为动，活现了春天来临时万象更新、生机盎然的景象，给人以满目嫩绿的画面感；从知人论世的角度说，此诗写于熙宁八年（1075年），这年开春，王安石接到神宗的诏书，让他入京，继续担任宰相，便重新燃起变法的希望，而"绿"字是与他此时此刻喜悦、明朗的心情最相得益彰的。

恰到好处地运用表示色彩的词语，总能创获意想不到的美妙的艺术效果。刘勰《文心雕龙•物色》说道："凡摛表五色，贵在时见，若青黄屡出，则繁而不珍。"他认为，大凡描摹各种颜色，难能可贵的是必须符合时令特点；倘若青和黄反复出现，就会让人觉得繁杂，不再以为珍贵了。这种对色彩造境的注重，几乎从诗词诞生的那一刻起，就成为一种传统。诗词中的景物往往投射了诗人的思想情感而成为意象和意境，而感知景物又肯定离不开视觉，离不开形状、位置、结构，尤其是色彩等要素，这就意味着诗词创作必须讲究色彩。

如《诗经·小雅》的"裳裳者华,或黄或白",连用"黄""白"两种色彩,一下使花儿"裳裳"(鲜明美盛的样子)这一形象直观起来。读者仿佛看到主人公兴奋地拉着六根缰绳,驭着四匹健马,在蓝天下,在大路上飞驰。

如《西洲曲》的"单衫杏子红,双鬓鸦雏色"。少女穿上"杏子"一样红的单衫,梳起"鸦雏"一样黑的头发,摇着小船,准备去曾经与心上人时常约会的"西洲"。这是农家碧玉的典型模样。暖色调的"红"与冷色调的"黑"相映生辉,清新明亮,又不娇艳浮夸,使她浑身上下洋溢着蓬勃的青春朝气。

如《渔歌子》的"西塞山前白鹭飞,桃花流水鳜鱼肥。青箬笠,绿蓑衣,斜风细雨不须归",对色彩的渲染达到了一个很高的艺术境界。这里的色彩,一种是词人直接呈现的,如鹭的"白"、箬笠的"青"、蓑衣的"绿";一种是读者想象到的,如山的"青"、桃的"红"、水的"碧"、鳜的"黄褐"。其斑斓多姿,生动表现了渔夫悠闲自在的生活志趣。其实张志和本来就是一位出色的山水画家,他还特地将《渔歌子》画成一幅"春江垂钓图"呢。

这么多的色彩运用于古典诗词,好像并非刻意为之,却全系作者一心,信手拈来,浑然天成,牢牢吸引读者的目光,使读者仿佛身临其境,并触发无穷无尽的想象、千头万绪的思想活动。

有些诗人喜欢将表示色彩的词语放在句首。好处是,能形成强烈的视觉冲击,使读者情不自禁地进入诗人精心构筑的情感世界,与意境融为一体,与诗人心有灵犀。《放船》中的"青惜峰峦过,黄知橘柚来"便如此。杜甫游览苍溪,一路上美景纷至沓来,可惜"青"的峰峦尚未赏够,就已擦肩而过;远远见到"黄"的物,又猜测一定是熟透了的橘柚次第而来,笔调与流水一样轻松愉快。

有些诗人喜欢将表示色彩的词语放在句尾。它往往给人以余韵袅袅、不绝如缕的感官效果,像嚼橄榄一样回味无穷。我以为,"曲终人不见,江上数峰青"最值得称道。因这两句诗,还牵出了一桩奇事。据说,钱起有一次寄住驿馆,正对月徘徊,忽然传来吟诗的声音,仔细一听,好像是"曲终人不见,江上数峰青",赶紧四处打量,却发现除了自己,院子里根本没别的人。过了几天,他进京应试,惊讶地发现考题竟是《湘灵鼓瑟》。他把那晚听到的两句续在诗末,简直天衣无缝。"青",这种介乎蓝绿之间的特殊颜色,营造出朦胧而神秘的氛围,给读者留下广远而幽邃的想象空间:纵然已过千年,泪洒斑竹的湘灵啊,你的企盼,你的哀怨,仍与这湘水一样流淌不尽,与这楚山一样永恒存在。

也有些诗人喜欢把表示色彩的词语嵌在句中,形成对称、对比、点缀、衔接、铺陈等,多角度、立体化地构建独特的意境。杜甫的"两个黄鹂鸣翠柳,一行白鹭上青天。窗含西岭千秋雪,门泊东吴万里船"中,每句不止一种色彩:首句鹂的"黄"、柳的"翠",次句鹭的"白"、天的"青",以及后两句藏着的岭的"绿"、雪的"白"、水的"碧",使整首诗像色彩明艳的连环画,又充满动感,将读者的眼、读者的心,由"窗"口,一步步牵向"窗"外的柳、"窗"外的天、"窗"外的岭、"窗"外从"东吴"远来的"船",更牵向了由"千秋"和"万里"所构成的浩渺时空。

色彩,不仅发挥了结构上的作用,也彰显了表达上的审美价值。

《钗头凤》,一首著名的宋词。"红酥手",一双温润如酥的手;"黄縢酒",一种黄縢酿制的酒;"满城春色宫墙柳",宫墙,一般为赭红,柳,自然是翠绿。看,多么明媚的色彩,多么浓郁的春意。这种场景,应该最容易催生出人的愉悦,却偏偏勾起陆游旧地重游时锥心刺骨的痛:鸳侣棒散,鸾镜难圆,深爱过的妻子唐琬已被迫另嫁他人,形同陌路。色彩,在词中起到了显著的反衬作用,再加上词本身就有的急促节奏、凄紧声调和一字一顿的"错,错,错""莫,莫,莫",淋漓尽致地坦陈了"几年离索"带给双方的巨大的精神折磨。

有人说,元稹的《行宫》与白居易的《长恨歌》,一极精简,一极宏大,互为颉颃,各占高妙。"寥落古行宫,宫花寂寞红。白头宫女在,闲坐说玄宗",短短二十个字,以一种栽过跟头之后重归宁静的人的口吻道出,似乎漫不经心,其实用意极深。"红",本该与"繁华""炽热"等亢奋性的词语相联系,却由于一个"白",无情地割断了这一关联,反将它与"寂寞""闲"组合,点出了行宫的冷落凋敝,点出了宫女的红颜易老,以及她们对往昔的追忆和对当下空虚生活的无奈。而且,从"红"到"白",还象征了大唐王朝从煌煌盛世到一蹶不振的沧桑巨变。这是更为隐秘、更为核心的所在,其揭露与讽刺,像绵里藏针,虽不露声色,却强悍有力。这一对比,极佳地印证了王夫之《姜斋诗话》中"以乐景写哀"的创作理念,也使这首诗含蓄隽永、余韵悠长。

因篇幅局限,诗人特别喜欢字斟句酌,力图以尽量少的字词,表达尽量多的意蕴,于是我们经常读到"吟安一个字,捻断数茎须""两句三年得,一吟双泪流"之类的诗句。很多诗人干脆直接活用表示色彩的词语,如李清照的《如梦令》。北宋建中靖国元年(1101年),李清照、赵明诚新婚燕尔,幸福满满,即便"昨夜雨疏风骤",也丝毫没生烦忧,反倒迫不及待地关心起帘外的"海棠"来。一个"绿肥红瘦",令人叹为观止。她用"绿"借代绿叶,用"红"借代花朵,不但描摹了枝繁叶茂、花欲凋零的景色,更引发读者联想:那是花吗?分明是一位美丽动人的青春女子嘛。遭遇一夜的风吹雨打,太惹人怜香惜玉了,甚至我觉得字里行间还隐隐透出词人的几分娇情。"当时文士莫不击节称赏,未有能道之者。"张诞在《草堂诗余别录》中也评论道:"结句尤为委曲精工,含蓄无穷意焉。"

有一种色彩,光谱中寻不到,却是自然的色彩与人的内心的有机融合,这就是"碧"。其意蕴朦胧,不确定,附着了很多的情感因素,或喜爱,或痴迷,或忧愁。这种色彩,其实不属于自然,更属于心灵;不属于画家,只属于诗人;它不是客观、平静的描述,而是充满力量的,是从人的内心深处进射出来的光。色彩与感情,合二为一,紧密融合。因此,它备受诗人青睐,每每出现在他们笔下,如晏殊的"昨夜西风凋碧树,独上高楼,望尽天涯路",范仲淹的"碧云天,黄叶地,秋色连波,波上寒烟翠",刘禹锡的"晴空一鹤排云上,便引诗情到碧霄",韦庄的"春水碧于天,画船听雨眠",李白的"孤帆远影碧空尽,惟见长江天际流",李商隐的"嫦娥应悔偷灵药,碧海青天夜夜心"。

之所以如此,大致有三个原因。首先,"碧"是"青"与"绿"的混合体,兼具两者特性,能极大地激发读者的想象。其次,"碧"本指青绿色的玉石,后来人们把它比喻为青绿色或青绿色物体,因而富有玉的质感,切合清新、喜悦的情感倾向,成为人们心目中美好事物的代表。再次,它寄寓了精诚忠贞等象征意义。《庄子·外物》中说:"苌弘死于蜀,藏其血,三年而化为碧。"苌弘对周王室赤胆忠心,却被周敬王放逐到千里之外的蛮荒蜀地,最后竟屈死在那里。从这个意义上说,"碧"应该是心灵的折光,像青色的水晶,像绿色的翡翠,将视界的宁静、触觉的光滑、体感的清凉、道德的崇高集于一体,充分表达诗人对景色的喜爱或痴迷,对人物的赞美与尊崇。"鉴湖女侠"秋瑾《对酒》中的"一腔热血勤珍重,洒去犹能化碧涛",就是她献身"驱除鞑虏,恢复中华"革命事业的真实写照,为后人景仰。

人品与文品

文如其人；但，文也不全如其人！

中国传统文化一向崇尚"三不朽"：立德、立功、立言。立言，小而言之，就是动笔写文章，大而言之，就是著书立说。"文章千古事，得失寸心知"，在杜甫看来，文章是流传千古的大事业，写作的辛酸苦辣唯有自己才能体会，它是生命的另一种存在。所以，像欧阳修这样的大家，对写文章是诚惶诚恐，"不畏先生嗔，却怕后生笑"，总担心措辞不妥、表意不清而令文章蒙羞。我以为，舞文弄墨，就是心灵的坦陈与对话。因为坦陈，需要真实表达对自然、社会、人生的感悟，敞开心扉给人看；因为对话，需要拿出文章来交流，"奇文共欣赏，疑义相与析"，寻找知音，以获得情感的共鸣和思想的契合。楚国势如累卵，屈原也备受排挤，却仍心怀郢都，忧虑黎民，并将胸中块垒化作《离骚》，"路漫漫其修远兮，吾将上下而求索"。少年毛泽东的"春来我不先开口，哪个虫儿敢作声"，将小小青蛙写得气势逼人、睥睨万物，透出一种舍我其谁的领袖气质。

然而，如一概论之，则容易产生谬误。并非所有文章都像平面镜一样，与作者的内心保持完全一致。

人是一个复杂的综合体。不同的际遇、修养、环境，总让人表现出不同的言行、性情和价值取向，并左右着撰文的动机和意图。他要生存，要腾达，要攫取种种，自然做出利于自己的选择、回避和掩饰，难免言不由衷了。白居易写《井底引银瓶》，为的是"止淫奔"，自己却津津乐道"樱桃樊素口，杨柳小蛮腰"，好色。钱谦益素以"清流"自居，然刚刚吟罢"重向西风挥老泪，余生何以答殊恩"，一转眼，却借口"水太冷"，"头皮痒得厉害"，剃发易服，效忠起清政府来了。近代、国外类似的也不少：周作人文风恬淡，却重利轻节，卖国求荣；培根的文章堪为经典，但人品低劣，为小人之流！

　　单以文章而言，无论内容、主题、情感，都无法与作者和作者的真实生活简单地画上等号。生活是创作的唯一源泉，但并不意味着文章只能照相机式地反映生活。虚拟和想象是对生活进行加工、提炼、改造进而生成文章的重要手段，却也往往导致失真。在文学创作范围内，这是允许的；而以文知人，则似乎不太恰当。"温酒斩华雄"一直为人称道，可毕竟是小说家之言，当不得真。陈寿《三国志》记载明白："坚复相收兵，合战于阳人，大破卓军，枭其都督华雄等。"朱自清的《背影》，满纸父子之情，遮掩的却是"祸不单行""很是惨淡"的家景背后的丑陋。即使不说朱自清的父亲是罪魁祸首，他也终究逃不脱干系！用"背影"作题，是否在腹诽父亲再无颜面见人？我想是的。

　　文品也是一个模糊性概念，大多是读者基于本人的生活经历、阅读经验、审美情趣和主观倾向所做出的判断，有时甚至是一厢情愿，更不能等同于作者的人品了。钟嵘的《诗品》把陶渊明的诗列为中品，却丝毫无损于陶渊明的高洁人格，无损于"采菊东篱下，悠然见南山"的洒脱生活。列夫·托尔斯泰不止一次提名诺贝尔文学奖，可最后仍与诺贝尔文学奖擦肩而过。但凭他的《战争与和平》《安娜·卡列尼娜》《复活》，凭他的悲天悯人，终究还是令人高山仰止，景行行止。托翁根本不必用别人对自己文章的品评来提高自己的人品。

　　总之，对包括文章在内的任何事物，我们不能用非此即彼的思维来认识与评判。人品与文品只是两个相关概念，有时正相关，有时负相关，这要求读者秉承客观、全面、公正的精神，把文章和作者放在特定条件下来审视。不管怎么样，真正伟大的作家，他的人品与他的文品是高度契合的。

古典永远不会老去

——为《嘉兴诗词十年集》序

　　曾怀疑古典诗词(包括两晋时出现的楹联)将日渐式微,甚至会退出历史舞台,然而,事实正如毛泽东所言,"一万年也打不倒"。自"断竹,续竹;飞土,逐肉"后,古典诗词楹联一直成为中国传统文化的主脉,影响着每一个中国人的衣食住行、喜怒哀乐,影响着整个社会的道德认知和价值取向,虽谈不上是决定性因素,却决不可忽视。即使进入20世纪,西风东渐,现代诗歌占据了更多的话语权,也并未彻底掩遮古典诗词楹联的正声。古典诗词楹联仍以顽强的生命力,像匍匐于地下的虬根,汲取着古老的黄土地中的营养,滋养着中华民族这棵参天大树,使其越加枝繁叶茂、生机盎然。

　　就本质而言,古典诗词楹联是一种基于民族特性的永恒的精神存在,这种精神存在包含了人类所有的真善美。因为古典诗词楹联,不但追求音韵美,平仄粘对,清浊抑扬,"昆山玉碎凤凰叫,芙蓉泣露香兰笑",而且讲究意境美、人文美、人性美,如"蒹葭苍苍,白露为霜。所谓伊人,在水一方",飘逸朦胧,幽雅高邈,令人神思遐想。又如"俱往矣,数风流人物,还看今朝",豪放旷达中彰显"舍我其谁"的领袖气质,不由得让人热情澎湃,气宇轩昂。古典诗词楹联,其"言志",其"兴观群怨",其"文章合为时而著,歌诗合为事而作",教会了中国人持一种健康向上的生活理念,使他们对大千世界寄予无限深情,并用一种艺术的手段,抨击丑恶,讴歌理想,以臻"天人合一"的境界。"了却君王天下事,赢得生前身后名",几乎是古往今来一切有良知的知识分子的梦想。无法想象,如果没有古典诗词楹联,中华民族几千年来的历史、生活和精神状态还会这样斑斓多姿?梁东先生说:"中华诗词千百年来,如甘甜的乳汁、无声的细雨,滋润着生生息息一代一代的中华儿女。几千年来,中华民族九死而不僵,千击而不溃,历史没有中断,民族没有灭亡,艰苦卓绝,继绝存亡,诗教的传统有着不可磨灭的功劳。"

上善若水。嘉兴,锦绣江南的一切典型特征都可以从它这儿找到。纵横的水网,错杂的湖泊,使世居在这片土地上的人们变得丰沛、明净而聪慧。乡贤闻杰,人才辈出;轶事传闻,层出不穷。心系民瘼且开一派乐府之风的顾况,曝书亭下袒露着衣衫晒一肚子学问的朱彝尊,屡遭挫折而仍钟情古典诗词的许白凤,被誉为"当代李清照"的女词人沈祖棻等,都以其赤诚之心和不朽之作,成为嘉兴乃至中国诗词楹联界的翘楚,灿若星辰,辉映吴越,闪耀华夏。尤为欣喜的是,众多古典诗词楹联爱好者,摩肩接踵,孜孜以求。老同志们"老骥伏枥,志在千里","老夫喜作黄昏颂,满目青山夕照明";后生辈们"志存高远,意守平常","长风破浪会有时,直挂云帆济沧海"。他们用一双双慧眼、一支支彩笔,研究古典诗词楹联,创作古典诗词楹联。他们的作品并非尽善尽美,也有一些属于吟风弄月、悲欢离合、酬唱应和,但重要的是,大部分能关涉社会兴盛、政治清明、风尚淳朴和道德崇高之"大道",讴歌壮美山河,赞美建设成就,歌咏人文历史,发挥古典诗词楹联的教化功能,表达了鲜明的经邦治国、教化风俗、立德立身的态度,凸显了可贵的"红船精神",即"开天辟地、敢为人先的首创精神,坚定理想、百折不挠的奋斗精神,立党为公、忠诚为民的奉献精神",使古典诗歌楹联在当下仍产生着积极的社会效益,为嘉兴创建"文化大市",繁荣文化事业,弘扬社会主义核心价值观,做出了积极的贡献。

时光荏苒,嘉兴市诗词楹联学会成立十周年了,一切过往皆成美好回忆。一路走来,有坎坷,也有坦途;有艰辛,也有欢笑;有困顿,也有突破。在上级部门以及相关领导的热忱关心下,学会规模不断扩大,综合影响力显著增强。

值此八方来贺之际,经过数个月的精心筹划,披沙沥金,《嘉兴诗词楹联十年集》终于付梓。该书比较集中地反映了嘉兴市古典诗词楹联创作的整体水平,也充分证明了创编者们对文学、对历史、对社会始终秉承着一份沉甸甸的责任。它的出版实在是一件利在千秋的好事,它定将作为一帧精美的文化名片载入嘉兴市文化事业的皇皇史册。

莫把丹青等闲看

——第四届"三毛杯"中国漫画大赛作品集序

　　画，难道仅仅是二维平面上色彩与线条的组合艺术？不，它往往浸润了历史与人文的种种元素。一幅画，就是一种社会缩影、一怀历史情愫、一枚文化符号。

　　几千年来的云舒云卷、花落花开，为东海之滨这片广袤的山原抹上了厚重的色彩，像一轴久远而又鲜活的画卷。渐次打开这画卷，便会看到，自嬴政置县，因"海滨广斥、盐田相望"得名以来，这里始终从容不迫地向世人展现出超越时空的致美：高阳的清秀、永安的澹荡、绮园的玲珑、石塘的雄壮，以及干宝的神奇、顾况的爽逸、杨梓的华丽、胡震亨的渊博、彭孙贻的气节……这一个个小点，星罗棋布，连成经脉似的线，染作霞霓似的面，幻化出海盐"大气如海、淳朴似盐"的特质，直扑眼帘，撞入心间。

　　然而，并非所有的画面都靓丽璀璨，灰色也是其中之一。忆往昔，蝗潮旱雹肆虐，沃野顿作废墟；妖魔鬼怪横行，生灵每遭涂炭。无论生态、心态、世态，都困顿于漫漫长夜、莽莽丛棘。幸得海盐籍张乐平先生，以漫画这一艺术手段，通过夸张、变形，创造出了一个典型的儿童人物形象三毛，极为简练，又内蕴丰富，极为客观，又爱憎分明，使冷晦的画面中透出一重暖色调，唤醒了人们的良知与正义。中华人民共和国成立后，先生笔耕不辍，又赋予三毛明朗、活泼、热情、上进的新的气象，热情讴歌伟大的社会主义建设事业，传递满满的正能量。于是,三毛理所当然成了他桑梓之地海盐独特的文化名片,更成了艺术领域乃至整个人类文明宝库中弥足珍贵的精品。

如今,天翻地覆,赤旗飞扬。习近平总书记提出"绿水青山就是金山银山"的生态文明思想,全国人民纷纷行动起来,长城内外、大江南北,辛勤描绘着更新更美的图画。海盐,这片热土,同样焕发出极强的生命力,让天蓝、地绿、水清不再是虚幻的憧憬,而是活生生的现实、美滋滋的画卷。这一帧帧画页,传统的"天人合一"哲学思想就是主题,"全国平原绿化先进县""2016创新中国·绿色发展优秀城市""浙江省美丽乡村创建先进县""全国首个县域绿色发展评价地方标准"等就是妙手。

适值海晏河清、国泰民安之际,中国美术家协会、海盐县人民政府、上海三毛形象发展有限公司主办,海盐县文联协办的第四届"三毛杯"中国漫画大赛拉开了帷幕,以蹈张乐平先生的济世情怀。海报一出,八方响应,组委会收到了来自全国各地的参赛作品360多件,经专家审议,其中100件最终入展,集册出版,而原作将永为珍藏。想见,这本画册,定将以优秀的艺术水准和深广的文化内涵,为海盐,为绘画(漫画)艺术,也为生态文明中国,更为社会主义核心价值观建设添上浓墨重彩的一页。

莫把丹青等闲看,无声诗里颂千秋。